비단길

바다로 간 달팽이 **010**

비단길

1판 1쇄 발행일 2014년 6월 16일
1판 4쇄 발행일 2015년 6월 15일 • **1판 4쇄 발행부수** 1,000부(총 5,000부 발행)
글쓴이 장정옥 • **펴낸이** 김태완 • **펴낸곳** (주)도서출판 북멘토
편집주간 김혜선 • **편집** 진원지, 이슬 • **디자인** 안상준 • **마케팅** 이용구 • **관리** 윤희영
출판등록 제6 - 800호(2006. 6. 13)
주소 121 - 869 서울시 마포구 월드컵북로 6길 69(연남동 567 - 11), IK빌딩 3층
전화 02 - 332 - 4885 • **팩스** 02 - 332 - 4875

ⓒ 장정옥, 2014

ISBN 978-89-6319-103-4 03810

이 도서의 국립중앙도서관 출판시도서목록(CIP)은
서지정보유통지원시스템 홈페이지(http://seoji.nl.go.kr)와
국가자료공동목록시스템(http://www.nl.go.kr/kolisnet)에서
이용하실 수 있습니다.
(CIP제어번호 : CIP2014017335)

바다로
간 010
달팽이

비단길

장정옥 지음

북멘토

차례

일러두기

– 작품 속의 인물은 실제 인물과 허구 인물이 반반이다. 줄거리를 이끌어 가는 중요한 인물들의 이름과
  행적은 샤를르 달레의『한국천주교회사』(안응렬·최석우 옮김, 한국교회사연구소, 1980)를 참고하였다.
– 날짜는 음력으로 표기하였다.
– 소제목은 모두『다산 시선』(송재소 옮김, 창비, 2013)에서 발췌한 것으로, 어미를 흐름에 맞게 바꾸었다.
– 그 밖에 참고한 문헌
   유홍렬,『한국천주교회사』(가톨릭출판사, 1962)
   작자미상,「청산별곡」,『고려속요의 연구』(전규태 옮김, 학예사, 1982)
   정약종,『주교요지』(하성래 감수, 성황석두루가서원, 1985)
   황사영,『황사영백서』(한국교회사연구소, 1966)

봄잠에서 깨어나니
들판이 아득하여

낙동강을 붉게 물들인 해가 서산을 넘어
갈 무렵, 임금님이 승하하셨다는 소문으로 온 천지간이 떠
들썩했다. 조선왕조 22대 왕이 죽었는데도 변함없이 해가 지
고, 배가 떠다니고, 오일장을 찾는 장사꾼으로 사문진나루
터가 미어터질 지경이었다. 오후 내내 쉬지 않고 울어 젖히던
매미가 잠시 목을 쉴 무렵에 사문진나루터의 객주로 한 무
리의 보부상들이 밀려들었다. 낙타 등에 교역물을 싣고 사
막을 건너던 보부상들이 서역으로 뚫린 뱃길을 따라가면서
나루터의 객주는 전에 없는 호황을 누렸다. 옥과 진주, 비
단, 호두와 참깨, 은수저 등의 교역물을 부려 놓은 보부상들
이 술상을 마주하고 앉았다. 그 여럿 중의 한 명인 여문휘도
비단과 모시적삼, 삼베옷이 담긴 등짐을 봉놋방에 조심스레

부려 놓았다. 마중물처럼 소중한 짐이었다. 그에게는 이번 비단길이 첫걸음이지만 그 마중물이 그를 부자로 만들어 주리라는 희망이 되고 있었다. 다음 날 이른 시각에 배를 타고 갈 예정이었다. 둔황에 발이 닿기 전까지 육지에서 묵는 마지막 밤이 될 터였다. 오래 바라던 일이었다. 오일장만 돌아다니던 장돌뱅이의 재간에 난생처음 나서는 장거리 여행이 적잖은 부담이었다. 여수항에서 배를 타고 서해를 거슬러 둔황을 거쳐 누란, 니야로 갈 작정이었다.

날이 저물며 객주로 장사꾼들이 밀려들었다. 빈자리를 기다리는 사람, 선 채로 국밥을 마시는 사람, 초저녁에 벌써 혀가 꼬인 사람들로 객주가 장터 같았다. 화원장에서 사문진나루터로 이어지는 길목이어서 유독 장사꾼들의 발길이 잦은 곳이었고, 국밥이 맛있기로 이름난 객주였다.

김용철과 마종태, 여문휘, 은수저공, 한가이가 한자리에 둘러앉았다. 반찬이라곤 시큼한 김장김치와 깍두기, 아욱국이 전부였다. 아욱국에 밥 한 덩어리 말아서 주린 배를 채웠다. 오일장만 돌아다니던 장돌뱅이들이 난데없이 비단길을 가게 된 것은 전적으로 김용철의 조언에 따른 것이었다. 김용철은 등짐에 목걸이와 옥반지 같은 여자들의 장신구를 담았고, 마종태는 거울과 화장품을, 한때 훈장질을 했던 한가이는 털가죽과 모직물을, 여문휘는 어머니와 아내가 직접 만든 모시적삼과 비단으로 등짐을 꾸렸다. 사문진나루터로 내려오는 동안 오일장에서 판 물건 대신 장터 곳곳에서 질 좋은 홍삼을 채워 넣었다. 옷과 홍삼이 반반이었다. 어머니와 아내가 만든 옷이 그렇게 마중물을 대신하며 여문휘의 짐을 홍삼으로 바꾸어 주었다. 장터가 어디든 팔아 치운 만큼 새 물건을 채우며 다니다 보면, 장바닥이 집 같고 객주가 안방 같았다. 장터를 돌아다닌 게 그럭저럭 오 년 남짓이었다. 그사이 장사에 근이 배겨 어디든 자리만 깔면 손님을 부르는 노랫가락이 저절로 흘러나왔다.

국상을 알리는 흰 등이 객주 문전에서 너울너울 춤을 추었다. 달이 보이지 않는다 했더니 검은 구름이 모이고 후둑후둑 빗방울이 떨어졌다. 비를 피하던 술꾼들이 서둘러 돌아가고 홍청거리던 술청이 파장을 맞은 장터 같았다. 빗줄기가 장대처럼 굵어지나 했더니 뽀얗게 비안개가 서려 앞이 보이지 않을 지경이 되었다. 번개가 캄캄한 하늘을 가르고 천둥이 요란하게 내리쳤다. 어디선가 빠지직 소리와 함께 번개 떨어지는 소리가 들렸다. 폭우는 세상을 집어삼킬 듯 한참 동안 요란을 떨며 쏟아졌다.

미처 비를 피하지 못한 사내 하나가 흠뻑 젖은 모습으로 객주에 뛰어들었다. 비를 맞은 모습이 물에서 막 기어오른 고양이 같았다. 사내의 등 뒤로 새끼줄 같은 빗줄기가 따라왔다. 찬비에 떨며 머리를 털던 사내가 주모에게 뜨거운 국밥을 달라고 했다. 사내는 허리춤에 차고 있던 수건으로 얼굴과 머리를 닦았다. 어느 산등성이에 벼락이 떨어졌는지 요란하게 꽝음이 이는가 싶더니 하늘에 새파란 번개가 찌르르 소리를 내며 떨어졌다. 비를 피해서 들어온 손님이 동동 주를 마시고 있는 여문휘에게 알은체를 했다.

"문휘 아니냐? 너를 여기서 만나네."

스무 살 즈음에 외갓집으로 이사 간 박학수를 불혹의 나이에 다시 만난 것이 신기해서 여문휘는 그의 손을 놓지 못했다. 거의 이십 년이 지났는데도 금방 알아볼 만큼 서로의 얼굴이 변함없는 것에 놀라워하며 두 사람은 웃음을 멈추지 못했다. 여문휘가 박학수에게 술잔을 건네며 물었다.

"우리 몇 년 만이냐? 아버지는 아직도 일하고 계셔?"

"지붕에서 떨어져 돌아가신 게 언젠데. 제사를 열 번이나 지냈다."

"아, 몰랐네. 그렇게 돌아가실 줄 몰랐다."

"원숭이도 나무에서 떨어진다더니, 그렇게 되고 말았어."

"소리도 잘하고, 참 좋은 분이셨는데."

여문휘는 지붕에 올라가서 기왓장을 놓던 박 목수의 모습을 그렸다. 밑에 있는 사람이 기왓장을 획 던지면 위에서 한 손으로 척 받아 지붕을 가지런하게 이던 박 목수의 가뿐한 손길을 얼마나 우러러보았던가. 목수든 칼갈이든 남들이 갖지 않은 기술을 익혀야 한다고 침을 튀기며 얘기하던 박 목수가 눈에 선하게 떠올랐다. 분원리 일대에서 박 목수만큼 집을 잘 짓는 사람은 없었다. 분원리의 지붕을 박 목수가 다 올렸다고 해도 될 만큼 명장이어서 하필이면 그 가 지붕에서 떨어져 죽었다는 말이 예사롭지 않게 들렸다.

"너도 아버지처럼 목수가 되었어?"

여문휘의 질문에 박학수는 아버지처럼 지붕에서 떨어질 까 봐 약재상을 한다며, 아픈 데 있으면 고쳐 줄 테니 말하 라고 했다. 얼치기 약재상을 어떻게 믿고 약을 먹느냐고 빈 정대는 여문휘에게 박학수는 화원 일대에서 명의로 이름이 났다며 함부로 깔보지 말라고 껄껄 웃어 댔다. 박학수가 술 잔을 들며 물었다.

"양근 촌놈이 여기까지 웬일이냐?"

"장돌뱅이가 안 가는 곳이 있남? 내일은 더 먼 곳에 간다."

"어디?"

"드디어 비단길 간다. 여수에서 배 타고 갈 거야."

"그 위에서 타면 빠를 텐데 예까지 왔어, 고생스럽게."

"배가 떠나는 일정이 있잖아. 기다리기 지루해서 여비나 벌까 하고 오일장을 돌았다."

"좀 벌었어?"

"오늘 운수가 좋더라. 물건을 확 추려 냈다. 중국 가서도 오늘만 같아라."

"약재 한 다발 싣고 나도 따라갈까?"

"생각 있으면 따라가든지. 나도 비단길은 처음이야."

겁먹은 거 아니냐고 놀리는 박학수의 손목에 나무로 된 묵주가 대롱거렸다. 여문휘가 뭐냐며 만지려 하자 박학수는 마누라가 부적 삼아서 끼워 준 거라며, 묵주를 소매 안에 감추었다. 옆에서 술을 마시던 마종태가 투전이라도 하려는지 말도 없이 슬그머니 자리를 떴다. 김용철은 먼 길 가려면 일찌감치 잠자리에 드는 것이 좋겠다며 한가이와 은수저공을 일으켜 방으로 갔다. 여문휘와 박학수는 막걸리 사발이 비고서야 자리에서 일어났다. 박학수를 보내고 여문휘도 방으로 들어왔다. 그사이 한가이와 은수저공이 코를 골고 있었다. 마종태는 어디 갔느냐고 물으니 또 투전판을 기웃거리나 보다며 김용철이 등목을 하려고 밖으로 나갔다. 비가 오는데도 후텁지근했다. 두 사람은 비를 맞으며 물을 한 바가지씩 덮어썼다. 우물을 길어서 시원하게 물을 끼얹고 나니 더위가 가셨다. 땀내를 맡고 온 모기가 귓바퀴에서 앵앵거렸다. 여문휘는 김용철의 옆자리를 파고들었다. 살폿 잠이 들려는 참에 방문이 열리며 마종태가 얼굴을 들이밀고 그를 깨웠다.

"문휘야, 내일 벌어서 줄게 돈 좀 빌려 줘."

"빌려 줄 돈이 어딨어. 낮에 화원장에서 물건 채워 넣는 것 봤잖아."

"씨발, 초장 끗발은 개끗발이라더니."

"그렇게 털리고 또 투전이냐."

"돈을 빌려 줘야 잃은 밑천을 찾을 거 아냐. 있는 대로 빌려 줘."

"돈도 없지만 남아돌아도 노름 밑천은 못 대 줘, 인마."

"씨발놈, 그 말 후회하게 해 주지……."

마종태가 문을 쾅 닫고 나갔다. 여문휘는 마종태가 어디로 가는지 살폈다. 객주 맨 끝 방에 불이 켜져 있었다. 밤마다 투전판이 벌어지는 방이었다. 객주 기둥에 걸어 둔 등불에 날벌레가 까맣게 모여 있었다. 모기에 물렸는지 팔뚝에 침을 바르던 주모가 마른 쑥에 불을 붙여 방문 앞에 놓아두었다.

유난히 장사가 잘된 날이었다. 사람들이 약속이나 한 듯 여문휘의 물건을 집었다. 장터 한곳에서 짐을 반이나 덜어 내기는 처음이었다. 덜어 낸 물건 대신 홍삼을 사 넣었다. 인삼보다 확실한 돈벌이가 없다는 얘기를 들은 적이 있었다. 생인삼은 보관하기가 어렵지만 마른인삼은 약효와 상품가치가 높아서 중국 사람들이 좋아한다는 말을 동지사에게 들은 적이 있다. 비단길은 처음이고, 경험 삼아서 가는 길이긴 하지만 그래도 여문휘는 이왕 가는 길이면 팔릴 만한 물건을 가져가고 싶었다.

모깃불로 피운 쑥 향내가 사방으로 퍼지며 봉놋방마다 코 고는 소리가 드높았다. 잠결에 제 살을 내리치는 철썩 소리가 줄었다. 자려고 누웠던 여문휘는 아랫배가 사르르 아파서 머리맡에 놓여 있는 책갈피 하나를 찢어 뒷간으로 갔다. 손에 구겨 쥐고 보니 부드러운 한지였다. 여문휘는 문도 없는 변소에 웅크리고 앉아서 흰 종이에 씌어 있는 글귀를 내려다보았다. 검은 것은 글씨고 흰 것은 종이라는 것밖에, 내용을 읽을 재간이 없었다. 어둡기도 하려니와 그보다 그는 글을 몰랐다. 글을 모르고도 장사하고, 장가들고, 아들 낳고 살았다. 글을 모르는 탓에 간혹 외상값을 떼이거나 사기를 당하긴 했지만 그 외에는 별다른 불편을 모르고 살았다. 아쉬운 게 있다면 아들을 앉혀 놓고 글자를 가르치는 재미를 느끼지 못하는 것이었다. 그의 작은 소망은 아들에게 글을 가르치는 것인데, 형편이 닿지 않아서 아직 눈을 뜨게 해 주지 못했다. 이번 비단길에서 돌아오면 쌀자루를 들고 다녀서라도 아들에게 글을 가르칠 생각이었다. 문득 여문휘는 봉놋방에 놓여 있는 그 책을 아들에게 갖다 주면 좋겠다는 생각에, 책에서 찢어 낸 종이를 손바닥으로 곱게 폈다. 누구의 것인지 내용이 뭔지 몰라도, 책이니까 공부에 도움이 되지 않을까 싶었다. 그 책은 여문휘가 봉놋방에 들 때부터 방바닥에 놓여 있었다. 누군가 과거를 보러 가는 사람이 흘린 책인가 보았다. 뒷간 옆에 나란히 서서 오줌을 누던 사내 두 명이 낮은 소리로 말을 주고받았다.

"임금님이 독살을 당했다는 소문이 돌던데 정말일까?"

"알 게 뭐야. 임금님 돌아가시기 바쁘게 시파의 고관대작들이 모두 잘렸다고 하더만."

"그 자리를 벽파들이 차지했다지?"

"한바탕 시끄러워지겠군. 오늘도 명곡리 어느 집에서 교리공부를 하던 천주교 신자 두 명이 잡혀갔다더만. 여섯 명이었는데 네 명이 달아나고 두 명이 잡혔다더라."

"목이 달아나겠네."

"배교를 하면 살려 준다던데?"

"공을 세워서 벼슬 한자리 얻으려고 눈이 시뻘건 판에 모처럼 잡은 고기를 잘도 풀어 주겠다."

"국상 끝나면 한바탕 난리가 날 거라는 소문이 돌더군. 임금님 승하하시고 세상이 변했다고."

"무슨 상관인가. 우리 같은 졸개들이야 한양에 도착할 때까지 영감마님 돈궤나 잘 지키면 되지."

당파싸움은 대궐 주인이 바뀔 때마다 으레 일어날 법한 일이지만 누가 임금이 되든 민초들은 그저 거대한 물살에 힘없이 떠밀려 다닐 뿐이었다. 사색당파 싸움에 치여서 등이나 안 터지면 다행이라며 두 사람이 자리를 떴다. 주모는 빈 탁자에 턱을 괸 채 졸아 대고 취객들은 밤늦도록 했던 말을 하고 또 하며 떠들어 댔다. 줄기차게 쏟아지던 비가 거짓말처럼 멎었다. 도랑에 물 흐르는 소리가 요란했다. 한 사람 두 사람 객주를 떠나고, 늦도록 흥청대던 취객마저 가고 나자 객주가 쥐 죽은 듯 조용해졌다. 주모가 술청의 마지막 등잔을 끄자 사위가 캄캄해지고 적막이 한층 깊었다. 방마다 꽉꽉 들어찬 장사꾼들의 곤한 숨소리가 방문 밖까지 들렸다. 김용철의 코 고는 소리가 천둥을 울리는 듯했다. 어깨를 흔들자 김용철이 무슨 일이야, 하며 돌아누웠다. 코 고는 소리가 멈추었다. 코 고는 소리에 뒤척이다 축시가 지나서야 겨우 눈을 붙였다. 산짐승 들짐승 집짐승이 모두 깊은 잠에 빠졌는지 사방이 고요했다.

얼마나 잤을까. 여문휘는 옆구리를 걷어차는 발길질에 잠이 깼다. 잠시 눈을 감았다 떴을 뿐인데 어느새 동창이 훤히 밝아 있었다. 난데없이 날아든 발길질에 눈을 뜨자 포졸 두 명이 빨리 일어나라고 소리를 질렀다. 그는 이른 새벽의 난동이 이해되지 않아서 좋은 말로 해도 될 것을 왜 발길질이냐고 투덜댔다. 무슨 일이냐고 묻는 그에게 포졸이 방바닥의 책을 집어 얼굴을 때렸다. 그들이 집어든 것은 아들 수리에게 주려고 잠들기 전까지 들고 있었던 책이었다. 포도대장이 증거물로 압수한다며 책을 움켜쥐고는 포졸들에게 명령을 내렸다.

"이놈을 끌고 가."

"제가 뭘 잘못했다고 이러십니까."

"주둥아리 닥쳐, 이 천주쟁이놈 같으니."

"무슨 소릴 하는 거요. 천주쟁이라니."

"어제 네놈이 달아난 놈들과 기도하는 것을 본 사람이 있는데 헛소리야."

"억울합니다, 기도라뇨."

"머리맡에 교리서를 두고도 딴소리야."

"그게 천주학 책인 줄도 몰랐고, 제 것도 아녀요."

"밀고가 들어왔으니까 입 닥치고, 할 말이 있으면 관아에 가서 해."

포졸들이 여문휘를 마당에 끌어냈다. 잠이 덜 깬 여문휘는 무슨 영문인지 미처 상황을 깨닫지 못했다. '밀고라니. 누가 무슨 억하심정으로 그런 짓을 했는지.' 난데없는 봉변을 당하는 이유가 고작 책 때문이라면 그도 할 말이 많았다. 그 책은 여문휘가 방에 들어가기 전부터 거기 있었다고 하면 풀어 줄 것 같았다. 객주에 구경꾼이 빼곡하게 모여들었다. 천주교 신자로 밀고를 당한 거라면 살아남기 글렀다고 혀를 차며 수군거렸다.

"쯧쯧, 푹 자고 장사나 할 것이지 책 때문에 그 변을 당하나그래."

영문도 모르고 끌려 나가던 여문휘의 눈에 서둘러 길을 나서는 친구들이 보였다. 마종태는 어딜 갔는지 보이지 않고 김용철과 한가이, 은수저공이 달아나듯이 객주를 벗어나고 있었다. 여문휘는 다섯 명 중에서 가장 연장자인 김용철을 소리쳐 불렀다.

"형님, 저 좀 봐요."

여문휘의 부름에 걸음을 멈춘 김용철이 멀찌감치 선 채

로 말했다.

"도와주지 못해서 미안하네. 배 시간이 다 되어서 먼저 가 보겠네."

"형님, 제가 천주교 신자 아닌 걸 잘 아시잖아요. 이 책이 제 것 아니라고 말 좀 해 줘요."

"낸들 뭘 알아야지."

"난 정말 억울하단 말입니다."

"자네 책이 아닌 게 밝혀지면 풀려나겠지. 너무 걱정 말게."

"내가 그런 사람 아닌 걸 알면서 남의 일처럼 그러슈. 우리는 이웃이고 형제나 다름없는 사이 아니오."

"미안하네만 뭐라고 해 줄 말이 없네."

"마종태 어디 갔어요? 그놈이 나를 밀고한 것 맞죠?"

"먼저 갔는지 보이지 않더군."

김용철은 행여나 덤터기를 쓸까 염려되는 듯 부리나케 객주를 빠져나갔다. 혼자 남은 여문휘는 눈앞이 캄캄해져서 저도 모르게 다리에 힘을 잃고 주저앉았다. 오 년 동안 한 가족처럼 뭉쳐 다니던 보부상들이 그의 외침을 들은 척도 하지 않고 빠른 걸음으로 멀어졌다. 여문휘는 길모퉁이로 사라지는 그들을 안타까운 눈으로 바라보았다. 그중에 마종태가 보이지 않는 것이 아무래도 이상했다. 뒤늦게 그들 사이에 끼어든 장사꾼이긴 하지만 마종태는 한동네에서 오래도록 정을 붙이고 산 이웃이었다. 그가 무슨 이유로 밀고를 했는지 모르지만 이른 새벽에 다른 사람보다 먼저 길을 떠난 것이 의심스럽긴 했다. 마종태는 여문휘처럼 적삼이나 수의, 한복 등의 옷과 옷감을 파는 사람인데 놈팡이 마냥 할 일 없이 빈둥거려 그의 어머니가 같이 다니게 해 달라고 통사정하는 바람에 무리에 합류하게 된 인물이었다. 설마 그가 밀고를 했을라고? 화원장에서 다툰 게 마음에 남아서 밀고한 것인지.

화원장에서 유난히 장사가 잘되었다. 비가 올 듯 말 듯 구름이 몰려오는 게 조금 염려되었지만 그런 것에 신경을 쓸 겨를이 없도록 쉬지 않고 손님이 몰렸다. 살다 이런 날도 있나 싶어서 그는 입이 찢어질 지경이었다. 물론 처음부터 그렇게 장사가 잘된 것은 아녔다. 구름이 몰려 날이 잿빛으로 흐린 탓인지 점심때가 되도록 수의 한 벌과 모시 적삼 두 벌을 판 것이 고작이었다. 후딱 팔아 치워서 짐을 좀 줄이고 싶은 마음과 달리 손이 쉽지 않았다. 장터는 온통 사람으로 복작거리는데 제사상에 올릴 생선토막이나 김이 술술 피어오르는 국밥과 국수, 몸에 좋다는 약초상으로만 몰려갈 뿐 옷에는 통 관심을 갖지 않았다. 옷이라면 화려하게 비단과 공단을 치렁치렁하게 늘어놓은 상회가 두어 개나 있었다. 그렇다 해도 상회로 가는 사람은 돈푼깨나 있는 양반네들이고, 그럭저럭 입에 풀칠만 하고 사는 평민들은 상회보다 낮은 값으로 옷을 파는 난전으로 몰리기 십상이었다.

한두 사람이 옷을 만지며 값을 물어보고 입어 보며 조몰락조몰락하다 휑하니 가 버린 것이 몇 번인지. 놋그릇을 파는 김용철이 너스레를 떨며 심심찮게 물건을 파는 것이 신기해서 여문휘는 장사 잘하는 비결이 뭐냐고 물었다. 그러자 김용철이 그의 입을 가리키며, 맞물려 있는 두 개의 얇은 살가죽이 지나치게 무거운 것이 탈이라고 꼬집었다. 장돌뱅이로 나섰으면 발가벗고 물구나무서기라도 해야지 입만 꾹 처닫고 앉아서 웬 놈의 도를 닦느냐고 빈정거렸다. 그가 더 쉽게 말해 보라고 조르자 김용철은 사람이 어떻게 허구한 날 쓸 소리만 하고 사느냐며 쉰 소리, 마음에 없는 소리, 우스갯소리로 물건을 사려고 기웃대는 사람의 마음을 붙잡아야 한다며, 장돌뱅이는 그저 입 운동을 열심히 하는 것만이 살길이라고 넌지시 한 수 일러주었다. 김용철의 말을 듣고서야 깨달은 바가 있어서 그는 김용철에게 못쓰는 그릇을 하나 빌렸다. 우그러진 그릇을 엎어 놓고 젓가락 장단까지 맞춰 가며 민요 한 가락을 좌악 뽑아 젖혔다.

　"사래 질고 진진 밭에 목화 따는 저 처자야. 뉘 간장을 녹이랴고 저리 곱게 생겼는고. 내가 멋이 그리 곱아 양산이라 뒷개골에 열무 씻는 우리 형은 날카마도 더 고분데……."

　늙고 젊은 아낙들이 여문휘의 주위로 슬금슬금 모여들자 여문휘는 이때다 하고, 귀동냥으로 주워들은 민요를 아는 대로 흥얼거렸다. 사람들이 모여드니 신명이 나고, 신명이 나니 물건도 팔리고, 물건이 팔리니 어깨가 가벼워 목구멍에서 차진 육자배기가 절로 흘러나왔다.

그렇게 비단길에 갈 꿈에 잔뜩 부풀어 있다 어처구니없게 맞닥뜨린 횡액이 도무지 믿기지 않았다. 천주교 신자라니, 여문휘는 난데없는 죄명이 믿기지 않아서 애먼 제 허벅지만 자꾸 꼬집어 댔다.

"꿈일 거야. 잘못한 것도 없는데 별일이 있을라고."

가슴이 벌렁거리고 팔다리가 후들후들 떨렸다. 그는 지난밤에 무슨 일이 있었는지 돌이켜 보았다. 누구와 무슨 얘기를 나누었고, 무슨 일이 있었기에 이런 고초를 당하는지 그는 생각을 어제와 그저께로 돌려 보았다.

'무슨 일이 있었지?'

그가 장터에 앉아서 한 짓이라곤 지나다니는 사람들 옷차림을 살피며 옷을 살 사람인지 아닌지 판가름한 것뿐이었다. 사람마다 옷 입는 게 모두 제각각이었다. 속살만 안 보이게 가리고 다니는 사람, 철따라 새 옷으로 갈아입는 사람, 장롱에 여러 벌의 옷을 갖춰 놓고 자리 봐 가며 갈아입는 사람 등, 옷 입는 모양새가 천층만층이었다. 그런 여러 층의 사람들 중에서 진짜 옷 살 사람을 가려서 파는 것이 여문휘에게는 진사급제 만큼이나 어려웠다. 육자배기로 얼추 밥값을 했고, 잠들기 전에 방바닥에 뒹굴고 있는 책을 뒤적이다 뒷간에 달려간 게 전부였다. 자기 전에 그 책을 뒤적였던 건 객주의 봉놋방을 다녀간 장사꾼이 혹시 장부를 두고 갔을까 해서였다. 장사꾼에게 외상장부만큼 중요한 것이 없으니, 혹시 그런 거라면 주모에게 맡겨 둬서 주인을 찾아 주려 했다. 책을 아무리 뒤져도 숫자는 보이지 않고 온통 한문이었다. 까막눈으로 보기에도 장부가 아녀서 그냥 머리맡에 던져두었다. 그게 여문휘가 기억하는 사건의 전말이었다. 그중에서 무엇이 잘못되었는지 모르지만 잡아 족치려면 책 주인을 찾아서 끌고 가야지 왜 자신이 난데없는 고초를 겪는지 이해할 수 없었다. 포졸의 육모방망이가 머리통을 후려칠 때마다 여문휘는 정신이 반쯤 나갔다 들기를 거듭했다.

"나를 풀어 주시오. 비단길에 가야 해요."

"무덤으로 가야 할 놈이 뭔 개소리야."

여문휘는 무지막지하게 끌고 가는 포졸들의 손을 떨치고, 방으로 가서 짐을 챙겼다. 포졸 한 명이 그의 짐을 포도청으로 들고 가려는 걸 다른 한 명이 빼앗아서 객주 마당에 내동댕이쳤다. 보따리에 곱게 싸 두었던 모시적삼과 비단이 풀려 땅바닥에 뒹굴었다. 그의 어머니와 아내가 밤잠을 설치며 만든 옷이었다. 그 옷을 팔아야 식구들이 먹고사는데 이렇게 잡혀가면 저 비단과 옷은 어떻게 되는가. 그가 흩어진 옷감을 집으려 하자 포악한 포졸 하나가 그것을 냅다 걷어찼다. 그러자 두루마리로 감겨 있던 비단 한 필이 보따리에서 비어져 나와 길바닥에 또르르 구르기 시작했다. 여문휘는 눈이 부셔서 흰 비단을 똑바로 쳐다보지도 못했다. 비단을 따라서 더듬거리며 기었다.

"내 비단!"

여문휘가 비단을 주우려 하자 포졸이 그의 등에 육모방망이를 내리쳤다. 그는 그대로 비단에 엎어졌다. 비단이 풀려 길바닥을 하얗게 덮었다. 오는 사람 가는 사람이 비단 앞에서 걸음을 멈추었다. 누군가 그것을 주워 주려다 포졸이 휘두르는 육모방망이를 보고는 화들짝 놀라서 지나가곤 했다. 누조할매가 공들여서 짠 비단 위로 사람들이 지나가고 수레가 지나갔기 때문에 비단은 더 이상 깨끗하지 않았다. 흰 비단에 찍힌 발자국을 보며 여문휘는 뼈가 부서지는 아픔으로 신음을 뱉었다. 아침 햇살이 비단 위에서 눈부시게 반짝였다. 주모가 물 젖은 손을 앞치마에 닦으며 길바닥에 하얗게 깔려 있는 비단을 거두었다. 땅바닥에 흩어져 있는 옷도 주웠다. 주모가 옷과 비단을 보따리에 담아서 꽁꽁 묶으며 말했다.

"짐을 곱게 보관해 둘 테니 언제든 방값 내고 찾아가소."

"나중에 꼭 찾으러 오겠소. 내가 못 오면 아들이라도 올 거요."

여문휘는 걸을 새 없이 끌려가면서도 물건을 잘 보관해 달라고 당부했다. 주모는 짐을 번쩍 들어서 정지에 딸린 방에 넣고 문을 닫았다. 비단길에 가야 한다고 외칠 때마다 등때기를 내리치는 방망이질에 무릎이 휘청 꺾이곤 했다. 여문휘는 자신이 나쁜 꿈을 꾸고 있나 해서 또 한 번 허벅지를 꼬집어 보았다. 꿈이 아녔다. 속을 알 수 없는 마종태는 그렇다 해도 형제처럼 친하게 지낸 김용철이 말 한마디 해 주지 않고 가 버린 것이 말할 수 없이 서운했다. 절대로 나라의 법을 어길 사람이 아니라고, 여문휘를 위해 한 마디만 해 주면 되는데 어째서 그리도 매정하게 가 버리는지. 김용철이 못 본 척하고 가 버린 것도 원망스러운데, 어쩌자고 포졸들은 그에게 말할 기회도 주지 않는지.

포졸들이 감영으로 끌고 온 그를 마당에 내동댕이쳤다. 포졸들이 포박한 채로 여문휘를 꿇어 앉혔다. 동헌의 높은 자리에 관찰사가 앉아 있었다. 관찰사가 수염을 쓰다듬으며 어디서 온 누구인지, 천주학 책은 어디서 났는지 숨김없이 고하라고 했다. 여문휘는 아침에 배를 타고 중국으로 가야 할 보부상이라고 자신을 소개하고는 그 책은 잠자리에 들기 전부터 봉놋방에 놓여 있던 책이고, 그게 천주학 책인 줄도 몰랐다고 말했다. 그러자 관찰사가 틀림없는 천주교 신자라고 밀고한 사람이 있다며, 바른말을 하지 않으면 당장 물고를 내겠다고 고함을 질렀다.

"도망간 놈들이 어디 숨었는지 바른대로 말하면 목숨은 살려 주겠다."

"나리, 억울합니다. 소인은 양근 분원리에서 온 장사꾼입니다. 부끄러운 얘기지만 소인은 글도 모르는 까막눈이라서 그 책이 천주학 책인지도 몰랐고 그런 사람을 만난 적도 없습니다. 주막에 가서 물어보십시오. 어제 화원장에서 함께 장사를 했던 친구들은 다 압니다. 새벽에 비단길에 갈 사람이 그런 짓을 할 턱이 없지 않습니까."

"네놈이 천주교 신자라고 밀고한 놈이 너와 함께 장사를 한 놈인데도 딴소리냐?"

"나리, 그놈은 판돈 빌려 달라는 걸 거절했다고 제게 화풀이한 겁니다. 그놈 말을 믿지 마십쇼."

"네 책이 아닌데도 책에서 찢어 낸 종이가 네놈 호주머니에 들어 있느냐."

"뒷간에서 쓰려고 찢었다가 종이가 아까워서 호주머니에 넣어 두었던 것입니다. 제 말을 좀 믿어 주십시오."

관찰사가 그저께 명곡리에서 잡아온 천주교 신자들을 끌고 오라고 명령을 내렸다. 포졸들이 반 실신이 된 두 사람을 끌고 나왔는데, 고문을 얼마나 당했는지 형색이 거의 초죽음이 되어 있고 정신이 나간 상태여서 눈도 바로 뜨지 못했다. 관찰사는 실신한 거나 마찬가지인 두 사람에게 여문휘를 잘 보라며 아는 사람이 맞느냐고 물었다. 두 사람은 여문휘를 쳐다보지도 않고 고개를 저었다. 그들의 대답은 오직 하나였다. '나는 모른다.' 그러자 관찰사가 화를 누르며 고문으로 초죽음이 되어 있는 두 사람에게 천주학을 버리겠느냐고 물었고, 두 사람은 죽어도 버리지 못한다고 대답했다. 머리끝까지 화가 난 관찰사가 자리에서 벌떡 일어나며 동구 밖으로 끌고 가서 목을 치라고 명령을 내렸다. 포졸들이 두 사람을 끌고 나갔다. 여문휘는 두 사람이 끌려 나가는 것을 보고 그만 정신을 놓고 말았다. 그는 자칫하면 없는 죄를 뒤집어쓰고 죽겠다 싶어서 다시는 그런 책을 쳐다보지도 만지지도 않겠다며 살려 달라고 애원했다.

"천주교도 책도 죽을 때까지 가까이하지 않겠습니다. 제발, 살려 주세요."

"어제 달아난 놈들이 어디 숨었는지 말하면 살려 주마."

"나리, 장사하며 만난 사람 말고는 화원 땅에 아무 연고도 없습니다."

"안 되겠다. 이놈이 매맛을 봐야 털어놓을 모양이다. 어제 주막에서 술을 마시고 논 것을 본 사람이 있는데."

"어제 만난 사람은 어릴 때 헤어진 친구입니다. 주막에서 우연히 만나서 술을 한잔 마신 것뿐입니다."

"그놈 이름이 무엇이냐?"

"나리, 그 친구는 이 일과 아무 상관이 없습니다."

"상관이 있는지 없는지 내가 알아볼 것이야."

밀고한 마종태의 말로는 여문휘가 천주교 신자와 얘기를 하더라고 했다. 박학수와 얘기를 나눈 건 사실이지만 어릴

적 친구끼리 나눌 법한 얘기를 주고받았을 뿐이라고 입이 아프게 설명해 봐야 헛일이었다. 관료들은 진실 같은 것에는 조금도 관심이 없었다. 세 살짜리에게도 군포세를 물게 하는 것이 세관 관리들인 것을. 밀린 군포세 때문에 소를 빼앗긴 어느 농부가 홧김에 제 성기를 잘랐다던가. 이 혼돈의 시대에서 진실은 그렇게 농부가 잘라 버린 성기처럼 슬픈 것이다. 관찰사가 기어이 박학수를 잡아들이려는지 주막으로 사람을 보냈다. 어젯밤 술청에서 여문휘와 술을 마신 자가 누구냐고 물으면 금방 알아낼 터. 누구든지 잡아들여서 주리를 틀고 단근질을 해서라도 없는 죄를 만들어 내려는지. 그들의 손에서 살아남으려면 배교를 선언하고, 그것을 믿게 하기 위해서 진짜든 가짜든 누군가를 밀고해야 죽음을 면할 수 있으니. 기어이 피를 보고 끝을 내려나 보다.

여문휘의 말을 아무도 들으려 하지 않듯이, 그들이 원하는 것은 웃전에 보여 줄 실적이었다. 동구 밖으로 끌려 나간 두 명이 처형을 당했다. 망나니가 덩실덩실 춤을 추는 모습이 떠올랐다. 여문휘는 망나니가 칼춤을 추며 물을 뿜는 모습을 코앞에서 보게 되리라곤 꿈에도 생각지 못했다. 어느 순간 춤사위를 멈춘 망나니가 휙, 하고 칼을 휘두르면 제 목이 떨어져 땅바닥을 떼구루루 굴러다닐 것이다. 여문휘는 반 정신이 나간 상태에서 두 개의 머리가 굴러떨어지고 포졸들이 가마니에 둘둘 만 시체를 바다에 던지는 환각을 보았다. 여문휘는 무릎걸음으로 기어가 살려 달라고 빌었다.

"소인이 뭘 잘못했는지 모르지만 살려 주십시오. 늙은 어머니와 어린 자식이 있습니다."

"도망간 놈의 이름을 대라. 그러면 당장 석방시켜 주겠다."

"달아난 자들이 어디에 숨었는지는 모르지만 친구의 손목에 걸린 염주는 보았습니다."

"그래? 묵주 말이냐?"

약재상 박학수의 웃는 얼굴이 얼른 떠올랐다. '이러면 안 되는데, 그는 아무 죄도 없는데.' 누조할매 잘 계시냐고 물으며 학수가 말했다. '가끔 네 생각이 나더라.' 술값도 그가 냈다. 포도대장이 빨리 말하지 않는다고 고함을 질렀다. 여문휘는 고개를 저으며 자신이 잘못 알았다고 둘러댔다.

"생각해 보니 부처님 얼굴이 그려져 있는 염주였습니다. 잘못 봤습니다."

"이놈이 아직도 정신을 못 차렸구나. 여봐라, 실토할 때까지 때려라."

곤장을 얼마나 맞았는지 수를 헤아리다 정신을 잃었다. 깨고 보니 경상감영 앞의 길바닥이었다. 당장 생각도 하기 싫은 감영이나 떠나고 보자는 심정으로 앞만 보고 기었다. 지나가는 사람에게 사문진나루터의 객주에 데려다 달라고 부탁을 하려는데 모두들 겁먹은 얼굴로 지나갔다. 어디로 가는지도 모르고 벌레처럼 기었다. 실토할 때까지 때리라는 말이 떨어지기도 전에 곤장이 날아왔다. 아무 생각도 나지 않았다. 잠깐 박학수의 얼굴이 떠올랐지만 친구를 팔지 않으려고 매 맞으면서도 어금니를 깨물었던 게 생각났다. 그는 머릿속에서 박학수의 웃는 얼굴을 지웠다. 어쩐 일인지 기분이 나빠지며 자꾸 눈물이 쏟아지려 했다.

'친구는 팔지 않았어. 그런 더러운 짓은 안 했어.'

정신이 있는 동안에는 절대로 박학수를 팔지 않았다고 장담했다. 그는 다짐하듯 스스로에게 그 말을 일러주었다. 친구를 팔아먹은 건 마종태 놈이지 자신이 아니라고. 그런데 어째서 관찰사가 그를 풀어 준 것일까. 그에게 아무 죄가 없다는 걸 알아준 걸까. '난 죄가 없어.' 머릿속이 엉킨 실타래 같았다. 생각이 나지 않는 대로 내버려 두고, 우선 주모에게 맡겨 둔 짐을 찾기로 했다. 다행히 죽지 않고 살았으니 짐을 찾아서 급히 따라가면 비단길에서 마종태를 만날 수 있을 것이다. 찾아서 물어봐야 한다. 어째서 친구를 관아에 팔았는지. 김용철, 한가이, 은수저공, 마종태까지 다 갔는데 자신이 비단길에 못 갈 이유가 없었다.

마음 같아서는 중국에 가면 두 번 다시 조선 땅에 발을 들이고 싶지 않았다. 관리들은 어째서 사람 말을 믿어 주지 않는지. 백성들의 말에 귀도 기울이지 않는 이놈의 땅과 영원히 등 돌릴 생각을 했다. 배를 타고 나가면 이 땅에서 있었던 일을 까맣게 잊을 것이다. 곤장을 맞을 때 여문휘는 자신을 죽은 사람이라고 생각했다. 경상감영의 뜰은 죽음의 땅이고, 거기서 풀려났을 때 그는 다시 태어났다고 여겼다. 예수란 자도 빌라도의 군사들에게 온갖 고초를 다 겪고 죽음을 당했다. 예수가 사흘 만에 무덤에서 되살아났듯이 자신도 지옥 같은 감영에서 사흘 만에 살아 나왔다. 그는 자신이 죽지 않고 살아났다는 사실이 자랑스러웠다.

그는 도와줄 생각도 않고 본 체 만 체 지나치는 사람들 사이를 엉금엉금 기었다. 김용철이 그런 것처럼 불똥이 튈까 무섭겠지. 여문휘는 그들을 이해하기로 했다. 죽음의 동굴에서 살아 나왔으니 조금 너그러워지기로 했다. 용서보다 큰 체벌은 없을 테니. 언젠가 알게 될 것이다. 죽어 가는 사람을 도와주지 않은 게 얼마나 큰 잘못인지. 여문휘는 자신이 받은 고통을 똑똑히 기억하기로 했다. 너무 억울해서 가슴이 터져 버릴 것 같은 사흘 동안의 일을 가슴에 새겨 두겠다고 마음먹었다.

아득하게 펼쳐진 들판에 햇볕이 뜨겁게 내리쬐었다. 여문휘는 기어가다 눈에 보이는 어느 농가로 들어갔다. 마당에 우물이 있고, 자배기에 물이 가득 담겨 있었다. 그는 우물로 기어가 엎드린 채로 물을 마셨다. 피와 땀에 온몸이 흠뻑 젖었는데도 더 이상 고통을 느끼지 못했다. 예수도 사람이었다지? 신의 아들도 사람이라니까 하는 말이지만, 죽음이 다가올 때 그도 무섭지 않았을까. 그리고 또 하늘을 올려보며 물어보지 않았을까. 나한테 왜 이러시냐고, 왜 하필이면 내가 이런 고통을 당해야 하느냐고. 여문휘가 그랬듯이 속으로 억울하다고 소리치지 않았을까.

가만있자, 예수란 자의 얘기를 들려준 이가 누구였지? 강완숙이었나 묘령이었나. 죽음의 동굴에서 사흘 만에 되살아났으니까 예수도 죽어 가는 사람의 고통을 알 것이다. 이를테면 죽는 게 무서워서 가장 친한 친구를 배반했다면, 사람이니까 그럴 수 있다며 이해해 주지 않을까. 아무 죄도 없이 끌려가 얻어터진 게 천주교 때문이니까, 그 정도 잘못은 용서해 줘야 하는 것 아닌가.

"살려 주세요. 아무도 없어요?"

목청껏 애원하는데도 내다보는 사람이 없었다. 집이 비었는지 일찍 잠이 들었는지. 의식이 가물거리다 아득해졌다. 발소리가 들리고 누군가가 다가오는데도 여문휘는 고개를 들지 못했다.

"어이 거식아, 빨리 나와 봐라. 사람이 쓰러져 있다."

그가 누군가를 불렀다.

"누가 왔다고?"

방에서 노파가 다리를 끌며 나왔다.

"이게 무슨 일이고?"

두 사람이 여문휘를 부축해서 방에 눕혔다. 피투성이가 된 그의 몰골에 두 노인이 경악을 내질렀다.

"세상에, 우짜다 이 지경이 됐노?"

"얻어터진 데는 거시기가 최고제."

"암만."

이름도 거식이, 거시기도 거시기. 그게 뭔지 모르지만 거시기 한 대접 퍼 오라는 노인의 목소리가 멀어지다 가까워지다 했다. 뒷간으로 간 이는 구석에 놓아둔 항아리 뚜껑을 열어서 사발 가득 국물을 퍼 담았다. 위에 뜬 국물만 퍼 와서는 숟가락으로 여문휘의 입에 떠 넣었다. 거시기가 뭔지 알 것 같았다. 폭 삭아서 냄새가 가시긴 했지만 그것은 틀림없는 똥물이었다. 여문휘는 두 노인이 떠먹여 주는 것을 보약처럼 넙죽넙죽 받아먹었다. 노인이 여문휘의 입을 크게 벌리며 말했다.

"옳지, 잘한다. 이걸 묵어야 사는 기라."

그는 정신이 오락가락하는 와중에 박학수의 웃는 얼굴을 보았다. 불혹에 다시 만난 친구 박학수는 눈가에 보기 좋은 주름을 지으며 웃었다. 가물거리는 의식 속으로 박학수의 목소리가 들렸다.

'문휘야, 널 다시 만나서 반가웠어.'

'학수야, 미안하다.'

배 속 깊은 곳에서 뜨거운 불덩어리가 치밀어 오르는데 노인이 손으로 입을 막고 있어서 뱉어 내지 못했다.

"약이라 생각하고 꿀꺽 삼키라."

여문휘는 헉헉 숨이 차오르는 걸 억지로 참았다. 입에 든 것을 삼켜야 한다는 의지와 속에서 치미는 뜨거운 덩어리가 목구멍에서 서로 부딪치는 것이 생생하게 느껴졌다. 숨이 가쁜데도 노인은 그의 입에 똥물을 자꾸 떠 넣었다. 노인이 입을 막고 있기 때문에 그것을 뱉지 못하고 꿀꺽 삼켜야 했다.

"옳지, 옳지! 살고 싶으믄 넘겨야제."

노인의 목소리가 바람소리처럼 가까워졌다 멀어졌다 하며 들렸다. 울음이 기어오르는데도 노인이 입을 막고 있기 때문에 울지 못했다. 여름 들판을 지나는 바람소리가 긴 휘파람소리 같았다. 바람이 그를 대신해서 윙윙 울어 주었다.

백 첩(百帖)의 영원 안에
강물도 자라나서

뽕잎을 따러 간 수리는 주어재에서 번개 맞은 나무를 보았다. '찾았다' 하는 말소리가 들려서 가 보니 거기 바랑을 멘 스님이 그윽한 눈으로 나무를 바라보고 있었다. 깊은 산속에서 사람을 만난 게 반가워서 수리는 뽕잎을 따는 척하며 스님의 동정을 살폈다. 스님은 누더기 승복을 입고 달랑 지팡이 하나만 든 차림이었다. 주어사에서 한 번 보긴 했지만 얘기를 나눈 적은 없었다. 수리는 뽕잎을 따며 그에게로 다가가서 말을 건넸다.

"스님, 나무를 왜 그렇게 쳐다보고 계십니까?"

그러자 스님은 수리를 힐끔 쳐다보더니 이렇게 깊은 산속까지 웬일이냐고 물었다.

"저야 뽕잎을 따라다니니까 안 가는 곳이 없죠."

"산짐승을 만나면 어쩌려고."

"그놈들이 모두 제 친구들이에요."

"조심해라, 산짐승들은 제 배꼽시계에만 관심이 있는 녀석들이니."

누에들이 자라며 뽕잎을 따러 나가는 횟수도 늘어나고 산을 타는 시간도 늘어났다. 해협산, 정암산, 양자산, 앵자봉, 천진암까지 수리의 발이 닿지 않은 곳이 없었다. 산을 타다 보면 멧돼지나 오소리, 고라니, 노루 같은 산짐승이 한 번씩 나타나기도 하지만 그 애들과도 웬만큼 친해져서 서로 방해하지 않고 잘 지낸다. 산짐승은 의외로 예민한 아이들이어서 누군가를 만나면 자기를 해칠 사람인지 아닌지를 먼저 알아본다. 멀리 쫓는답시고 섣불리 돌을 던지거나, 공격적인 자세를 취하거나, 겁을 집어먹고 달아나지 않으면 대부분 별일 없이 지나간다. 스님이 곧은 나무 한 가지를 자르며 물었다.

"너 이게 무슨 나무인지 모르지."

"물푸레나무 아녀요?"

"예사로운 물푸레가 아니니까 묻는 거 아니냐."

"잘 모르겠어요."

"자세히 보면 다른 나무와 다르다는 걸 알 수 있을 게다. 아주 특별한 나무니까 말이다."

"제 눈에는 전혀 특별해 보이지 않는데요."

"숙제니까 다음에 만날 때까지 알아 오렴. 이 물푸레나무가 다른 나무와 어떻게 다른지."

"숙제 풀어 오면 시자승이라도 삼으시려고요?"

"예끼 놈아, 난 천방지축 돌중은 안 키울란다."

스님은 괜히 산을 얼쩡거리다 호랑이 밥 된다며 겁을 주고는 곧은 나뭇가지 하나를 잘라서 횡하니 가 버렸다. 숙제? 스님들은 쓸데없이 어려운 문답놀이를 좋아하는 것 같다. 그냥 '이 나무는 여드름투성이의 못나 빠진 나무다' 하고 말해 주면 될걸. 스님이 숙제까지 내줬으니 뭐가 다른지 알려고 애는 써 봐야 할 것 같아서 스님처럼 곁가지 두 개를 잘랐다. 뿌리가 튼튼하게 살아 있으니, 나뭇가지 한두 개쯤은 허락해 줄 것 같았다. 하나는 허리가 굽은 누조할매 지팡이, 하나는 호신용 무기. 지팡이를 만들어 주면 누조할매가 기뻐할 것 같았다. 다른 하나는 자드락길에 똬리를 틀고 있는 뱀이나 쫓자는 심사였다. 산에서 만나는 짐승 중에서 가장 곤란한 녀석이 뱀이었다. 얼른 지나가지도 않고 혀를 날름대며 노려보면 온몸에 소름이 싹 돋았다. 수리는 뱀이 가장 싫었다. 게다가 가을 뱀은 일 년 중 가장 독이 많았다. 겨울잠을 준비하느라 많이 먹을 때였다. 스님이 지팡이를 들고 다니는 것처럼 뱀을 쫓기 위해서라도 긴 막대기가 필요했다. 수리는 번개 맞은 나무를 자세히 살폈다. 다른 나무에 비해 옹이 진 상처가 많다는 것 말고는 크지도 굵지도 않은 그 나무가 별로 특이해 보이지 않았다. 곧은 몸통에 온통 흠집투성이인데도 나무는 아무렇지 않다는 듯 생생하게 잘 자라고 있었다.

수리가 물푸레나무를 휘저으며 산을 내려올 때, 이삿짐을 실은 소달구지가 삐걱대며 골목 어귀로 들어왔다. 소달구지는 옆집에 멈추었다. 집 지키는 노인만 드나들더니 드디어 집주인이 이삿짐을 싣고 온 모양이었다. 집과 집이 옆집이라기 뭣하게 멀찍이 떨어져 있긴 하지만 인근에서는 가장 가까운 집이어서 누조할매는 이웃이 생긴 걸 내심 반기는 눈치였다. 누조할매와 묘령은 베를 짜다 말고 이웃집이 이삿짐 나르는 걸 담 너머로 엿보았다. 낮은 담 너머로 옆집 마당이 훤히 보였다. 하인들 여러 명이 소달구지에 싣고 온 짐을 날랐다. 장롱과 문갑, 책상 등, 몇 개의 가구와 흰 보자기로 싼 보따리가 소달구지 하나 가득이었다. 소달구지에 실려 있는 흰 보따리가 얼른 보기에도 책 같아 보였다. 별로 많지 않은 이삿짐 중에 책이 반을 넘었다.

누조할매는 모처럼 구경거리가 생겼다 싶은지 담벼락에 착 달라붙어 있었다. 부부와 아이를 합쳐서 다섯 식구에, 하인이 여러 명이었다. 하인들이 두 사람씩 짝을 지어 무거운 장롱을 들어 옮기고 책 보따리를 안으로 들여놓는 걸 쳐다보던 누조할매가 쯧쯧쯧, 혀를 찼다.

"아, 저렇게 험한 일을 할 때는 물색 옷을 입으면 얼마나

좋아. 양반이고 상놈이고 모두 흰옷을 입고 설쳐 대니 옷
꼴이 저 모양이지."

묘령이 입을 가리고 호호 웃었다. 누조할매 말대로 흰옷
은 때가 잘 탄다. 흰옷은 빨래도 자주 해야 하고, 조심스
러워서 아무 데나 앉거나 드러눕지도 못한다. 이삿짐을 나
르는 하인들의 옷도 아마 때와 먼지로 거뭇할 것이다. 집과
집이 떨어져 있어서 좋은 점도 있다. 세 명이 담벼락에 달라
붙어서 흉을 봐도 옆집까지 들리지 않는다. 담 너머로 구경
을 하던 누조할매와 묘령이 주거니 받거니 얘기를 나누었다.

"선비 집은 이삿짐도 다르네."

"흰 보자기에 싼 거 책 같죠?"

"쌀가마니는 안 보이고 책만 그득한 것이 딱 배고파 보이
는 이웃이네."

"양반들은 아무리 가난해도 삼 년 먹을 건 쌓아 둔다
잖아요."

"마당에 널어놓은 나락이 떠내려가도 책만 읽는 사람이
선비 아니냐. 저 댁 남정네도 그런 사람이겠지?"

"선비들이 다르면 얼마나 다르겠어요. 잘난 척이나 할 테
죠."

"그래도 이웃이 생기니 적적하지 않아서 좋구나."

"양반 가까이해서 득 될 거 없어요, 어머니."

누조할매와 묘령은 너무 가깝게 지내지 말자고 말을 맞

추며, 이러쿵저러쿵 얘기를 주고받았다. 하인들이 짐을 내려놓고 달구지를 끌고 갔다. 마당에 쌓여 있던 이삿짐이 안으로 들어가고 난 뒤에야 누조할매는 베틀에 앉고 묘령은 늘 하던 대로 바느질감을 잡았다. 수리는 잘라 온 나무를 다듬을 엄두도 못 내고 마루에 드러누웠다. 산을 타고 난 뒤여서 고단했다. 열흘 살아갈 기운을 하루 만에 다 써 버린 듯 맥이 풀렸다.

대여섯 살배기 도령과 다리를 절룩이는 여자아이가 떡소쿠리를 들고 왔다. 옷매무새로 보아 남자아이는 옆집 도령 같고 여자아이는 하녀라고, 수리는 나름대로 짐작을 했다. 수리 또래쯤 될까 싶은 하녀가 소쿠리에서 접시를 꺼내자 도령이 수리에게 이사 떡이라며 주었다. 부엌칼로 나무를 다듬던 수리가 도령이 내미는 접시를 받았다. 그 애들이 들고 온 것은 팥고물떡이었다. 수리는 팥고물떡 접시를 베틀에 앉아 있는 누조할매에게 주었다. 누조할매는 떡 쟁반을 받으며 주인나리가 어디서 오신 분이고, 누구시냐고 물었다. 하녀는 주인나리가 마재에서 온 선암 정약종이고 진주목사였던 정재원의 셋째 아들이라고 말해 주었다. 하녀는 선암이 의학을 연구하고 병든 사람을 돌보기도 했다며 자랑스럽게 말했다.

도령이 수리가 들고 있는 기다란 막대를 가리키며 그걸로 뭘 만드느냐고 물었다. 수리는 무기를 만든다고 은근히 자

랑을 늘어놓았다. 산에 다니려면 호신용 무기가 필요하다
니까 도령이 그걸로 호랑이도 잡을 수 있냐고 물었다. 수리
는 호랑이와 친구처럼 사이좋게 지내기 때문에 지팡이를 휘
두를 필요가 없다고 말했다. 누조할매는 지체 높은 집안에
서 이사 떡을 나누어 주었다는 사실에 감동했는지, 묘령에
게 벽장에서 앞치마를 두 개 가져오라고 일렀다. 묘령이 황
톳물과 홍화꽃으로 물들인 고운 색의 앞치마를 두 개 가
져왔다. 할머니는 일할 때 물색 앞치마를 두르면 빨랫감이
적어진다며, 일할 때 두르라고 일렀다. 그러자 하녀가 그중
홍화꽃으로 물들인 앞치마를 허리에 둘렀다. 누조할매가
곱구나, 하며 하녀를 칭찬해 주었다. 하녀는 고맙다며 고
개를 꾸벅 숙였다. 누조할매는 떡을 갖고 온 도령에게도 선
물을 줘야 한다며, 겨자 물을 들인 손수건을 세 장 주었다.
형제들과 한 장씩 나누어 쓰라니까 도령이 배꼽 아래로 두
손을 모으고 고맙다며 절을 했다. 누조할매가 이름이 뭐냐
고 묻자 정하상이고 나이는 여섯 살이라고 또박또박 대답
했다. 아이의 머리를 쓰다듬으려는 누조할매의 손을 묘령
이 얼른 붙잡았다.

"어머니, 양반댁 도련님의 머리를 함부로 만지면 안 돼요."

"어떠냐, 애들인데."

"양반과 포도청은 멀리하는 게 좋아요."

두 아이가 기분 좋은 얼굴로 나갔다. 누조할매는 삼베나

무명, 모시 등의 옷을 만들고 남은 천으로 그렇게 앞치마나 조각보, 손수건을 만들어서 사람들에게 나누어 주는 것을 좋아했다. 묘령은 어른이 아이의 머리를 쓰다듬는 건 흉이 아니지만 양반을 가까이해서 별로 좋은 일이 생길 것 같지 않으니 조심하는 게 좋다고 재차 일렀다. 누조할매는 묘령의 잔소리를 듣는 둥 마는 둥 다시 베틀에 앉았다. 수리는 문밖까지 따라가며 물었다.

"여자애 너 이름이 뭐냐?"

여자아이가 대답을 못하고 머뭇거리자 하상이 '모혜라고 대답해' 하며 여자아이의 팔을 흔들었다. 하상의 장난에 여자아이의 얼굴이 빨개졌다. 수리가 활짝 피어 있는 백일홍을 한 줌 뜯어서 두 아이에게 던지며 물었다.

"나중에 너희 집에 놀러 가도 돼?"

그러자 하상이 얼른 대답했다.

"와도 좋아. 옆집이니까 내가 허락할게."

수리는 꽃을 밟고 가는 하녀의 걸음걸이에서 눈을 떼지 못했다. 빨리 걸으려니까 더 많이 절룩거렸다. 그래도 여자아이의 맑은 눈과 하얀 살색이 마음에 들었다. 목화밭을 지나던 여자아이가 구름처럼 피어 있는 목화를 부신 듯 바라보았다. 수리에게는 여자아이의 얼굴이 갓 피어난 목화꽃 같았다. 하녀보다 앞서 가던 하상이 돌아서서 말했다.

"내 이름은 하상이고, 모혜 이름은 모혜야."

수리는 두 아이에게 손을 흔들어 주었다. 하상이 귀여운 웃음을 지으며 손을 흔들었다. 누조할매가 팥시루떡을 떼어 입으로 가져가며 말했다.

"애가 영특하네. 두 손 모으고 배꼽인사 하는 것 봤지?"

"뼈대 있는 집 자손은 다르네요."

"살다 보니 양반들에게 이사 떡 얻어먹는 날도 있네."

"빈 접시에 호박전이라도 담아 보내야겠어요. 수리야, 어디 가지 마."

"내가 가야 돼?"

"나 혼자 가기가 머쓱하니까 같이 가잔 말이지. 이웃인데 가서 잔일이라도 거들어 줘야지."

묘령은 양반과 이웃하고 사는 게 조심스럽지만 이삿짐 나르는 거라도 거들어 줘야겠다고 했다. 정을 쌓아 둬서 나쁠 건 없었다. 수리도 이웃집 사람이 궁금하긴 했다. 정하상입니다, 하고 이름을 고하던 아이의 귀여운 얼굴이 눈에 아른거렸다. 묘령이 호박전을 구울 동안 수리는 부엌칼로 나무 껍질을 벗겼다. 말갛게 흰 속살을 드러낸 나무를 마른 수건으로 문질러 매끈하게 다듬었다. 나무의 몸에서 나는 냄새가 좋았다. 다듬은 나무를 한지에 돌돌 말았다.

"양반이면 공부를 많이 했을 테니까 스님이 낸 숙제를 풀어 줄지도 몰라."

실은 이웃집에 줄 선물이라곤 스님이 특별하다고 한 상

처투성이 나무뿐이었다. 스님이 잘라 갈 정도면 뭐가 달라도 다르겠지. 나무를 선물로 주면 그 나무를 지팡이로 쓴든지, 등긁이를 만들든지, 벽에 걸어 두고 복을 빌든지, 그것은 이웃이 된 하상의 아버지가 알아서 할 일이었다. 뱀쫓을 나뭇가지야 다시 하나 만들면 되는 것이고, 뱀을 쫓는 것보다 이웃집에 선물로 주면 그게 나무를 더 귀하게 쓰는 일이 될 것 같았다. 묘령은 팥고물떡을 담아 왔던 흰 도자기 접시에 갓 구운 호박전을 담고 쪽물을 들인 긴 목도리를 두 장 준비했다. 늙은 호박의 노란 빛깔이 먹음직스러웠다. 치맛자락을 당겨 허리끈을 맨 묘령이 접시를 들고 앞장섰다. 장독을 씻던 아낙이 묘령을 반갑게 맞았다. 처음 보는데도 아낙은 몇 번 만난 사람처럼 고운 앞치마를 줘서 고맙다며 묘령을 이웃으로 대해 주었다. 묘령이 호박전을 내밀자 아낙이 안채를 향해 마님을 불렀다. 방에서 연한 옥색 한복을 입은 유씨 부인과 두 아이가 쪼르르 달려 나왔다.

아낙이 유씨 부인에게 접시를 내밀며 옆집 사람이 호박전을 구워 왔다고 했다. 묘령은 보자기에 말아 온 쪽빛 목도리를 내밀며 겨울에 두르면 따뜻할 거라고 했다. 유씨 부인은 목도리를 만지며 쪽빛도 곱거니와 비단결이 어쩜 이리도 고우냐며 함빡 웃음을 지었다. 유씨 부인은 그렇지 않아도 일손이 필요했는데 잘됐다며 부엌살림 정리하는 것을 좀 도와주면 고맙겠다고 했다. 아낙이 씻어서 시렁에 얹어 달라며 정리도 못하고 쌓아 두었던 그릇을 풀어놓았다. 묘령은 도자기 그릇을 깨끗이 씻어서 시렁에 얹고, 검게 때가 낀 놋그릇을 재와 짚으로 윤이 나게 닦았다.

묘령이 놋그릇을 닦는 동안 수리는 한지에 싼 나무를 들고 서재로 갔다. 하상과 정혜가 수리를 졸졸 따라왔다. 서재에서 책 정리를 하던 선암이 고개를 들어 수리를 쳐다보았다. 그가 진주목사 정재원의 셋째 아들 선암 정약종이었다. 신분의 차이로 보나, 나이로 보나 옆집으로 이사를 오지 않았으면 생전 얼굴 마주칠 일도 없을 사람이었다. 더구나 그의 옆에 수리보다 서너 살은 더 먹었을 것 같은 그의 큰아들이 짐을 챙기고 있었다. 수리는 하상이 누조할매에게 그랬듯이 공손하게 인사를 한 뒤, 옆집에 사는 '여수리'라고 했다. 하상이 여수리 독수리, 하며 이상한 이름이라고 놀렸다. 수리는 부끄러운 듯 머리를 긁적이며 한지에 말아 온 나무를 내밀었다. 선암이 뭐냐고 물었다.

"옆집으로 이사 오신 분께 드리는 선물입니다."

"선물?"

"조금 전에 산에서 잘라 왔습니다. 실은 주어사 스님께서 그 나무를 가리키며 다른 나무와 뭐가 다른지 알아 오라고 하셨습니다. 아무리 봐도 상처가 많은 것 말고는 모르겠습니다."

선암이 한지를 풀고 나무를 꼼꼼히 살폈다. 껍질을 홀랑

벗긴 나무의 몸통 곳곳에 깊게 옹이 진 자국이 나 있었다.

"번개를 맞은 것 같은데 살아 있는 나무를 자른 것처럼 생생하구나."

"살아 있는 나무에서 자른 것이 맞습니다."

"번개를 맞고도 살아 있더란 말이냐?"

"그래서 스님이 다른 나무와 다르다고 하셨군요. 소인은 그게 번개 맞은 나무인 줄도 몰랐습니다."

"귀한 것을 가져왔구나. 번개를 맞고도 죽지 않은 나무가 있다니. 연수목이나 천수목은 산신의 꿈을 꾸어야 만날까 말까 한 나무라지."

선암이 들려준 얘기로는 폭우가 내릴 때 산을 깨부술 듯 요란하게 뇌성벽력이 치면 운 없이 번개를 맞는 나무가 있다고 했다. 번개를 맞으면 대부분의 나무가 선 채로 참혹하게 찢기거나 타 버리기 일쑤였다. 번개가 얼마나 강력한 힘을 가졌기에 멀쩡한 나무를 태워 버리느냐고 놀라서 물을 것도 없었다. 새파란 빛줄기가 찌릿, 하고 하늘을 가르는 순간에 일어나는 일이었다. 그런 중에 번개를 맞고도 살아 있는 나무가 있고, 그렇게 천행을 탄 나무를 만났다면 그야말로 산속에서 기인을 만난 것이나 다를 바 없다고 했다. 그러니까 오늘 수리는 그런 천행을 탄 나무를 만난 것이다. 나무의 몸에 난 상처는 번개를 맞을 때 생긴 상처였고, 그 나무는 번개를 맞고도 꿋꿋하게 살아서 가지를 뻗고 잎사귀를 피우며 잘 자라고 있었다. 얼마나 강한 나무이기에 번개를 맞을 때의 참혹한 상처를 가지고도 죽지 않고 꿋꿋하게 살아 있는 것인지. 어째서 하필이면 그 나무가 번개를 맞았을까. 협곡에 빼곡하게 서 있는 수많은 나무 중에서.

"나리, 참 이상합니다. 어째서 산에 있는 수많은 나무 중에서 하필 그 나무가 번개를 맞았을까요?"

"벼락도 아무 데나 마구 치는 것이 아니라 돌이 많은 산에만 친다는구나. 그것은 돌에 철의 성질이 많은데, 나무가 돌에 있는 철의 기운을 빨아들이기 때문이지."

"첨 듣는 얘기입니다, 나리."

"말만 들었지 나도 이런 나무는 처음 보았다."

수리는 자신이 장한 일을 한 듯 뿌듯했다. 선암은 번개 맞은 나무를 쓰다듬으며 고맙게 잘 쓰겠다고 했다. 수리는 팥고물떡 잘 먹었다는 누조할매의 인사말을 전하고는, 마당에 있는 책 보따리를 서재로 옮기면 되느냐고 물었다. 선암이 그러라며 한마디 슬쩍 덧붙였다.

"가장 가까운 이웃이니 우리 아이들 잘 부탁한다. 아우로 여기고 잘 돌봐 주려무나."

"그러겠습니다, 나리."

수리는 다른 양반들과 많이 달라 보이는 선암을 경이로운 눈으로 바라보았다. 지금껏 양반을 지척에 두고 얘기를 나누어 본 것도 처음이고, 당신의 아이들을 아우로 여기고 잘 돌봐 달라는 부탁을 받은 것도 처음이었다. 이름만 대면 삼척동자도 다 아는 집안의 선비가 하찮은 이웃집 아이의 말을 받아 주고, 양반집 자손을 아우로 여기고 잘 돌봐 달라고 말했다면 누가 그 말을 믿을까. 수리는 자기가 속량 받은 노비의 자식인 것을 말해야 할까 고민했다. 그러면 선암이 방금 자기가 한 말을 후회할 거라고 생각했다.

지금까지 수리가 봐 온 양반들은 해라, 하고 명령을 내리면 세상일이 저절로 되는 줄 아는 사람들이어서 저보다 천한 사람에게 부탁한다는 말은 하지 않았다. 아랫사람에게 예사로 욕을 하고 멸시를 하고도 미안하다거나 고맙다는 말을 할 줄 모르는 사람들. 수리가 아는 양반은 대개 그런 사람들이었다. 어른보다 더 어른처럼 구는 어린 양반들의 오만방자함에 질려 버린 지 오래다.

예전에 서당에 놀러 갔다가 할아버지가 감찰사를 지냈다는 아이와 말다툼을 했다. 그 아이와 말다툼을 하다 치고받고 싸웠는데, 다음 날 그 아이의 형이 친구들과 나타나서 양반 자손에게 함부로 손을 댔다고 몰매를 때렸다. 이러다 얻어터져 죽겠다 싶어서 수리는 커다란 돌멩이를 움켜쥐고 누구든지 가까이 오면 돌로 때려죽이겠다고 위협했다. 그러자 더 건드리면 안 되겠다 싶던지 또 까불면 포도청으로 끌고 간다는 협박을 하고 돌아갔다. 잘못한 것도 없이 얻어맞은 게 너무 분해서 그놈의 집까지 따라가고 싶었지만 친구들이 말려서 그만뒀다. 그날부터 서당 근처에 얼씬도 하지 않았다.

물에 떠내려가는 현감의 외아들을 구해 주고 속량을 받기 전까지 할아버지는 양반집의 노비였다. 고을 현감의 외아들을 구하는 대신 할아버지가 죽고 말았지만 그 대신 새댁이었던 누조할매가 속량을 받았다. 현감은 할아버지의 아내와 아들의 몸값으로 백 냥을 치렀고, 서른두어 살밖에 되지 않았던 누조는 어린 아들을 데리고 오래 정을 붙이고 살던 안동을 떠났다. 친정 가까운 곳으로 간다니까 아무도 말리지 못했다. 그렇게 분원으로 온 게 여문휘가 열 살이 되던 해였다. 할아버지의 희생으로 누조할매의 자손들은 노비로 살지 않아도 되었다.

수리는 양심의 질이 나쁜 양반들이 싫었다. 그가 상인이 되려는 것도 그런 욕심덩어리들에게 빌붙어 살지 않기 위해서였다. 그런데 옆집에 양반 중의 양반이 이사를 왔다. 그의 아버지도 양반, 할아버지도 양반, 뼛속까지 양반인 집안의 셋째 아들이었다. 살짝 곤란한 생각이 들었지만 양반들의 집을 살펴볼 수 있는 좋은 기회라고 생각했다. 그 집 식구들과 친하게 지내고 말고는 이사를 도와주며 결정할 생각이었다. 아직 어떤 양반도 수리가 정해 놓은 3단계에서 1단계도 넘어간 양반이 없었다. 옆집에 이사 온 양반은 수리 집의 신분을 따지지 않고 이사 떡을 나누어 주었다. 전에 없이 수리가 이삿짐을 옮겨 주는 2단계 탐색을 해 보자고 마음먹은 것은 팥고물떡을 들고 온 양반집 도령 때문이었다. 하늘에 해가 두 개 뜨면 모를까, 배꼽 아래에 두 손을 모으고 인사하던 도령이 아녔으면 옆집에 누가 이사를 왔건 관심을 두지 않았을 것이다.

마당에 널려 있는 책 보따리를 서재로 옮기려니 하상과 정혜가 더 먼저 나서서 책 보따리를 들었다. 아이들과 짐을 마주 들고 방으로 옮겨 놓으면 선암이 보자기를 풀었다. 두 아이가 책을 서로 꽂겠다고 떼를 썼다. 책 보따리를 다 옮기고 우물에서 물을 마시고 있으려니 두 아이가 턱밑에 와서 여수리, 참수리, 독수리 하며 놀려 댔다. 수리는 우물가에 엉덩이를 붙이고 두 아이를 앞에 나란히 세웠다. 눈높이가 같아서 두 아이의 얼굴이 아주 가까웠다. 수리는 두 아이의 맑은 눈을 보며 물었다.

"난 너희들이 참 좋은데 너희들은 나를 어떻게 생각해?"

두 아이가 서로 얼굴을 쳐다보더니 약속이나 한 듯이 고개를 끄덕였다.

"우리도 좋아. 손수건을 줬잖아."

하상의 말에 정혜도 덩달아 고개를 끄덕였다. 수리는 그 말을 기다린 듯이 또 물었다.

"그럼 말이야, 우리가 친하게 지내려면 서로 부르는 이름이 있어야겠지? 내가 너희들을 어떻게 불러야 할지 말해 볼 테니까 잘 듣고 골라 봐. 도련님, 아가씨, 하상아, 정혜야. 이렇게 네 가지가 있어. 이 중에서 너희들이 마음에 드는 것을 고르면 내가 그렇게 불러 주는 거야."

가만히 듣고 있던 아이들이 제 이름을 골랐다. 수리는 그 자리에서 하상아, 정혜야, 하고 두 명의 이름을 불러 주었다. 누가 이름을 불러 주는 게 즐거운지 아이들이 손뼉을 치며 웃어 댔다. 친구로 잘 지내자니까 하상이 남자답게 손을 내밀며 악수를 받았다. 조가비 같은 손을 잡고 수리는 아이들이 알아듣게 얘기를 해 주었다.

"우리끼리 있을 때는 수리 형, 수리 오빠로 불러도 되는데 어른들 앞에서는 그렇게 부르면 안 돼. 알겠니?"

"그럼 뭐라고 불러?"

"우린 친구니까 그냥 수리야, 하고 불러."

"형인데?"

"너희들은 양반이고 나는 천민이니까 그래도 돼."

"천민이 뭐야?"

"그런 게 있어. 어른이 되면 저절로 알게 되겠지만 아직 모르는 게 좋아."

속량을 받으면 평민이지만 신분이 사람의 가치를 결정하는 세상을 살다 보니, 아예 천민이니 여기고 산다. 차라리 그게 뱃속이 편하다. 세 명이 함께 놀 때는 수리 형, 수리 오빠라고 부르겠다며 아이들이 손가락을 걸고 약속했다. 책

장에 책을 꽂던 선암과 그의 큰아들 철상이 유씨 부인의 부름을 받고 안채로 들어갔다. 옥단이라는 부엌일하는 아낙이 수리의 몫으로 수박화채를 담아 왔다. 선암이 안채에서 쉬는 동안 수박화채를 게눈 감추듯이 먹어 치우고 남은 보자기를 마저 풀었다. 콩물을 먹인 듯 노란 표지의 책이 가지런히 쌓여 있었다. 맨 위의 책을 후르르 넘기다 수리의 눈에 반 접힌 종이가 눈에 띄었다. 수리는 그것을 집어서 펼쳐 보았다. 짧은 글이 씌어 있었다. 뭐라고 씌어 있나, 하고 종이를 들여다보고 있으려니 하상이 수박 냄새를 살살 풍기며 다가앉았다. 수리는 그것을 하상에게 보여 주며 귓속말을 했다.

"하상이, 글씨 읽을 줄 알아?"

"응."

"이거 읽을 줄 알면 형이 업어 주지."

"이거 숙부님이 쓰신 시야. 요기 숙부님 낙관이 찍혀 있잖아."

"그러니까 읽어 보라구. 설마 글을 모르면서 아는 척하는 거 아니지?"

"난 사서삼경도 뗐단 말이야. 잘 들어 봐. 온갖 풀이 다 뿌리 있으나 부평초 홀로이 꼭지가 없어 물 위를 두둥실 떠도는 신세 언제나 바람에 불려 다니네……"

땅콩만 한 꼬마가 한문으로 쓴 시를 줄줄 읽었다. 살짝 기가 죽은 수리는 잘 읽었다고 칭찬해 주며 앞으로 잘 놀아 주겠다고 약속했다. 어떻게 놀아 줄 거냐고 묻는 하상에게 누에가 자라는 걸 보여 주겠다고 했다. 양반집 아이들은 뭘 하고 노는지 모르겠지만 감꽃을 실에 꿰어서 목에 걸고 다니거나 은어를 잡아서 보릿대에 끼워서 들고 다니는 건 아직 해 보지 못했을 것이다. 버드나무 밑에 새카맣게 깔려 있는 매미껍질을 보면 깜짝 놀라서 달아나지 않을까. 누에고치에서 명주실이 솔솔 풀려나오는 걸 보면 아마 환호성을 지를 것이다.

안채에서 하상을 부르는 소리가 들렸다. 하상이 숙부가 썼다는 시를 던지고 안채로 뛰어갔다. 수리는 바닥에 떨어진 시를 접어서 호주머니에 넣었다. 글씨는 모르지만 그림이라 생각하고 비슷하게 따라 써 보고 싶었다. 허락도 받지 않고 가져도 될까? 만약 이게 중요한 것이면? 선암이 책을 뒤지다 시를 못 봤냐고 물으면 뭐라고 대답해야 할까. 대가리에 소똥도 벗겨지지 않은 돌 상놈이 손까지 검다고 근처에 얼씬도 못하게 하면.

책이 가득 쌓여 있는 서재를 두리번거리며 살폈다. 무슨 책인지 어떤 글이 씌어 있는지 모르지만 책에서 나는 냄새가 좋았다. 수리는 책을 들고 냄새를 맡았다. 먹 냄새, 닥나무 냄새, 노란 책표지에서 나는 치자 냄새. 선비들에게서 나는 냄새가 이런 것이었는지. 아직 어느 곳에서도 이렇게 많은 책을 본 적이 없었다. 책 냄새가 좋아서 가슴에 안

왔다. 벽에 글씨가 담긴 족자가 걸려 있고, 창 쪽으로 책이 가지런히 꽂힌 낮은 책장과 책상 말고는 아무런 장식도 없는 정갈한 방이었다. 양반을 욕심덩어리로 본 것이 잘못된 생각일까. 책 말고는 아무것도 없는 이런 방에 욕심이 자랄 건더기가 어디 있는가. 혹시 이 방만 그럴듯하게 꾸며 놓고 안채에는 가난한 백성에게서 착취한 금은보화가 잔뜩 숨겨져 있는 건 아닐까.

책 때문인지 방 안에 은은하게 감도는 먹 냄새가 좋았다. 수리는 책을 안은 채로 방바닥에 드러누웠다. 양반의 공부방에 누워 보고 싶던 적이 있었다. 두 다리 쭉 뻗고 누워 있으니 방 주인이 된 것 같았다. 책상 앞에 선암의 방석이 놓여 있었다. 아무도 보지 않을 때 거기 앉아 볼까 생각도 해 보았지만 그건 앞으로 친하게 지내야 할 분에 대한 예의가 아닌 것 같아서 참았다. 본래 스승님은 아랫목에 앉고 제자는 윗목에 무릎 꿇고 앉아서 글을 배우는 것이니. 수리는 책상에 다가앉아서 책을 펼쳤다. 책이 거꾸로 놓여 있는데도 그대로 두었다. 거꾸로 보나 똑바로 보나 내용을 알 수 없기는 매한가지였다.

'나리께서 보시는 책이니 당연히 좋은 말이 들어 있겠지만 내겐 검은 것이 글씨고 흰 것이 종이일 뿐이네. 글씨가 지렁이 기어가는 그림으로 보이는 것이, 까막눈으로 오묘한 것을 보는구나. 족자의 글도 그림 같고, 책 속의 글도 그림 같

아서 내게는 이 방에 있는 것이 모두 그림 같네.'

글은 사람의 말이고, 책은 사람답게 살라는 선조들의 말씀을 전하는 것이라고. 천진암 스님이 그러셨다. 아니 주어사 스님이셨나? 제아무리 재물이 많고 높은 벼슬을 한다 해도 사람이 사는 도리를 모르면 짐승과 같고, 좋은 책을 아무리 많이 읽어도 마음을 올바로 쓰지 못하면 앵무새나 다름없다고 하셨지. 수리는 호주머니에 넣어 두었던 종이를 꺼냈다. 접힌 부분을 손으로 곱게 펴서 책 속에 도로 넣었다. 꼭 눌러서 쓰다듬고 있으려니 등 뒤에서 어흠, 하는 기침 소리가 들렸다. 점심을 먹으러 갔던 선암이 뒷짐을 지고 서 있었다. 언제 돌아왔는지 발소리도 듣지 못했다. 그가 혹시 봤을까 해서 수리는 얼굴이 새빨개졌다. 책 속에 있던 시를 가져가려다 제자리에 도로 넣어 두었다고 더듬거리며 말했다. 선암이 슬그머니 방을 빠져나가는 수리를 앉으라 이르고 물었다.

"시라고 했느냐?"

"하상이 숙부님 시라고."

"글씨는 읽을 줄 알고?"

"서당에 가도 되지만…… 잘난 체하는 놈들이 너무 많고 따분해서 그만뒀습니다."

"싫다고 피해 다니면 참고 견디는 법을 언제 배우겠느냐. 그런 것이 모두 사람 공부인 것을."

"그래도 따돌림 받는 건 싫습니다."

선암은 더 말이 없었다. 아이들이 아무렇게나 꽂아 둔 책을 차례대로 정리해서 다시 꽂았다. 수리는 그냥 그 자리에 가만히 앉아 있었다. 뭐라고 더 말해 주길 기다리지만 선암은 다른 말을 하지 않으려나 보았다. 먼저 얘기를 꺼내 볼까 말까 입을 달싹이며 눈치만 보았다. 선암이 책 속에 있는 시를 꺼내어 수리에게 주었다.

"이게 갖고 싶더냐?"

"따라 써 보면 어떨까 해서……."

"내용을 알아야지 모양만 따라 쓰면 글이 되느냐?"

"우선 읽기라도 했으면 좋겠는데. 죄송한 말씀이지만, 나리께서 글을 가르쳐 주시면 열심히 배우겠습니다."

"그 말을 하기가 그렇게 어렵더냐?"

"거절당하면 말을 꺼내지 않은 것보다 못하지 않습니까."

"자존심은 아무 때나 내세우는 게 아니다. 글을 배울 마음이 있으면 세 살배기에게도 부탁을 해야지."

"세 살배기 여섯 살배기를 스승으로 모실 수는 없지 않습니까."

"나이가 무슨 상관이냐. 배우면 그만이지."

"소인을 돌덩어리라 생각하고 하루에 한 번씩 일깨워 주시면 날마다 천진암에 가서 물도 길어 오고, 어깨와 다리도 주물러 드리고, 동네 아이들이 때리지 못하게 도련님과 아가씨도 잘 지키겠습니다."

"그냥 하상이고 정혜다. 앞으로는 그렇게 불러라."

"그래도 양반댁 도련님을 어떻게……."

"반상班常의 구별은 양반들이 저 살기 편하자고 만든 것이지 하늘의 뜻이 아니다."

"저는 근이 배겨서 괜찮습니다."

"사람은 누구나 신 앞에서 평등하단다. 태어날 때 알몸이었던 것처럼."

알몸? 평등? 지금껏 한 번도 들어 보지 못한 말이어서 수리는 그 생소한 말들을 되뇌었다. 평등하다는 것은 양반과 천민의 구별이 없다는 뜻이라고 선암이 다시 한번 일러주었다. 어느 누구에게도 들어 보지 못한 그 말을 믿으라고? 이 사람은 어떤 마음으로 이런 말을 할까? 양반집 도령의 이름을 불러도 된다고 말하는 사람. 사람은 신분의 귀천에 관계없이 알몸처럼 누구나 똑같다고 말하는 사람. 수리는 '평등'을 곱씹으며 땀에 젖은 선암의 얼굴을 골똘히 바라보았다. 옷을 벗어 버리면 누구나 똑같다고 하지만 그건 선암이 틀렸다. 그가 아무리 평등이라고 말해도 그럴수록 그가 더 높아 보이고 더 위엄 있어 보이니 수리가 보기에는 알몸도 알몸 나름이었다. 수리는 용기를 내어 말했다.

"나리, 소인에게 글을 가르쳐 주시렵니까?"

"글을 배우고 못 배우고는 네 의지에 달렸다."

"제게 말인가요?"

"스스로 답을 찾아내려무나. 내가 글을 가르쳐 주고 싶도록."

선암이 그만 쉬어야겠다며 가 보라고 했다. '네 의지에 달렸다.' 그게 무슨 뜻일까? 수리는 선암이 던져 준 화두를 안고 집으로 돌아왔다. 저녁을 먹고 누조할매와 묘령에게 선암과 나눈 얘기를 들려주었다. 어쩌면 선암에게 글을 배우게 될지 모르겠다니까 묘령이 손뼉을 치며 좋아했다. 두 사람도 반상의 구별은 하늘의 뜻이 아니라는 선암의 말에 놀란 눈치였다. 평등하다고? 그게 무슨 뜻인지 모르지만, 양반도 상놈도 하늘 아래 모두 똑같은 사람이라는 그런 말은 처음 들어 본다며, 누조할매도 묘령도 선암을 하늘처럼 존경했다. 2단계 탐색만으로 수리는 선암을 스승으로 삼자고 결심했다.

누조할매 말에 의하면 양반도 두 가지가 있는데 그중 하나는 돈과 벼슬만 밝히는 탐관오리들이고 다른 하나는 가진 것을 나눌 줄 알고 사람을 귀하게 여길 줄 아는 참된 양반인데, 선암은 진짜 양반이라고 엄지손가락을 추켜세웠다. 선암의 아버지는 지방관직과 종4품의 중앙관직까지 역임했고, 동생인 정약용도 홍문관 수찬으로 임금님을 곁에서 모시던 충신인 것을 모혜의 얘기를 듣고 알았다. 뼛속까지 양반인 사람에게 글을 배우게 된다고 생각하니 가슴이 마구 뛰었다. 선암이 벼슬에 뜻을 두지 않고 초야에 묻혀 학문만 닦는 사람이라지만 언제 사정이 변해서 마재로 되돌아갈지 몰랐다. 그가 분원에 머물고 있을 때 글을 배우자고 마음먹었다. 그에게 글을 배운다는 건 단순히 글만 배우는 게 아니라 수리의 생애 첫 스승을 가지는 일이기도 했다. 궁금한 것을 물어볼 수 있고 답변을 해 주는 사람이 있다는 것. 그것은 수리의 오랜 바람이었다.

허락을 받지는 않았지만 수리는 선암을 마음의 스승으로 삼았다. 혼자 내린 그 결정이 마음에 들었다. 친구들에게 자랑하고 싶은 걸 간신히 참았다. 그랬다가 버르장머리라곤 약에 쓰려도 없는 놈들이 스승을 막보고 너도나도 함부로 기어오르면 큰일이었다. 아무에게도 말하지 않고 혼자만 간직하기로 했다. 자신에게 이런 행운이 다가오다니, 번개 맞은 나무가 정말 복을 가져온 모양이었다.

애로라지 돛단배는
바람을 타고

때까치가 우짖는 이른 아침부터 누조할매의 목소리가 높아지고 있었다. 산허리가 구름에 휩싸였고 들판 가득 안개가 감돌고 있었다.

"수리야, 뉘비 묵을 뽕잎은 따 놓고 게으름을 피우냐?"

"나갈게요, 쬐끔만 더 있다."

"아비가 없으면 너라도 설쳐야지."

"생각할 게 있다니까 자꾸 부르네, 할머니는."

수리는 누조할매가 부르기 전에 더 먼저 깨어서 뒹굴고 있는 중이었다. 눈을 감고 있지만 자는 게 아니라 머리 터지게 고민하는 중이었다. '글을 가르치고 싶게' 선암은 화두를 던져 주며 스스로 답을 찾아보라고 했다. 그 답은 밖이 아니라 자기 안에 있다던가. 정작 수리의 안은 휑하니 비어 있어서 답 비슷한 것도 보이지 않았다.

누조할매와 묘령의 손길이 바빠졌다. 여름에는 가을옷을 만들고, 가을에는 겨울옷을 만들었다. 항상 계절을 앞서 가야 하는 탓에 누조할매와 묘령은 잠시도 쉴 틈이 없었다. 목화를 거둘 때가 되자 누조할매의 닦달이 더 심해졌다. 목화를 거두어 두면 씨앗을 빼내고 물레로 실을 뽑는 건 누조할매와 묘령의 몫이었다. 세 식구가 바쁘게 움직여야 할 때였다.

"부지런한 일꾼은 낮을 좋아하고 게으른 일꾼은 밤을 더 좋아하제."

달그락거리는 그릇 소리가 들리나 싶더니 문틈으로 된장 냄새가 새들었다. 묘령이 조반을 차려 방으로 상을 들여놓았다. 밤늦도록 바느질하는 걸 보았다. 잠시라도 눈을 붙이긴 했는지. 잠을 못 잤으니 누조할매는 베를 짜며 졸 테고, 묘령은 바느질을 하다 조그맣게 움츠려 누에처럼 잘 것이다.

수리는 이불을 걷어차고 벌떡 일어났다. 누조할매가 미리 일을 나누어 두었기 때문에 목화 따는 일을 어떻게든 끝마쳐야 했다. 세 식구가 둘러앉아 조반을 먹었다. 반찬이라곤 강된장에 고춧잎 무침과 깍두기가 전부지만 보리밥에 된장을 놓고 척척 비벼 먹었다. 목화밭으로 가기 전에 누에장을 다니며 누에들에게도 조반을 주었다. 뽕잎 갉아 먹는 소리가 건강하게 들렸다. 목화를 따려면 시간이 많이 걸리기 때문에 하루분의 뽕잎을 미리 따 두었다. 마대자루를 들고 밭으로 갔다. 목화가 이슬에 촉촉하게 젖어 있었다. 어둠이 살짝 깔려 있긴 하지만 목화를 따는 데는 별 어려움이 없었다.

희붐하게 날이 밝으며 때까치의 우짖음이 드높았다. 목화를 따서 마대자루에 담았다. 수리가 목화밭에 있는 걸 어떻게 알았는지 눈곱도 떼지 않은 하상과 정혜가 쪼르르 달려와 목화를 따겠다고 덤벼들었다. 손 다친다고 해도 막무가내여서 내버려 두었다. 직접 따 보면 목화가 어떻게 생겼는지 알게 될 테니. 사내아이라서 그런지 하상은 목화송이를 곧잘 따는데 정혜는 가지를 잡고 씨름만 했다. 목화를 따기에는 너무 어렸다. 정혜가 억지로 두 송이 따고는 손을 보여 주며 칭얼댔다.

"수리 오빠, 손이 빨개졌어."

"정혜 몇 살이야?"

"세 살."

"그럼 하나만 더 따면 세 개가 되겠네. 그렇지?"

아이들의 모습이 목화나무에 가려 보이지 않았다. 혹시 나뭇가지에 얼굴이라도 긁히면 어쩌나 싶어서 수리는 잠깐 쉬자며 아이들을 밭에서 데리고 나갔다. 정혜가 목화를 한 송이 들고 왔다. 목화 세 송이가 조그만 손아귀 가득이었다. 자기가 딴 것을 가져가도 좋다니까 아이들이 고맙습니다, 하며 인사를 꾸벅했다. 수리는 두 아이를 앞에 나란히

세워 놓고 목화씨를 뿌려서 솜을 거두고 실을 자아서 옷을
짓는 과정을 차근차근 일러주었다. 무명옷을 만지며 목화로
만들었다니까 이해가 안 되는지 귀여운 눈만 깜박거렸다.

"못 믿겠으면 나중에 와서 봐. 형이 요걸로 실을 만들어
볼게."

"정말 보여 줄 거야?"

"물론이지. 너희들은 내 친구들이니까."

정혜와 하상이 아버지 어머니께 보여 준다며 자기가 딴
목화를 쥐고 집으로 달려갔다. 아이들이 가고 나서 수리는
마대에 담은 목화를 마당으로 옮겼다. 낡은 이불보를 깔고
목화를 널었다. 비가 오기 전에 바싹 말려야 했다. 이슬을
말려서 씨를 털면 목화는 솜이 되고, 실이 되고, 천이 되고,
옷이 된다. 수리는 목화가 담긴 마대를 한 번 들었다 놓았
다. 이슬에 젖은 목화가 무거웠다. 옷으로 변한 천도 그에
못잖게 무겁다. 옷을 겹겹으로 쌓아서 등짐으로 묶으면 어
깨에 짊어지고 다니기에 너무 무거운 것이 된다.

아버지는 오일장에 갈 때마다 커다란 바윗덩어리 같은 짐
을 지고 갔다. 사람이 짐을 지고 다니는 것이 아니라 짐이 사
람을 끌고 다닌다는 느낌이 드는 부피와 무게. 얼른 가서 짐
을 받쳐 줘야 할 것 같은 생각에 얼마나 조마조마했던지. 아
버지는 그렇게 무거운 짐을 둘러메고 장을 다섯 개나 돌았
다. 여느 날 같으면 늦어도 닷새면 돌아오지만 이번에는 비

단길에 갔기 때문에 빨리 와도 신유년 봄에나 올까. 집에서 자는 날보다 밖에서 자는 날이 더 많아서 수리는 아버지에게 장을 따라다니는 '떠돌이 기러기'라고 별명을 붙여 주었다.

등짐을 지고 집을 나서던 아버지의 모습이 눈에 선했다. 비단길은커녕 포구에 닿기도 전에 짐에 깔려 죽을 것 같은데도 아버지는 보따리를 거뜬하게 메고 갔다. 누조할매와 묘령이 꾸린 등짐에는 모시적삼과 삼베옷, 솜을 놓은 무명옷, 버선까지 빠짐없이 들어 있었다. 아버지가 오일장을 다녀올 동안 수리의 집에는 밤이고 낮이고 등잔불이 달처럼 떠 있었다. 누조할매와 묘령을 보고 있으면 제 몸의 진기를 뽑아서 명주실을 만드는 누에 같았다. 어른이 되면 누구나 그렇게 일만 하며 살아야 하는 건지. 그렇게 억척스럽게 일을 해도 쌀밥 한번 배불리 먹지 못한 한풀이를 하듯 누조할매는 베를 짤 때마다 흥얼흥얼 노래를 불렀다.

누조할매의 구성진 노랫소리는 베틀 소리, 가위질 소리, 누에의 뽕잎 먹는 소리 사이로 잔물결처럼 흘러 다녔다. 어린 시절 수리는 누조할매의 베틀 노래를 들으며 잠들던 날이 많았다. 누조할매의 어머니가 베를 짜며 부르던 노래라고 했다. 누조할매에게도 할머니가 있었고 어머니가 있었고, 수리처럼 작고 어여뻤던 시절이 있었다. 아들과 딸을 열 명이나 낳았지만 일찍 죽거나, 남의 집 하인으로 가거나, 출가를 하고 아버지만 남았다. 묘령도 홍역으로 딸을 하나 잃었기 때문에 두 고부에게 아들이 하나씩만 남았다.

아버지는 난생처음 떠나는 외국여행에 소풍 가는 아이처럼 들떠 있었다. 비단길에 가는 게 그리도 좋았던지. 일 년 동안 해가 삼백육십 번씩 뜨고 지지만 아버지가 집에 있는 날을 다 모으면 한 달이나 될까.

아버지는 배 시간이 되기 전까지 누에장을 만들었다. 집을 나서기 전에 아버지는 수리에게 하얀 주머니를 맡겼다. 그것은 아버지가 안동장에서 사 온 누에씨였다. 모시적삼 한 벌과 바꾸었다고 했다. 옷을 사 간 노인이 옷값 대신에 누에씨를 줬다던가. 아버지는 꽃씨 같은 그것이 자라서 명주실을 만들어 낸다며 수리에게 잘 길러 보라고 했다. 스무 날이면 고치를 지을 거라며, 아버지는 누에씨로 돈 버는 방법을 일러주었다. 누에는 짧은 시간에 열심히 먹고, 먹었던 것을 도로 토해 내어 고치를 짓는다고 누조할매가 가르쳐 주었다. 고치 속에서 죽음 같은 시간을 견디며 애벌레는 그렇게 자기만의 날개를 만들어 아름다운 나비가 된다.

"일을 많이 맡겨서 미안하지만 할머니와 어머니를 부탁한다, 아들아."

"염려 마세요, 아버지."

아버지가 믿을 사람이 아들뿐이라는 사실이 안쓰러워서 염려하지 말라고 큰소리쳤다. 뽕잎을 따러 다닐 때 산짐승을 조심하라는 당부와 함께 누에가 대식가라는 사실을 빠뜨리지 않았다. 검은 돌 부스러기 같은 것이 자라서 고치를 짓고 비단실을 만들어 낸다는 것이 믿기지 않았다. 아버지가 소금으로 이를 닦고 있을 때 배 시간이 가까웠다는 산막골 할아버지의 재촉이 들렸다. 산막골 할아버지의 소달구지에 여러 명이 타고 있었다. 지나는 길에 차례대로 싣고 왔나 보았다. 아버지가 등짐을 지고 나서는 걸 보고 수리도 꼴망태를 들고 냉큼 따라나섰다. 시간이 모자라서 누에장을 두 단밖에 만들지 못했다. 아버지는 돌아와서 마저 하겠다며 그냥 두라고 했지만 나중에 수리가 아버지를 대신해서 누에장 세 칸을 여섯 층으로 하여 열여덟 칸을 만들어 놓았다. 소달구지를 타고 포구까지 아버지 배웅을 나갔다. 쉴 새 없이 사람들이 드나드는 포구의 시끌벅적한 풍경은 놓치기 아까운 구경거리였다. 문밖까지 배웅을 나온 누조할매가 걱정스런 얼굴로 하늘을 올려보았다.

"보이시더 영감님, 당신 아들 잘 보살펴 주소. 문휘가 가는 길마다 바람을 재워 주시고 장터마다 옷을 사려는 사람이 내 아들 주위에 몰려들게 해 주시더. 비나이다, 비나이다. 천지신명님, 용왕님, 하느님께 비나이다."

아버지가 장사를 하러 가는 날은 비가 올까 봐 걱정이 이만저만이 아녔다. 짐이 너무 무거울까 봐 걱정, 비를 맞지나 않을까 걱정, 옷을 못 팔고 올까 봐 걱정, 이래저래 누조할매의 걱정이 겹겹이었다. 게다가 오일장도 아니고, 머나먼 비단길에 가서 가을에 올지 겨울에 올지 모르니 아들을 보내는 누조할매 마음이 아마 그믐날 밤바다처럼 캄캄했을 것이다.

소달구지에 짐을 싣고 아버지와 나란히 앉았다. 산막골 할아버지가 돈 많이 벌어 오라고 아버지에게 덕담을 해 주었다. 산막골 할아버지가 포구까지 짐을 실어 주면 묘령은 삼베 적삼이나 보리쌀, 콩으로 고마움을 대신했다. 약초를 팔러 가는 길녕이 아버지와 찹쌀떡을 팔러 가는 승재 할아버지, 엿장수 천수 아저씨가 장에 가고 있었다. 장날이 되면 온 마을 사람들이 콩과 참깨, 메주를 들고 오일장에 갈 채비에 바빴다. 천수 아저씨가 수리에게 엿을 주었다. 수리는 엿을 반 나누어 아버지에게 주었다. 아버지와 아들은 서로를 보며 엿을 먹었다. 아버지는 산막골 할아버지처럼 소를 한 마리 키우는 게 소원이었다. 소가 있으면 수레를 끌 수 있고, 밭농사도 힘들지 않게 짓고, 장날마다 아버지 짐을 실어 나를 수 있을 거라며, 수리에게 누에를 잘 길러서 소를 사자고 했다. 마을에 소를 가진 사람은 세 집뿐이다. 수리가 누에를 길러서 소를 사면 네 마리가 된다.

"수리야, 비단길에서 돌아오면 새해가 밝아 오겠지."

"밖에 나가면 돈주머니 잘 챙기세요. 도둑이 득실거린대요."

"돈 많이 벌어서 쌀밥과 고기를 실컷 먹여 주마."

꿈에 부푼 아버지의 말에 수리는 무작정 고개를 끄덕였다. 꿈을 가지고 떠나면 힘이 날 테니. 김용철이 등짐을 지고 앞서 가는 것이 보였다. 아버지는 반가움을 참지 못하고 형님, 하고 불렀다. 길을 걷는 사람들이 모두 돌아보았다. 김용철이 소달구지에 짐을 내려놓고 걸어서 따라왔다. 소가 도무지 빨리 걸을 생각이 없어서 포구가 지척인데도 날이 훤히 밝았다. 멀리 보이는 포구에 사람이 옥시글거렸다. 바람이 잔잔하게 불어서 포구에 정착해 있는 배들이 물결 따라 들까불었다.

"비단길에서 돌아오면 집 주위에 뽕나무를 심자꾸나. 뽕나무를 오천 주 정도 심으면 누에를 많이 기를 수 있고, 아버지가 장에 다니지 않아도 먹고산단다."

"누에가 그렇게 좋은 거야?"

"사람에게 도움을 주거든. 누에는 비단실이 되고, 비단실은 비단이 되고, 비단이 아버지를 비단길로 가게 해 주니까."

사람에게 도움을 준다는 말이 마음에 들었다. 아버지는 그렇게 유익한 말을 어디서 듣고 왔는지 꼭 책에서 읽은 것 같은 말로 수리를 한 번씩 놀라게 했다. 누에처럼 사람에게 도움을 주는 사람이 되려면 어떻게 해야 할까? 수리는 개미누에가 알에서 깨어나 비단으로 변하듯 부지런히 글을 익혀서 누에처럼 누군가에게 도움을 주는 사람이 되고 싶었다.

포구로 나갔다. 소금배가 들어올 시간이 되었는지 포구에 지게꾼과 수레가 모여들었다. 포구에는 여전히 오일장으로 가는 장사꾼들이 밀려들고, 크고 작은 배들이 쉴 새 없이 드나들었다. 달구지가 덜거덩거리며 포구로 가는 동안 오일장으로 가는 사람들이 아침인사를 나누었다. 해가 솟아오르고 있었다. 아침 해가 강물을 금빛으로 물들였다. 배를 기다리는 장사꾼들 사이에 아버지가 끼어 있을 것 같아서 수리는 저도 모르게 두리번거렸다. 놋그릇장수나 칼갈이 외에, 궤짝이나 책상 같은 것을 만들어 파는 사람도 있고, 사주 관상을 보는 사람도 있었다.

수리는 포구가 잘 보이는 둑에 앉았다. 포구의 아침 풍경은 빼놓을 수 없는 구경거리였다. 사람과 강물, 돛단배가 살아 움직이는 것을 보고 있으면 마음속 깊은 곳에서 저도 모를 힘이 샘솟았다.

그저께 김 진사댁 하인 덕만이 댕기머리를 흔들며 왔다. 덕만은 누조할매에게 절을 꾸벅하고는 수리를 마부로 쓰고 싶다는 김 진사의 말을 전했다. 진사어른의 아들이 과거 보러 가는데 한양까지 말고삐를 잡고 따라갈 마부가 필요하다고 했다. 말이 마부지 온갖 심부름을 다하는 하인인 것을 알고 있는 터여서 수리는 싫다고 딱 잘라 말했다. 만약에 누조할매 마음대로 보내겠다고 말하면 집을 나가 버릴 테니까 알아서 하라고 협박했다. 가출을 하겠다는 수리의 말이 예사로 들리지 않았던지, 누에를 석 장이나 먹이기 때문에 수리가 한시도 자리를 뜨지 못한다고 둘러댔다.

"덕만아, 진사어른 맘 상하지 않게 네가 말을 잘해 줘야

쓰것다. 수리가 집을 비우면 누에를 누가 멕이겠냐. 그라고 이걸 진사어른께 드려라."

덕만을 그냥 돌려보내는 게 마음에 걸리는지 누조할매는 새로 지은 남자 적삼을 보자기에 싸서 보냈다. 덕만이 가고 나자 누조할매가 수리의 마음을 슬쩍 떠보았다.

"수리야, 진사님 댁에 가면 누에를 먹이지 않아도 되고 좀 좋을까."

"따로 해야 할 일이 있어요."

"뭔 일?"

"뽕나무도 심어야 하고 누에도 먹여야 하고, 저도 바빠요."

"진사댁 자제가 급제하면 대궐에 따라 들어갈지도 모르고, 말고삐 잡고 대궐을 드나들다 보면 윗사람 눈에 들어 살아갈 방편이 생길지 아냐."

"그래 봤자 하인이에요. 장차 큰 상인이 될 사람이 할 일은 아녀요."

"허구한 날 떠돌아다니는 장사꾼이 뭐가 좋다고."

"언제고 아버지 따라서 비단길에 갈 거예요. 그러니까 하인이 되란 말은 하지 마요."

"비단길에 도적이 버글버글 끓고 사람을 예사로 죽인다는데 너까지 거길 간다고 그랴? 등골 빠지게 짐꾼 노릇을 할 바엔 말고삐 잡고 다니는 게 편하지."

"편한 거보다 넓은 세상으로 나가는 게 좋다니까 그러네."

큰 배를 타고 다니는 상인이 되겠다는 말에 누조할매는 헛바람이 단단히 들었다며 혀를 찼다. 벼슬아치의 언저리에서 편하게 벌어먹고 살았으면 하는 것이 누조할매의 바람이지만 수리는 가마를 타고 다니는 양반들의 번들거리는 얼굴도 보기 싫고, 상전을 믿고 거들먹거리는 졸개들은 더 보기 싫어서 큰 배를 타고 다니는 상인이 되겠다고 결심했다. 누조할매는 딸이 하나만 있었어도 길쌈을 가르쳐 살림 밑천으로 삼을 텐데 그러지 못한 것이 애통하다고 했다. 누조할매는 묘령이 달근네 며느리처럼 아이를 쑥쑥 낳지 못하는 것이 늘 불만이었다.

"없는 집은 자식이 재산인데 우째 너는 남들 쑥쑥 낳는 아기도 하나밖에 못 낳냐."

"그 애는 어쩌고 하나예요."

"없는 놈은 입에 올리지도 마라."

묘령이 듣기 민망한 듯 배시시 웃으며 말했다.

"그래도 어머니, 저는 옷을 예쁘게 잘 만들잖아요."

"옷만큼 예쁜 딸도 만들면 얼마나 좋으냐 말이다."

누조할매가 혀를 차며 묘령을 흘겨보았다. 돈 많은 양반네들은 씨받이를 들여서 예사롭게 자손을 보더라며, 없는 집 살림에 그 짓도 못하는 게 딱하다고 누조할매가 투덜거렸다. 심심하면 들추는 자식 타령이 듣기 싫은지 묘령이 슬그머니 자리를 피했다. 괜스레 한마디 거들어 봐야 시끄럽기만 할 뿐이었다. 누조할매의 잔소리를 듣다 못해 수리가 한마디 거들었다.

"기다려 봐, 할머니. 내가 장가 일찍 가서 많이 낳으면 되잖아."

"저 녀석 장가도 안 간 놈이 애 낳을 생각부터 혀. 어디 점 찍어 둔 각시라도 있남?"

"베도 잘 짜고 옷도 잘 만드는 여자를 데려올게요."

어이없다는 듯 누조할매가 합죽한 입을 우물거리며 웃었다. 누조할매에게 큰소리를 쳤듯이 수리는 머슴이 아니라 커다란 돛단배에 짐을 가득 싣고 다니는 상인이 되고 싶었다. 만약 사정이 여의치 않아서 하인으로 살아야 할 일이 생기더라도 반드시 자신이 모시고 싶은 사람만 모시겠다고 마음먹었다. 그게 쥐뿔도 가진 것 없는 수리의 마지막 자존심이었다. 산허리에 구름이 감겨 금방이라도 빗방울이 떨어질 것 같았다.

누군가 소금배가 들어온다고 소리쳤다. 배가 들어오며 포구가 금세 활기를 되찾았다. 돛을 높이 세우고 달려온 소금배가 포구에 닿자 강물이 출렁거리며 기슭을 핥았다. 돛대가 몰고 온 바람에 강가 모래밭의 사초가 파도처럼 몸을 뉘었다 일으켰다. 소금배를 기다리던 사람들이 지게를 지고 일어섰다. 배를 기다리던 장사꾼도 포구 가까이 정박해 있던 작은 배도 소금배를 맞을 준비에 바빴다. 지게를 진 사람들이 소금배에 올라가서 소금자루를 지고 내렸다. 어떤 사람은 한 가마니 어떤 사람은 두 가마니를 지고 내렸다. 지게꾼들은 대궐 수라간으로 가져갈 소금을 달구지에 차곡차곡 실었다. 작은 배는 소금을 받고 그 값으로 옥이나 털가죽, 인삼이나 미역을 주었다. 포구에서는 아침마다 그렇게 물물교환이 이루어졌다.

소금을 지고 나르는 사람, 배를 타고 갈 사람으로 포구가 그물에 걸린 고기떼처럼 와글거렸다. 배가 바람에 떠밀려 가는 풍경과 배에서 내리거나 배를 타고 떠나는 사람들을 보고 있으면 가슴이 두근거리며 뛰었다. 수리에게 포구는 넓은 세계로 나가는 비밀의 문이었다. 뱃길은 수리를 비단길이든 어디든 마음먹은 곳으로 데려다 줄 것 같았다. 포구로 가는 길목에 번개장이 섰다. 젓갈단지, 소금가마니와 미역, 산나물 보따리, 두부 궤짝, 콩 자루를 앞에 놓은 아낙들이 양쪽으로 길게 줄을 지어 장을 벌였다. 배가 들어오는 새벽에 열렸다가 한나절 만에 없어지는 장이어서 마을의 아낙들이나 늙은이들이 너도나도 콩 자루, 곡식 자루를 떠메고 와서 자리를 잡았다. 포구에는 장사꾼들 외에도 수리처럼 일찍 잠을 깬 노인들이 둔덕에 나란히 앉아서 구경을 하기도 했다. 노인들은 기다란 담뱃대를 물고는 배가 떠날 때까지 잡담을 나누었다.

배에 오르기 전에 아버지는 너만 믿는다며 수리의 어깨

를 두드렸다. 왠지 비장하게 들린 그 말은 아버지가 떠난 후에도 수리의 마음에 미적지근하게 남아 있었다. 수리는 가슴을 퉁퉁 두들기며 무조건 믿으라고 큰소리를 쳤다. 아버지의 짐이 가장 컸다. 사공은 부피가 큰 짐을 든 아버지에게 뱃삯을 더 내라고 고함이었다. 장날 아침마다 벌어지는 포구의 풍경이었다. 다섯 명이 패를 지어 다니는 분원의 보부상들이 소금배에 등을 붙이고 줄지어 앉았다. 아버지는 배에 오르는 사람들과 얘기를 나누었다. 무슨 얘기가 그리도 재미있는지 고개를 젖혀 가며 웃었다. 집에만 들어오면 피로해서 곧 쓰러질 것처럼 엄살을 부리면서도 포구에서 보부상들을 만나면 언제 그랬냐는 듯 기운이 펄펄 나서 떠들어 댔다. 배를 타면 없던 기운이 샘솟는가 보았다. 아버지는 집보다 배를 타고 다니는 것이 좋은가 보다고 불퉁거리면 묘령은 그게 바깥일을 잘하고 있다는 증거라고 수리를 달랬다. 사공이 돛을 높이 세웠다. 돛이 팽팽하게 바람을 안고 일어서자 배가 물길을 따라 나아가기 시작했다. 수리는 두 팔을 흔들어 아버지를 배웅했다. 아버지는 그렇게 비단길로 떠났다. 신유년이 되어야 돌아올지 모르는 머나먼 비단길을 향해서.

소금을 실은 달구지가 삐걱대며 나루터를 떠났다. 달구지를 끄는 소의 걸음이 무거워 보였다. 하역 작업을 끝낸 사람들이 객주로 몰려가고 구경꾼들도 뿔뿔이 흩어졌다. 구름 사이로 해가 잠깐 비치다 사라지고 강물이 흙빛으로 출렁거렸다. 뽕잎이나 따러 가자고 일어서던 수리는 저만치 떨어진 둔덕에 모혜가 앉아 있는 것을 보았다. 수리가 가까이 다가가자 모혜가 샐쭉하니 얼굴을 돌렸다. 그게 수줍은 표정이라는 것을 알고 있기 때문에 수리는 동네 친구를 만난 듯 번개장 구경 나왔느냐고 허물없이 말을 걸었다. 모혜와 수리는 강가에 나란히 앉아서 배가 떠나는 것을 지켜보았다. 아침 강에 물안개가 감돌고, 강가의 모래톱은 새벽이슬에 흰 속살까지 흠뻑 젖어 있었다. 가까이에서 본 건 아니지만 새 발자국도 몇 개 찍혀 있을 것 같았다. 강 건너 습지를 메우고 있는 버드나무 숲에서 한 무리의 날개 큰 새가 날아올랐다. 멀리서 보기에 조용해 보이는 습지에 날개 큰 새와 날개 작은 새가 섞여 살았다. 습지의 수풀에 여름이면 유난히 새가 많이 날아들었다. 안개 속에 표표히 떠 있는 작은 섬과 강가 모래톱은 또 얼마나 희게 반짝이는지. 아버지가 탄 배는 강을 따라 한없이 떠내려가고, 멈춘 듯 가만히 흐르는 강물만 고즈넉했다.

아침부터 포구에 무슨 일로 나왔느냐는 수리의 물음에 모혜가 소쿠리를 보여 주었다. 소쿠리에 명이나물이 담겨 있었다. 계집애가 아침부터 나다닌다고 눈총을 주는 것이 조금 부담스러웠지만 포구의 아침 풍경이 이렇게 근사한 줄 몰랐다며 살포시 웃었다. 하얗게 드러난 잇속이 고와서 모

혜의 옆모습을 슬쩍슬쩍 훔쳐보았다. 기분이 좋은지 모혜
가 강을 보며 흥얼거렸다.

가던 새 가던 새 본다 믈 아래 가던 새 본다
잉무든 장글란 가지고 믈 아래 가던 새 본다
얄리얄리 얄라셩 얄라리 얄라

모혜가 반복해서 부르는 '얄리얄리 얄라셩'은 노래라기보
다 쓸쓸한 바람 소리 같은 흥얼거림이었다. 가만히 듣고 있
으면 가슴 깊은 곳 어느 한 부분이 아파 오는. 어머니 때문
에 후렴이 입에 배었다며 모혜가 배꽃 같은 웃음을 지었다.
멀리 떨어져 있어서 자주 만나지 못하지만 어머니 아버지가
그리울 때 그 노래를 부르면 슬픔이 가라앉는다고 했다. 모
혜에게 어머니가 돌아가셨느냐고 물었다. 그러자 못 들은
척하며 대답하지 않았다. 조개처럼 꽉 다문 입술을 쳐다보
던 수리가 갑자기 무릎을 탁 쳤다. 방금 좋은 생각이 떠올
랐다며 들어 보라고 했다. 모혜가 크고 검은 눈을 빛내며
그의 말을 기다렸다. 만난 지 사나흘밖에 되지 않았지만 많
은 얘기를 나눈 듯 그녀가 가깝게 느껴졌다. 수리는 모혜의
오뚝한 콧날을 눈으로 쓸며 물었다.
"너 혹시 길쌈 배울 생각 없어?"
"배우고 싶지. 베를 짜서 우리 가족들 옷도 해 입히고 돈

도 벌면 좋지."

"그럼 말이야, 너와 내가 일을 바꿔서 하겠다고 말해 보
면 어떨까?"

"무슨 말인지 모르겠어. 좀 자세히 말해 봐."

"내가 너희 집에 가서 일을 하고, 넌 우리 집에 가서 할머
니와 어머니의 일을 돕는 거야."

"그럼 나도 길쌈을 배울 수 있겠네?"

"길쌈뿐이겠어? 옷 만드는 것도 배울 수 있지. 우리 어머
니 옷 만드는 솜씨야 양반댁 마님들에게 널리 알려져 있거
든. 내가 알기로는 분원에서 최고야."

"난 좋은데 나리와 마님이 뭐라고 하실지."

"책임지고 나리께 허락을 받아 낼게."

"나리는 네가 생각하는 것보다 훨씬 어려운 분이셔."

"알고 있어. 그래서 내가 머리 터지게 고민하는 거야."

"나리는 남의 일에 나서는 걸 싫어하시거든. 그런데 어째
서 일을 바꾸어 할 생각을 한 거야?"

"너희 나리께서 내게 화두를 주셨어. 글을 가르치고 싶게
만들어 보라고 하셨어."

"그렇구나. 나리가 네 청을 들어주시면 나도 좋고 너도
좋은데."

"찰거머리처럼 달라붙으면 귀찮아서 들어주시겠지."

"만약 허락하시면 낮에만 일을 바꿔서 하고 밤에는 자기

집에 가서 자기로 해. 난 잠자리 바뀌는 거 싫어."

"집이 바로 곁에 있으니까 짬짬이 뽕잎도 따고 누에도 기르면 될 것 같아. 우리 뜻대로 될지 모르지만 나리가 허락하시면 딱 일 년만 바꿔 살자."

"일 년이면 나리도 뭐라고 하지 않으시겠지."

"더 해도 된다고 하실지 모르지."

그사이 머릿속으로 옷을 짓고 베를 짜는지 모혜의 얼굴에 즐거운 미소가 피어올랐다. 역시 기대만큼 사람을 흔들리게 하는 건 없었다. 수리는 깊은 물속처럼 가라앉아 있던 모혜의 눈빛이 조용히 일렁거리는 걸 신기한 듯 바라보았다. 도무지 속을 모를 것 같은 모혜의 눈을 보며, 저 나이에 어찌 저리도 상념이 깊은 눈빛을 하고 있는지 몹시 궁금했다. 모혜가 어떤 아이이건 수리는 나중에 상인이 되어서 큰 배를 사게 되면 모혜를 태우고 한 번도 가 보지 못한 바다 너머로 가겠다고 결심했다. 절름발이 모혜에게는 힘들게 걷는 것보다 배를 타고 다니는 것이 편할 것이다. 배를 타고 강을 따라가면 어디든 못 갈 곳이 없고 힘들여 걷지 않아도 멀리까지 갈 수 있었다. 아버지가 말했다. 물은 세상 모든 곳으로 통하는 핏줄 같은 것이어서 물이 못 갈 곳은 없다고 했다. 수리는 모혜를 일으켜 선암의 집으로 갔다. 마침 선암이 사랑방에서 책을 읽고 있었다. 수리는 댓돌 아래에서 절을 꾸벅한 뒤 화두에 대한 답을 찾았다고 말했다.

"답을 찾았어?"

"조금 전에 모혜와 포구에서 얘기를 나누다 답을 찾았어요. 모혜와 제가 서로 일을 바꾸어서 하면 어떨까 해서 나리의 허락을 받으려고 왔습니다."

"일을 바꾼다고? 어떻게?"

"모혜는 다리도 절고 몸도 약해서 힘든 일을 잘 못할 것 같아요. 제 생각으로는 모혜가 길쌈을 배우면 어떨까 합니다. 나리의 댁에도 저처럼 튼실한 녀석이 있으면 한결 부리기가 편할 것입니다."

"허, 제법 실속 있는 방안을 찾았구나."

"저희 할머니는 베를 잘 짠다고 소문이 나서 누조할매라는 별명까지 얻으셨는데, 모혜처럼 몸이 부실한 애는 길쌈이 제격이라고 했습니다. 할머니는 눈도 어둡고 허리도 구부러졌지만 베 짜는 것만은 조선에서 최고입니다."

"모혜는 뭐라고 하더냐?"

"오래전부터 바라던 일이라며 좋아했습니다. 누조할매는 수제자를 키우지 않지만 모혜가 눈썰미가 있고 손재주가 좋다면 금방 배우지 않겠습니까?"

"그러면 모혜가 너희 집에서 베 짜는 걸 배울 동안 너는 내 집에서 무엇을 할 생각이냐?"

"물도 긷고, 마당도 쓸고, 아이들과 놀아 주고…… 나리께 글도 배우고 싶습니다. 남의 신세를 지는 건 싫지만 염치

불구하고 딱 일 년만 나리께 배우고 싶습니다."

"학문을 일 년만 하면 된다고 누가 그러더냐?"

"글자만 익히면 나리를 더 귀찮게 하지 않으려고요."

"일 년이면 사람 공부를 하다 말겠구나."

"소인이 못 배운 놈이긴 하지만 근본은 착실합니다. 일 년이면 묘목이 땅 냄새를 맡고 뿌리를 내릴 시간은 될 것입니다. 뿌리만 잘 내리면 그다음부터는 나무도 제 힘으로 살아냅니다. 날이 아무리 가물어도 비가 아무리 많이 와도 산에 있는 나무들은 죽지 않고 잘 살아 내지 않습니까."

선암이 바닥 모를 눈빛으로 수리를 바라보았다. 다가오기도 전에 떠날 것을 먼저 생각하고, 남에게 얼른 곁을 주려 하지 않는 수리의 경계심을 염려하는 듯했다. 수리는 까닭 없이 등골이 서늘해지는 것을 느끼며 저도 모르게 무릎을 꿇고 등을 곧추세웠다. 그러고는 조심스럽게 말을 건넸다.

"나리, 허락해 주시렵니까?"

"둘이 알아서 제자리를 잘도 찾아가는데 안 된다고 할 이유가 없지 않느냐. 모혜에게는 길쌈이 어울리고 네놈에게는 책을 거꾸로 들고 읽는 것이 어울리니 말이다. 일 년이 될지 몇 달이 될지는 알 수 없는 일. 하는 데까지 해 보자꾸나."

"감사합니다, 스승님."

"갑자기 웬 스승 타령이냐."

"성균관 유생들이 스승님, 하고 부르는 것이 부러웠습니다."

"알고 보니 이 녀석 순 허세덩어리일세."

선암이 너털웃음을 터뜨렸다. 그가 웃는 것을 쳐다보고 있으려니 저도 모르게 웃음이 피어올랐다. 하품과 웃음만큼 전염이 잘 되는 것이 또 있을까. 그를 웃게 했다는 사실이 기뻤다. 선암이 차를 마시겠다며 물을 끓이라고 일렀다. 매일 아침 찻물 떠다 놓는 것만 잊지 않으면 된다고 했다. 새벽에 눈을 뜨면 차를 먼저 마시는 습관을 모혜에게 이미 들어서 알고 있었다.

'나의 스승님!'

그분에게 세상에서 가장 좋은 찻물을 길어 주고 싶었다. 태어나서 처음으로 가져 보는 스승이었다. 사랑방에 딸린 정지에 차도구와 화로가 놓여 있어서 숯불을 지피고 주전자에 물을 받아서 올리면 되었다. 숯불을 피우는 건 수리가 잘하는 일 중 하나였다. 다행히 화덕의 잿더미에 묻어 둔 불씨가 발갛게 살아 있었다. 숯 가까이 입을 대고 후 불었다. 하얗게 날린 재가 가라앉기를 기다려 다시 불었다. 숯에 불이 붙기를 기다려 부채질을 했다. 불이 금세 일었다. 물이 담긴 찻주전자를 화덕에 올려놓고 찻잔에 잎차를 담았다. 어린순을 따서 말린 야생녹차였다. 녹색 빛을 띠며 곱게 우러난 차를 담아서 방에 들여놓았다. 선암이 차를 마시며 수리에게 몇 살이냐고 물었다.

"열다섯 살입니다."

"좋은 어른이 되기 위해 정신을 닦고 키워야 할 때구나."

"나리, 좋은 어른은 어떤 사람입니까?"

"아이의 마음으로 세상을 바라보는 사람이지. 자신보다 남을 먼저 배려하는 사람, 사랑과 용서를 아는 사람, 몸을 굽힐지언정 뜻은 굽히지 않는 사람. 자기 배가 고파도 가난한 이웃들에게 밥 한술 나누어 줄 여유를 아는 사람, 그런 사람이 진정 좋은 어른이지."

"백정이나 하인, 기생 같은 천민들이나 무두질하는 가죽 장이, 갓장이, 어부 들이 모두 그렇게 살고 있는걸요. 양반 들을 위해 대를 이어 가며 노비로 사는데도 누구 한 사람 그이들에게 고맙다거나 좋은 어른이라는 말을 해 주지 않 습니다. 노비가 상전을 위해 벌레처럼 죽어도 누구 한 사람 좋은 사람, 훌륭한 사람이라고 칭찬해 주지 않으니 이상한 일 아닙니까. 신분이 높고 곡간이 가득 차면 좋은 어른 노 릇을 얼마든지 할 수 있으니, 소인이 보기엔 부자와 벼슬을 가진 사람이 가장 좋은 어른 같습니다."

"좋은 집에 살고 곡간에 먹을 것이 가득한 것만으로 좋 은 어른이 된다면 유배 가는 사람도 없고, 당파싸움도 일어 나지 않고, 탄압이란 것도 없어야 하지 않겠느냐. 그런데도 대궐이 하루도 조용할 날이 없고, 양반들은 시간만 나면 머리를 맞대고 살아남을 궁리에 바쁜 걸 보면 돈이나 권력 만으로는 좋은 어른이 되지 않는다는 증거가 아니겠느냐."

"그러면 어째서 사람들이 돈과 권력을 그렇게 갖고 싶어 합니까?"

"힘을 갖고 싶어서 그러는 게지. 힘이란 좋은 어른이 되는 것과 상관없이 남에게 밟히지 않고, 남을 누르고 살게 해 주니 말이다. 그 힘과 권력을 지키기 위해 더 큰 힘 앞에 무릎을 꿇어야 한다는 걸 모르니."

"나리께서 보시기에 돈과 권력을 가진 사람과 아무것도 없는 사람 중에 누가 더 행복해 보이십니까?"

"돈과 권력이 영원히 자기 것인 줄 아는 사람도 얼마간은 행복하겠지. 그렇지만 가진 게 없어도 자기 일을 열심히 하는 사람, 남에게 구걸하지 않아도 되는 사람, 가진 게 없어서 빼앗길까 봐 걱정하지 않아도 되는 사람은 마음이 그만큼 자유로우니 행복하다고 해도 되지 않겠느냐. 남을 해치지 않고, 남의 것을 탐내지 않고, 오로지 자기 일만 열심히 하는 사람은 하늘을 우러러보아 부끄러움을 느끼지 않아도 되니 말이다."

"그러니까 좋은 어른은 마음이 자유로운 사람, 가진 것을 나눌 줄 아는 사람, 제 것을 지키려고 남을 해치지 않는 사람이란 말씀이죠."

"좋은 어른이 되기 위해서 가장 먼저 기억해 둬야 할 것은, 해야 할 일과 하지 말아야 할 일을 구분할 줄 아는 것이란 다. 좋은 어른은 불의와 손을 잡지 않고 자신의 양심에 따라서 소신 있게 움직이는 사람이지만, 때로는 옳은 것을 위해 자신을 희생해야 하는 경우가 있어서 가족들을 슬프게 할 수도 있단다. 그러고도 의지를 굽히지 않는다면 그이야 말로 훌륭한 어른이라고 해도 될 것 같구나."

"나리는 참으로 좋은 분이십니다. 소인처럼 보잘것없는 아이의 물음을 귀찮아 하지 않으시고, 알아듣기 쉽게 대답해 주시니 말입니다."

"나중에 실망할까 걱정이구나. 나도 내 스승에게 한없이 부끄러운 사람이니."

선암에게도 스승이 있다는 말이 가슴에 살같이 박혔다. 스승이 모시는 스승은 어떤 분일까. 눈에 콩깍지가 씌어서 제가 보고 싶은 것만 보는 게 사랑이라며, 선암은 스승과 제자의 사랑도 남녀의 사랑과 별 차이가 없다고 했다. 실망을 하더라도 끝까지 가 보겠다는 수리의 당찬 결의에 선암이 풀풀 웃었다. 방 안 가득 차향이 퍼졌다. 안채에서 아이들 웃음소리가 들렸다.

엄히 잠긴
빗장은 철벽같고

"어머니, 배가 들어와요."

뽕잎을 따러 갔던 수리가 포구로 배가 들어온다고 소리치며 뛰어왔다. 비단길에 간 여문휘가 돌아오면 모를까, 포구로 마중을 나갈 일도 집에서 기다릴 일도 없었다. 그런데도 수리는 포구로 나갔던가 보다. 여문휘는 비단길로 가기 전에 짬이 나면 집에 들렀다 간다고 했다. 묘령은 두려움인지 설렘인지 모를 두근거림을 누르며 문밖을 내다보았다. 어두워 오는 길목에 해의 마지막 잔광이 붉은 자락을 끌며 스러지고 있었다. 서늘한 바람이 급히 불어왔다.

하루에도 수없이 배가 드나드는 곳이 포구지만 수리는 아버지가 타고 올 배를 용케 기억해 두었다. 묘령은 웃옷의 본을 뜨고 베를 자르던 손길을 멈추고 문밖을 내다보았다.

삽짝 밖으로 저녁 해가 비치는 길이 내다보였다.

"너라도 얼른 나가 봐라."

묘령의 말이 끝나기도 전에 수리는 뽕잎이 가득 든 망태기를 던져 놓고 포구로 달려갔다. 낮은 담 너머로 강을 바라보던 묘령은 포구에 닻을 내리는 배를 보며 알 수 없는 불안에 휩싸였다.

포구에 갔던 수리가 풀 죽은 얼굴로 들어오고 뒤이어 김용철이 심각한 표정으로 따라왔다. 묘령은 얘기를 듣기도 전에 먼저 가슴이 철렁 내려앉는 소리를 들었다. 불길한 예감이었다.

김용철은 돌아왔는데 여문휘는 왜 보이지 않는지. 배가 뒤집히기라도 한 걸까. 아니면 길에서 도적이라도 만난 것인지. 비단길은 어쩌고 저렇게 혼자 돌아왔는지, 함께 간 사람들은 어떻게 되었는지. 의문이 구름처럼 일었다. 누조할매도 뭔가 잘못되었다는 걸 느꼈던지 베틀에서 내려와 애써 평온함을 가장한 목소리로 김용철을 반겼다. 도투마리에 걸어 둔 실을 다 쓰기 전에는 베틀에서 내려오지 않는 사람이었다. 묘령은 그가 먼저 말해 주기를 기다리지 못하고 물었다.

"수리 아버지는 어디 있어요? 왜 혼자 오셨어요?"

김용철이 대답도 않고 묘령을 물끄러미 바라보았다. 묘령은 간밤의 꿈에 돌아가신 아버지가 흰 소복을 입고 온 것이 마음에 걸렸다. 아버지가 묘령에게 뭔가 말을 하려던 중에 잠을 깼다. 그게 불운의 암시였을까.

"문휘 어머니, 혼자 돌아와서 미안합니다."

"왜 그래? 뭐가 잘못됐능겨?"

김용철이 얼른 입을 열지 못했다. 꾹 다문 입이 천근만근이어서 쉽게 열릴 것 같지 않았다.

"얼렁 말해 보이시더. 나 숨 넘어가는 거 보고 잡소?"

그가 두 손으로 마른세수를 하며 입을 열었다.

"문휘가 관아에 끌려갔어요."

"뭣 땜에?"

"밀고를 당했어요."

"밀고? 누가 내 아들을 밀고했단 말이느껴?"

"종태가…… 그랬대요. 그놈이 밀고를 하고 비단길로 달아났어요."

"그 사람이 무슨 억하심정으로 수리 아버지를 밀고했대요?"

묘령은 다리가 풀려 그 자리에 주저앉았고, 누조할매는 애써 정신을 붙들고는 무슨 일로 밀고를 당했는지 자세히 말해 보라고 다그쳤다. 마종태가 투전에서 장사 밑천을 잃고 여문휘에게 돈을 빌려 달라는 걸 거절한 것에 앙심을 품었나 보다고 했다. 잠들기 전에 둘이 다투는 소리를 들었는데 새벽에 일어나 보니 종태는 보이지 않고 포졸들이 들이닥쳤다고, 김용철이 전후 사정을 자세히 말해 주었다. 여문휘

가 나라에서 금하는 서학 책을 갖고 있었다지만 그 책은 자
러 들어가기 전부터 거기 있었다고. 여문휘 말고도 두 명이
더 잡혔는데 그 사람들을 동구 밖으로 끌고 가는 것만 보
았다고 했다. 관아까지 뒤따라갔다가 만나 보지도 못하고
돌아왔다는 김용철의 말에 묘령은 당장이라도 경상감영으
로 뛰어갈 기세로 일어섰다. 설령 감영에 당도했다 쳐도 관
헌들이 만나게 해 줄지, 여문휘가 살아 있기나 할지. 김용철
은 세 사람을 안심시키기 위한 어떤 말도 해 줄 수 없는 게
미안했다. 여문휘가 자기 책이 아니라고 말해 달라는 걸 그
냥 두고 왔다면 뭐라고 할지.

"자기 이름 석 자도 겨우 쓰는 사람이 서학 책을 어떻게
읽겠느냐고 말해 주지 그냥 잡혀가게 됐어요?"

"관헌들이 어디 남의 말을 듣는 사람이라야 말이죠."

"아이고 수리 아버지, 왜 그런 책을 만져서 숭한 꼴을 본
대요."

"봉놋방에 있던 책이었다고 몇 번이나 말을 하는데도 그
냥 끌고 갑디다."

"세상에, 그런 법이 어딨대. 자기 책이 아니라고 하면 믿어
줘야지 어째서 관헌들은 사람 말을 못 믿는대요?"

"그 사람들 하는 짓이 늘 그렇죠. 힘으로 누르면 다 되는
줄 알고 윽박지르기만 하는 자들이니."

"어떡해. 어쩌면 좋아."

"아이구, 에미야. 우린 이제 다 살았다. 다 살았어."

김용철은 이러지도 저러지도 못하고 혼자 와서 미안하다며 머리만 북북 긁었다. 묘령은 날이 밝으면 당장 경상도로 떠나겠다며 짐을 꾸렸다. 김용철이 경상감영까지 길을 안내하겠다는 걸 묘령은 혼자 가겠다며 거절했다. 객주에 맡겨둔 짐을 찾아오려면 힘센 사람이 있어야 한다는 말에도 묘령은 수리를 데려가겠다며 마다했다. 옷을 팔고 비단길에가져갈 홍삼을 사 모았기 때문에 짐이 만만찮다는 김용철의 말에 누조할매가 참았던 울음을 터뜨렸다.

"비단길에 간다고 그렇게 좋아하더니. 살려 달라고 애원이라도 해 보지, 문휘야!"

누조할매가 땅을 치며 울었다. '나와 상관없는 책이라고 형님이 말 좀 해 줘요.' 애걸복걸하던 여문휘를 모른 체하고 온 것이 체증처럼 김용철의 마음에 걸려 있었다. 거기서 뭐라고 한마디 보탰다가는 두루뭉수리로 엮일 판이어서 김용철과 한가이, 은수저공은 오줌을 지릴 지경이 되어 객주를 빠져나왔다.

진산에서 천주교 신자인 윤지충이 어머니 위패를 불태웠다는 죄목으로 참수를 당했다. 그의 외종사촌 권상연도 궁지에 몰린 사촌을 두둔해 주다 한패로 몰려 참변을 당했다. 천주교 탄압은 그때부터 시작되었다. 천주교 신자라는 죄명을 지고 나면 도와주는 사람도 처벌을 받는다는 지엄

한 명 때문에 누구도 나서서 도와줄 엄두를 내지 못했다. 위기를 모면하고 보자는 심정으로 부리나케 객주를 나서고는 비단길로 가지 못하고 집으로 돌아오고 말았다. 언짢은 마음으로 먼 길을 나서면 기필코 나쁜 일을 당하고 말 것이 뻔했다. 죽는 게 무서웠다. 오금이 저리도록 무서워서 집까지 어떻게 왔는지도 몰랐다. 집으로 돌아온 김용철은 짐을 내려놓으며 혼자 중얼거렸다.

"수리 어머니, 이놈을 원망해도 좋아요. 그런데요, 문휘 그놈이 오지게 재수가 없었어요."

그 족제비 같은 마종태 놈의 목을 부러뜨리지 못한 것이 한이었다. 네 사람 사이에 마종태를 끼워 주는 게 아녔다. 그들 사이에 마종태를 끼워 준 건 씨암탉까지 잡아 와서 매달리는 그의 어머니 때문이었다. 간간이 뱃일을 하거나 일정한 목적도 없이 떠돌아다니는 종태를 집에 묶어 두기 위해서인 듯 그의 어머니가 김용철에게 종태를 장삿길에 데리고 가라고 통사정했다. 평소에 남에게 시비를 잘 거는 건달 기질 때문에 무리에 집어넣는 게 찜찜했지만 칠십 노인이 사흘 동안 그를 찾아다니는 통에 차마 거절하지 못했다.

마종태가 처음부터 여문휘처럼 옷을 팔고 다닌 건 아녔다. 무리 중에서 같은 품목을 갖고 다니면 싸움이 생길까 봐 나중에라도 품목이 겹치는 일은 없어야 한다고 신신당부했다. 처음에는 어디서 구했는지 여자들 화장품을 들고 다니며 제법 장사꾼 노릇을 하는가 싶더니 어느 날부터 화장품에 옷까지 갖고 다니기 시작했다. 화장품을 사러 온 여자들이 옷을 찾더라며, 손님이 찾는 물건을 파는 게 장사꾼 아니냐고 느물거렸다. 김용철은 처음의 약속을 잊었느냐며 약속을 어긴 사람은 데리고 다닐 수 없다고 무리에서 뺐다. 그러자 종태는 콧방귀를 뀌며 무리에서 빠지나 했더니 웬걸, 장날마다 꽁무니를 따라다니며 여문휘 옆에 똑같은 품목을 펼쳐 놓고 장사를 하는 것이었다. 싸우고, 어깃장을 놓고, 타이르고 해 봐야 소용없었다. 녀석은 실실 웃으며 그렇게 답답하면 네가 빠지면 될 것 아니냐는 식으로 여문휘를 노골적으로 괴롭혔다. 굴러온 돌이 박힌 돌 빼낸다고, 나중에는 여문휘가 녀석을 피해 다녔다. 장날마다 네 사람을 치근대며 따라다니더니 마종태가 기어이 사고를 치고 말았다. 밀고자를 알아내기 위해 김용철은 문지기 포졸에게 엽전까지 쥐어 주었다. 처음에는 떨떠름해 하던 포졸이 마종태가 밀고를 했다고 슬쩍 귀띔해 주었다.

김용철이 사립문을 밀고 들어가자 마종태의 어머니와 아내가 풀 먹인 이불보를 당기고 있었다. 마종태의 어머니가 김용철을 깜짝 놀란 얼굴로 맞았다.

"비단길에 안 갔니껴?"

김용철은 종태가 집에 왔느냐고 물었다. 그러자 종태 어머니는 비단길로 장사하러 간 사람을 집에서 찾느냐며 옷었다. 심상찮은 기색을 느꼈는지 종태 어머니가 무슨 일로 그러느냐고 물었다.

"종태가 또 무슨 일을 저질렀니껴?"

김용철은 마종태 때문에 여문휘가 죽게 생겼다고 했다. 벌써 죽었을지도 모른다고 하자 종태 어머니의 얼굴색이 파래지며 무슨 흉한 말을 다 하느냐고 언짢아했다.

"종태가 문휘를 천주교 신자라고 관아에 밀고했어요."

"이웃사촌끼리 무슨 밀고를 혀?"

"그러니까 말이죠. 문휘를 그 지경에 빠뜨려 놓고 종태 놈이 달아났어요, 저만 살겠다고."

"어디로?"

"비단길에 갔다는데 모르죠. 어디로 갔는지."

"이놈의 자석이, 뭣 땜에 그런 짓을 했다니껴?"

"투전판에서 장사 밑천 잃었다며 돈을 빌려 달라는 걸 안 줬다고 앙심을 품었나 봅니다."

"거기서도 투전을 했단 말이니껴?"

"그랬나 봐요. 전 일찍 잠들어서 몰랐는데."

"아이고, 시상에, 이놈이 기어이 에미 죽는 꼴을 볼란갑네."

마종태의 어머니가 무슨 영문인지 차근차근 말해 보라며 김용철을 마루에 끌어 앉혔다. 그는 객주에서 본 그대로 말해 주었다. 여문휘가 끌려간 날 천주교 신자 네 명이 도망치고, 두 명이 동구 밖에서 참형을 당했다는 말에 마종태 어머니는 말을 잃고 손톱으로 숫제 방바닥만 긁어 댔다. 포졸들이 전날 달아났던 천주교 신자를 잡으러 다니던 참에 때맞춰 밀고가 들어갔으니 관아에서 옳다구나, 하고 여문휘를 잡혀 온 두 명과 한패로 본 것 같다고, 김용철은 본 대로 들은 대로 하나도 빠뜨리지 않고 말해 주었다. 여문휘가 덤터기를 쓴 게 하필이면 관아에서 눈을 뒤집고 찾아다닐 때 종태가 밀고를 한 탓이라고 하자, 마종태 어머니는 주먹으로 자신의 가슴을 마구 두드렸다.

"아이구! 얼른 죽어삐야 이런 숭한 꼴을 안 볼낀데. 누조할매 얼굴을 우째 보누."

마종태 어머니와 누조할매는 둘도 없는 고향 친구였다. 마종태 어머니가 안동에서 분원으로 이사를 온 것도 누조할매 때문이었다. 어릴 때부터 언니 동생 하던 사이여서 두 사람의 정이 각별했다. 가장 가까이 지내는 사람을 죽음으로 몰아넣었다는 사실이 믿기지 않아서 마종태 어머니의 상심은 이루 말할 수 없을 지경이었다. 마종태 어머니가 떨리는 목소리로 물었다.

"누조할매는 어쩌고 있던가."

"초상집이죠. 제수씨가 지금 경상도로 간대요."

"종태 말을 듣기 전에는 못 믿겠다. 우리 아들이 아무리 인간성이 나쁘기로 우째 친구한테 그러겠노."

마종태의 어머니와 아내가 누조할매에게로 달려갔다. 김

용철은 키 작은 담 너머로 그들의 만남을 바라보았다. 길쌈을 하느라 허리가 꼬부라진 누조할매가 먼저 입을 열었다.

"여보게 동상, 종태가 내 아들을 죽게 했다네."

"뭔가 잘못됐을 거니더. 둘이 형제처럼 잘 지내는데 밀고가 뭐니껴."

"그럼 용철이 없는 말을 지어냈단 말인가?"

"그럴 리가 없심더. 문휘와 종태가 돌아오면 물어보이시더."

"갸들이 돌아오기를 기다리다간 세상에 없는 사람이 되고 말끼다."

"우짜마 좋노. 종태야 이놈아, 또 무슨 일을 저질렀노."

마종태 어머니와 아내를 두고 묘령이 채비를 차려 나섰다. 치마저고리를 벗어던진 남장차림이었다. 초립동을 쓴 곱상한 모습이 얼핏 보면 수리와 남매라고 해도 곧이들을 정도였다. 김용철은 다시 한 번 따라가게 해 달라고 청했다.

"제가 길잡이 해 드릴게요."

"그런 거 안 해 줘도 돼요."

묘령이 싸늘한 얼굴로 그를 돌아보며 말했다.

"내 아들과 갈 겁니다. 이젠 아무도 안 믿어요."

"양근에서 한 발짝도 못 나가 본 양반이 천 리 먼 길을 어떻게 가겠다고."

"수리 아버지가 묵었던 객주가 어딘지만 일러줘요."

묘령은 비교적 침착했다. 정신을 놓지 않으려 안간힘을 쓰는 듯 가쁜 숨을 내쉬었다. 아무도 믿지 않는다는 묘령의 말에 김용철은 미안해하면서도 서운함을 감추지 못했다. 매정하게 돌아서는 묘령의 등에 비장함이 서려 있었다. 묘령이 가고 난 후 김용철은 그녀의 모습이 보이지 않을 때까지 쳐다보고 있다가 그의 어머니에게 주먹밥 몇 덩이를 만들어 달라고 부탁했다.

석 잠을 자고 난 누에를 죽게 내버려 둘 수는 없다고 생각했는지, 묘령은 수리까지 떼어 놓고 혼자 가려 했다. 뽕잎을 따고 누에를 돌보기에는 누조할매 허리가 너무 굽었다. 머나먼 경상도까지 여자 몸으로 혼자 어떻게 갈까 걱정을 하던 참에 김용철이 누에와 할머니를 보살피겠다며 잘 다녀오라고 했다. 생사를 모르는 아들 때문에 반쯤 얼이 빠져 있어서 누구든 누조할매를 보살펴야 할 지경이었다. 수리와 묘령은 배 시간에 맞추어 포구로 갔다. 김용철이 문밖에서 기다리고 있었다. 묘령은 모르는 사람처럼 그를 지나쳤다. 수리는 괜히 제가 미안해서 다녀오겠다고 인사를 했다. 김용철이 묘령을 달래듯이 변명을 늘어놓았다.

"혼자 돌아와서…… 미안해요. 후회 많이 했어요. 죽어도 같이 죽어야 했어요. 진정한 친구라면."

"누구라도 그랬을 거예요. 그걸 알면서도 그냥 화가 나요."

"저도 가슴이 찢어집니다."

"원망하는 거 아니니까 너무 자책하지 마요."

울분을 참고 있는 듯 묘령의 목소리가 떨렸다. 그런 일이 일어나기 전까지 김용철은 여문휘의 둘도 없는 친구였고 동네 형이었다. 김용철은 포구까지 두 사람을 배웅했다. 김용철이 수리에게 주먹밥이 든 보따리와 엽전주머니를 쥐어 주었다. 묘령이 받지 않으려 하자 김용철은 자기 마음이라며 함께 못 가는 것도 서운한데 그것까지 거절하면 손이 부끄러울 것 같다고 했다.

"함께 못 가서 미안하다."

김용철은 마음이 놓이지 않는지 어디까지 배를 타고, 어디로 가야 하는지 자세하게 일러주었다. 배를 몇 번 바꿔 타야 하는지, 어디서 몇 리를 걸어야 하는지, 어디서 묵으면 좋은지 자세하게 일러주는 김용철의 말을 머릿속에 새겼다. 포구까지 마중 나온 누조할매와 김용철에게 수리는 아버지를 꼭 모시고 올 테니까 염려하지 말라고 안심시켰다.

"내가 가야 하는데. 포도청에 드러누워서 내 아들 내놓으라고 고함을 질러야 하는데."

누조할매는 마음이라도 딸려 보내려는 듯 배가 보이지 않을 때까지 포구에 서 있었다. 아버지의 생과 사가 달린 문제만 아니면 노자도 아낄 겸 수리 혼자 다녀와도 되는데 워낙에 다급한 일이어서 묘령이 동행했다. 누조할매 말로는 집안의 대들보가 흔들리는 일이었다. 말이 좋아서 여행이지 초행길이고 길도 낯설어서 두 사람에게 천 리나 되는 길은 모험이나 마찬가지였다. 배는 바람을 타고 순조롭게 나아 갔다. 배에 오르자 겨우 긴장이 풀리는지 묘령이 수리의 어깨에 기대어 눈을 붙였다. 작게나마 묘령에게 힘이 되어 준게 기뻤다. 김용철과 포구에서 배를 기다리는 상인들에게 귀동냥해서 들은 대로 머릿속에 지도를 그렸다. 사내 나이 열다섯이면 자랄 만큼 자랐고, 아버지를 대신해서 할머니와 어머니를 보호하고 집안을 지켜야 할 나이였다. 열다섯 살에 장가를 든 친구도 있었다. 아버지가 집을 떠나기 전에 한 말이 떠올랐다.

'수리야, 너만 믿는다.'

물결을 차고 나가며 배가 기우뚱거리자 머릿속이 휑하니 내둘리며 어지럼증이 일었다. 묘령은 멀미가 난다며 수리의 무릎을 베고 누웠다. 날마다 포구에 배가 드나드는 걸 쳐다보기만 했지 이렇게 큰 돛단배를 타 본 건 처음이었다. 수리는 여행의 목적을 잊고 배에 타고 있는 수많은 사람들을 살피기도 하고 바람을 따라 빠르게 흘러가는 강변의 풍광에 마음을 주기도 했다. 하늘 높이 치솟은 돛이 힘차게 배를 떠밀고 갔다. 어기여차, 어기여차, 노 젓는 이들이 힘차게 추렴을 넣어 가며 노를 젓자 배가 물결을 따라 한없이 흘러갔다. 이게 무슨 호사인가 싶다가도 아버지를 떠올리면 슬그머니 빠져나갔던 정신이 돌아오곤 했다. 난데없이 경상도라니. 꿈에도 생각해 본 적 없는 곳이었다. 수리에게는 분원을 벗어나는 것도 처음이어서 배에 흔들리고 있는 자신이 꼭 구름에 떠 있는 것만 같았다. 구월이 지나며 눈에 띄게 가을색이 짙었다. 들판이 황금빛으로 물들고 푸른 하늘은 드높았다. 해는 아직 따뜻하고 바람은 서늘하면서도 훈훈했다. 훈풍이 잠을 불러왔다. 알록달록한 색색의 옷으로 단장한 산세가 아름다웠다. 여느 날 같으면 뽕잎을 따거나 땔감을 하며 온 산을 헤집고 다닐 시각이었다. 수리는 아득히 보이는 앵자봉을 바라보았다. 누조할매가 조그마하게 보이더니 마침내 영영 보이지 않았다.

수리는 품 안에 넣어 둔 편지를 만졌다. 혹시 경상감영에 연줄이라도 닿을까 해서 묘령이 참봉댁에서 받아 온 편지였다. 묘령이 참봉댁 마님에게 새옷을 한 벌 주고 받은 편지였다. 편지를 받아들고 묘령은 죽을 때까지 은혜를 잊지 않겠다며 땅바닥에 이마를 찧으며 절을 했다. 수리는 묘령이 받아 온 그 편지가 마지막 생명수이기나 한 것처럼 품 안에 고이 간직했다. 그나마 편지라도 한 장 갖고 갈 수 있는 게 얼마나 큰 위안이 되는지 묘령은 당장이라도 여문휘를 집으로 데려올 것처럼 길을 서둘렀다.

춘천을 지나고 예천에서 배를 갈아탔다. 객주에 들러 하룻밤을 보내고, 아침 일찍 출발한 배가 나루터 곳곳을 드나들며 강 하류를 따라 내려갔다. 사이사이 뱃길이 두 갈래 세 갈래로 나누어지다 다시 합쳐지곤 했다. 강을 따라 하염없이 흐르다 사문진나루터에 닿은 것은 하루가 지나고 거의 해가 기울 무렵이었다. 다행히 바람이 알맞게 불어준 덕분에 뱃길이 순조로워 해가 지기 전에 사문진나루터에 당도할 수 있었다. 걸어왔으면 한 달쯤은 쉬지 않고 걸어야 할 만큼 먼 길이었다. 세곡을 싣고 다니는 조운선이 서 있고, 짐꾼들이 달구지에서 내린 세곡미를 조운선에 실었다. 물건을 지고 나르는 지게꾼들의 북새통은 조운선이 사문진나루터를 떠나도록 이어졌다. 조운선이 떠나고서야 수리 모자가 타고 온 배가 나루터에 닿았다. 지게꾼들이 달려와 배에 실려 있는 물건을 내렸다.

*

수리와 묘령은 모래밭에 발을 빠뜨려 가며 사문진나루터를 벗어났다. 화원장날이었다. 오일장에서 얼마나 많이 팔았는지 어떤 사람들을 만났는지 자세하게 들려줄 때면 아버지의 목소리에 기운이 펄펄 넘쳤다. 묘령이 수리의 손을 잡고 화원장으로 갔다. 하얀 김이 술술 피어오르는 국밥집으로 갔다. 참았던 허기가 배 속을 휘저으며 야단법석을 떨었다. 배를 타고 오며 김용철이 준 주먹밥을 먹긴 했지만 허기진 배 속 거지가 자꾸만 먹을 것을 달라고 보챘다. 묘령이 국밥 두 그릇을 주문했다.

"배부터 채우자."

벌건 기름이 둥둥 뜬 선짓국은 보기만 해도 침이 꿀꺽 넘어갔다. 묘령과 수리는 뚝배기 가득 담아 주는 선짓국에 보리밥을 말아서 먹었다. 땀을 흘리며 국밥을 먹고서야 주위를 돌아볼 여유가 생겼다. 장터를 둘러보던 묘령은 예전, 혼인하기 전에 어머니와 장 구경을 온 적이 있다고 했다. 올케가 해산을 앞두고 있어서 기저귓감을 뜨러 왔다가 어머니와 선짓국을 먹었다고 했다. 그날 한 옷감 장수가 곱게 수놓은 베갯잇을 묘령에게 선물로 주었는데 그가 바로 여문휘였다고 했다. 나중에 혼인을 하고, 처음 만난 여자에게 어째서 베갯잇을 선물로 줬느냐고 묻자 '저 여자와 혼인하면 얼마나 좋을까' 그런 생각이 들더라고 했다. 날마다 같이 잠들고 아침에 같이 눈 뜨고 싶은 여자여서 베갯잇을 주었단다. 그날 이후 어머니 몰래 장에 와서 여문휘를 만난 적 있다며 묘령이 힘없이 풀썩 웃었다. 묘령은 손수건으로 입술의 기름기를 닦으며, 오래전 그때 묘령과 어머니가 기저귓감을 뜨고 있을 때 보았던 어느 새댁의 이야기를 들려주었다.

"곱게 생긴 새댁이 어른 남자의 수의를 만지작거리더구나. 여자가 수의를 쥐었다 놓았다 하더니 어렵게 입을 떼더라. 마지막 길을 떠나는 아버지에게 수의를 입히고 싶은데 돈이 없다며 혹시 돈 대신 자신의 긴 머리채를 받겠느냐고 묻지 않겠니. 머리를 내려서 어깨로 곱게 내려놓은 여자의 삼단 같은 머리채를 바라보며 옷감 장수가 대답을 못하고 머리만 긁적이더구나. 보다 못해서 우리 어머니가 껴들었단다. 머리 자르고 신랑한테 타박 맞으면 어쩔 거냐고 물었더니 그 새댁이 그러더라. '머리야 또 기르면 되죠.' 오늘 수의를 사지 않으면 다 떨어진 누더기를 입혀서 아버지를 땅에 묻어야 하는데 그게 두고두고 마음에 맺혀 있을 것 같다며, 자기 머리채를 받아 달라고 통사정하더구나. 친정아버지에게 마지막으로 수의를 입히고 싶은 마음이 얼마나 간절했으면 새댁이 머리카락을 팔 생각을 했겠냐며 어머니가 슬쩍 거들었더니, 옷감 장수가 머리채를 받지 않겠다며 나중에 돈이 생기면 갖고 오라고 하더라. 오일장마다 장에 오니까 보리쌀 한 되든 반 되든 형편 닿는 대로 갚으라고 하더라. 옷값을 꼭 갚겠다며 몇 번이나 인사를 하고 가는 새댁을 보며 우리 어머니가 머리카락을 받지 그랬느냐고 옷감 장수에게 운을 떼지 않았겠니. 그랬더니 옷감 장수가 장사꾼은 남아도 팔고 안 남아도 파는데, 동백기름으로 길들인 머리를 자르고 나면 그 머리가 자랄 때까지 새댁이 남편의 눈치를 보게 될 것 같다고 하더라. 네 외할머니가 옷감 장수의 그 마음씨에 반해서 사위 삼겠다고 결심하셨단다."

달팽이처럼 등에 무거운 짐을 지고 다니면서도 옷 한 벌을 선뜻 내줄 줄 아는 대범함이 마음에 들더라는 묘령의 고백이 수리에게 매우 새롭게 들렸다. 묘령은 자진모리로 홍을 돋우듯 흥겨운 입담으로 슬며시 웃음을 짓게 만드는 재주가 있었다. 수리는 어머니에게 얘기를 재미있게 하는 재주가 있다는 걸 처음 알았다. 이런 여행길이 아니면 언제 어머니 아버지의 깨알 같은 사랑 얘기를 들을까. 얘기를 듣는 동안 잠시 잊고 있던 아버지 걱정이 되살아났다. 만약 아버지가 비단길에 간 것이 아니고 뒷산 구덩이에 묻혔으면 어쩌나 하는 염려로 가슴이 타들어 갔다. 어쩌자고 마종태는 이웃 친구인 아버지를 사경에 몰아넣었는지. 죄를 지어 놓고 비단길로 달아나서 영원히 돌아오지 않을 작정인지. 혹시 아버지가 마종태를 잡겠다고 비단길로 간 것은 아닌지. 만약 아버지가 이 일로 잘못되었다면 비단길 아니라 세상을 이 잡듯이 뒤져서라도 마종태를 처단하겠다고 마음먹었다. 수리는 깡마른 체격에 불만이 가득한 얼굴의 마종태를 생각하며 주먹을 불끈 쥐었다. 그에게 어떤 심경의 변화가 일어서 친구를 사지에 몰아넣었는지 그 이유를 꼭 듣고 싶었다.

묘령과 수리는 사람들에게 길을 묻고 또 물어서 여문휘가 묵었다던 객주에 겨우 당도했다. 관아를 찾아가기에는 너무 늦은 시간이었다. 일단 객주에서 묵고 날이 밝으면 관아를 찾아가기로 했다. 객주는 갑자기 몰려온 손님으로 장터처럼 들끓었다. 수리는 생전 처음 본 객주의 풍경인데도 어쩐지 낯익은 정겨움이 새록새록 살아났다. 금방이라도 아버지가 김용철, 은수저공, 한가이 등과 와자하게 떠들며 객주로 들어올 것만 같았다. 묘령이 주모에게 두 사람이 묵을 방을 달라고 했다. 주모는 열 개도 넘는 객주의 방이 모두 찼다며 다른 곳을 찾아가라고 했다. 그러자 묘령이 무슨 생각에선지 뒷간에 가서 남장을 치마저고리로 갈아입었다. 치맛자락을 당겨 끈으로 동여매고 주모의 일을 돕기 시작했다. 그러는 동안 수리는 군불을 때고 사람 구경도 하며 혼자 빈둥거렸다. 발을 동동거리며 뛰어다니던 주모가 두 사람을 돌아보았다. 그뿐이었다. 주모는 묘령에게 밥을 머슴밥처럼 고봉으로 담으라 일렀고, 국을 더 달라는 사람에게는 양껏 퍼 주라고 일렀다. 벌겋게 기름이 뜬 국이 뚝배기에 넘칠 지경인데도 아무도 남기는 사람이 없었다. 허기진 배를 채운 장사꾼들의 얼굴이 국밥 한 그릇으로 발그레 피었다. 수리는 국물 한 방울 남기지 않고 아귀아귀 국밥을 입으로 끌어넣는 사람들의 모습을 물끄러미 바라보았다. 국밥을 먹는 사람들의 이마로 뺨으로 땀이 콩죽같이 흘러내렸다. 아버지도 그랬으려니 생각하니 수리의 마음이 다 짠했다. 여기저기서 국물을 더 달라는 목소리가 드높았다.

"엇따, 이 집 국물 맛은 변함없는 진배기일세."

장터에서 돌아오면 아버지는 밖에서 보고 들은 일을 들려주었다. 어느 집의 국이 맛있고, 어느 집은 술맛이 좋고, 어느 집은 밥을 잘 짓는다며 바깥에서 먹고 자는 객주를 줄줄이 꿰었다. 양반가에서도 사람을 시켜 국을 사러 올 정도로 국물 맛이 특별한 집이 있다더니 이 집이었던지. 주모는 묘령과 수리에게 설거지를 해라, 국밥을 날라라, 탁자를 닦아라, 밥을 지어라 하며 잔일을 시켰다. 덕분에 객주에 서성거리던 장사꾼들이 오래 기다리지 않고 국밥을 먹은 후 각자의 방으로 찾아들 수 있었다. 객주의 혼란은 이슥한 밤이 되어서야 조용해졌다. 골목에서 뛰어놀던 아이들은 어머니의 부름에 서둘러 집으로 돌아가고, 하루 일을 마친 농부는 흙 묻은 발로 등불이 깜박이는 집을 찾아들었다. 밤이 깊어지고 멀리 밤 부엉이 울음도 그칠 무렵 객주 밖의 아스라한 어둠 속에서 등불이 깜박이다 꺼지곤 했다. 어둠이 깔리며 주막에서 떠들어 대던 술꾼도 돌아가고 주막의 마당을 밝히는 등불만 저 홀로 밝았다. 빗자루로 쓸어 놓은 듯 길에 사람들의 발길이 뜸해지고서야 주모가 앞치마를 벗고 나무의자에 앉아 쉬었다. 주모는 국밥을 세 그릇 들고 와서는 묘령과 수리를 앉게 했다.

"먹어 둬요. 두 사람 덕분에 오늘은 내가 거저 먹었수."

고생했다느니 고맙다느니 하는 말을 하지 않아도 국밥처럼 뜨끈하고 정겨운 주모의 마음이 느껴졌다. 장사 시작한 지 삼십 년이라고 주모가 옛일을 돌아보며 말을 이었다. 서방이란 자가 다른 여자와 살러 가 버려 세 아이와 어떻게 살까 걱정을 하다 시작한 게 국밥 장수였단다. 돈을 많이 벌려고 술장수를 시작했는데 손맛 때문인지 술보다 국밥이 더 많이 팔리더란다. 삼십 년 동안 끓여 낸 국을 모으면 동네 우물 하나는 채우고 남을 거라며 주모가 하하 웃었다. 서방이란 자가 병든 몸을 끌고 왔는데 빨랫방망이로 두들겨 패서 내쫓았단다. 시댁 식구들은 조강지처라고 찾아온 게 어디냐며 받아 주라지만 얼씬도 못하게 했고, 하늘 같은 서방은 제 식구 아껴 주는 사람에게나 해 줄 말이라고 마구 퍼부었고, 혼자서 세 아이 키우며 살아온 세월이 억울해서 못 받아 준다 했고, 딴짓 실컷 하고 돌아온 사람이 갈 곳은 무덤뿐이라고 말해 주었다던가. 묘령이 주모에게 말했다.

"마루라도 좋으니 등만 붙이게 해 줘요. 길이 낯설어서 객주가 어디 있는지도 모르겠고."

"나랑 같이 잡시다. 세 사람 누울 방은 되니까."

주모가 막걸리 주전자를 들고 왔다. 일을 마치면 술 한 잔 하고 자는 게 낙이라며, 주모는 뚝배기를 세 개 가져왔다. 뚝배기에 술을 가득 따르고 묘령과 수리 앞에 하나씩 디밀었다. 등불이 그을음을 피우며 저 홀로 타올랐다.

"먹어 두게. 없는 놈은 먹을 게 생기면 배 터지게 먹고, 치댈 곳이 있으면 치대고, 살아날 기회가 생기면 이 눈치 저 눈치 보지 않고 우선 살고 보는 게지. 여기 사람은 아닌 것 같고, 어디서 왔수?"

"멀리 양근에서 왔어요."

"그렇게나 멀리서 뭔 일로 왔대?"

"남편이 여기서 자다 끌려갔대요. 비단길에 가는 날 새벽에."

"아, 천주학쟁이로 끌려간 그 사람 말이우?"

"우리 수리 아버지는 천주학쟁이가 아녀요, 아주머니. 억울해요."

"그랴? 그 사람이 끌려가면서도 천주교 신자가 아니라고 외쳐 대더만 정말 억울하게 당했나 보네. 죽도록 곤장을 맞고 관아에서 나왔던데."

"수리 아버지가 살아 나왔다고요? 아주머니가 그걸 어떻게 아세요?"

"아 살아서 주막까지 기어 왔으니 알제. 그 사람 성치 않은 몸으로 절룩거리며 와서는 짐을 가져갔잖우."

"진작 왔어야 했는데 소식을 너무 늦게 들었어요."

"천 리 길이니 왜 안 그렇겠수."

묘령은 여문휘가 어디로 갔는지 어떻게 되었는지 꼬치꼬치 캐물었다. 주모는 그가 수일 전에 떠났다고 했다.

"비단길에 간답디다."

"다 죽어 가면서…… 그 몸으로 비단길에 갔다고요?"

"장독이 오르면 죽는다고 해도 부득부득 가는 걸 워쪄. 주모생활 사십 년에 내 집에서 자다가 끌려가서 그렇게 초죽음이 되어 오는 꼴은 첨 봤다오. 언제 어떻게 될지 모르니 사람이 산다고 할 수 없어."

주모 말로는 여문휘가 잡혀 들어간 날 헛간에 숨어 있던 천주교 신자 두 명이 참수를 당했다고 했다. 이즈음에는 주막을 찾는 사람들이 죄다 그런 얘기를 소곤거리는 게 일이라며, 말을 하는 것도 무섭고 듣는 것도 무섭다며 주모가 체머리를 흔들었다. 고래 싸움에 새우 등 터진 격이라며 누가 뭘 믿든 왜 그것 때문에 사람이 죽어야 하는지 정말 모르겠다고 주모가 목소리를 낮추어 말했다.

"죽지 않고 살아난 게 어디야. 운이 나빠 당한 일이라고 쳐야지 우짜겠노. 나라에서 하는 일이니."

"살아났다면 천주교 신자라는 누명을 벗은 건가요?"

"그게 아니고, 밥 먹으러 온 포졸들 말로는…… 아, 아녀. 나도 그 이상은 몰라."

"아는 대로 말씀해 주세요."

"내일 감영에 가면 알게 되겠지. 아무래도 내가 해 줄 야그는 아닌 것 같애."

그 이상 아무 말도 하지 않겠다는 듯 입을 딱 다물어 버린 주모가 묘령에게 술을 한 잔 따라 주었다.

"마셔 둬요. 잠 못 자는 사람에게는 이보다 좋은 약이 없은게."

주모는 묘령에게 막걸리를 연거푸 두 잔이나 먹이고는 방으로 들여보냈다. 수리는 충격으로 몸을 가누지 못하는 묘령을 부축해 들어갔다. 주모와 묘령이 나란히 눕고 수리는 곁에 누웠다. 잠이 올 것 같지 않았다. 정지에 딸린 방이 좁긴 해도 세 사람이 잘 만큼은 되었다. 어지간히 고단했던지 주모는 바닥에 등을 붙이자마자 코를 골았다. 술기운 때문인지 수리는 더 이상 겁날 것이 없었다. 술기운에 팔다리가 풀리는가 싶더니 오뉴월 엿가락처럼 몸이 흐느적거렸다. 이리저리 뒤척이다 어느샌지 모르게 잠이 들었다. 수리가 눈을 떴을 때 묘령은 벌써 밖으로 나가고 없었다. 아직 여명이 밝지도 않았는데 해장국을 먹으러 온 사람으로 객주가 웅성거렸다. 수리는 가마솥 곁에 던져져 있는 도끼로 장작을 쪼갰다. 깍두기 무를 썰던 주모가 장작은 나중에 쪼개고 불부터 때라고 재촉했다. 국 끓이는 솥이 두 개, 밥 끓이는 가마솥이 두 개였다. 네 개나 되는 솥에 불을 지피는 게 쉽지는 않아서 주모에게 몇 번이나 꾸중을 들어야 했다.

"불 조절을 잘해야 밥도 맛있고 국도 맛있는 기라. 수많은 여자들이 나한테 국을 맛있게 끓이는 비법을 가르쳐 달라고 조르지만 비법이 따로 있는 것이 아니지. 불만 잘 때면 된다고 몇 번이나 일러줘도 말귀를 못 알아듣제. 밥도 국도 맛을 내는 건 불의 힘이지 내가 무슨 마법을 부리는 기 아이거든. 야야 아가, 장작 너무 많이 넣지 마라. 은근히 끓어야 맛있제."

불이 너무 달면 쉬 끓어서 국이 깊은 맛을 못 내고, 불이 달아서 밥이 타면 맛이 없다고 타박이었다. 밥이 끓기 시작하자 주모가 간고등어를 석쇠에 얹어서 앞뒤로 뒤집어 가며 은근히 구워 내라고 일렀다. 수리는 시키는 대로 아궁이에 불을 때고 묘령은 고등어를 굽거나 나물을 무치거나 깍두기를 썰어서 소금에 절여 두기도 했다. 객주에는 아침 요기와 해장술을 찾는 손님으로 빈 평상이 없었다. 관아에서 일을 보려면 한나절은 기다려야 할 터여서 그때까지 일을 하면 재워 준 값은 될 것 같았다. 그렇게라도 방값을 대신하게 된 것을 다행으로 아는지 묘령은 정말 자기 일처럼 열심히 움직였다. 뜸이 푹 들어서 고슬고슬한 밥을 묘령이 주걱으로 살살 피워 뚜껑 있는 함지박에 퍼 놓았다. 주모 말로는 국이 두 솥이지만 저녁이 되면 모자라서 여분의 국거리를 장만해 두었다. 솥이 비면 다시 뼈를 고우고 시래기를 삶아야 하기 때문에 가마솥이 잠시도 쉴 틈이 없었다. 그 바쁜 와중에도 주모의 웃는 모습은 봄볕처럼 포근하기만 했다.

수리는 누조할매와 묘령, 이렇게 셋이서 한평생 국만 끓이고 살아도 괜찮겠다는 생각을 했다. 밖으로 나와 보니 세상이 다시 보였다. 당장 삼을 삼고 베를 짜고 옷을 만드는 일을 그만두더라도 살아갈 자신이 있었다. 그러면 아버지는 무거운 등짐을 지고 다니지 않아도 되고, 누조할매는 베틀에 앉아서 졸지 않아도 되었다. 가마솥 네 개 걸어 놓고 국밥을 팔아 치우는 것쯤 식은 죽 먹기일 것 같았다. 국밥 장사를 하자고 하면 묘령이 뭐라고 할지. 국밥 장사는 팔다 남으면 가족들이 먹으면 되지만 옷 장사는 팔다 남은 물건이 있어도 먹을 게 없다. 옷은 뜯어 먹지도 못하고 무겁기만 하니까.

배가 들어올 때마다 객주에 손님이 밀물처럼 밀려왔다 썰물처럼 빠져나갔다. 주모는 장작을 산더미처럼 쌓아 주고 잔일을 시원시원하게 해치우는 수리가 마음에 들었는지 삯을 줄 테니 오래 있어 달라고 농담 같은 진담을 했다. 생각 같아서는 신유년 새봄이 올 때까지 딱 붙어서 일을 배우고 싶었다. 수리는 드나드는 장사꾼들이 주고받는 말을 엿듣고 세상 돌아가는 사정을 대충 짐작했다. 사람들마다 쉬쉬하면서도 천주교 신자 몇 명이 잡혀가고, 누가 도망을 치고, 누구 목이 잘렸나 하는 얘기로 술청이 어수선했다. 객주보다 세상을 더 잘 비추는 곳은 없는 것 같았다.

이른 새벽부터 장터로 가는 보부상들이 한차례 쓸고 갔다. 가마솥의 국이 반으로 줄었다. 해가 중천으로 떠오르자 객주 앞 삼거리 길에 벽제소리가 드높았다. 의관을 정제한 관리들이 등청할 시각이었다. 벽제소리를 치는 자가 휘이, 물럿거라! 하고 길을 열면 그 뒤로 관리를 태운 가마꾼들이 종종걸음을 치며 지나갔다. 가마에 기름기 번들거리는 자가 위엄을 떨고 앉아 있었다. '저 사람이 관찰사야!' 가마를 따라가면 감영으로 갈 수 있다는 말에 묘령이 앞치마를 벗어 던졌다. 묘령은 치맛자락을 당겨 잡고 가마 앞으로 달려갔다. 죽을 때 죽더라도 길에서 만났을 때 속 시원하게 말이나 해 보자는 심사였다. 묘령이 가마 앞으로 달려나가자 사람들이 '저 여편네 죽으려고 환장했나 보네' 하며 큰일이라도 난 듯이 호들갑을 떨었다. '물럿거라' 하고 소리를 치던 팔자걸음이 달려와서 무슨 짓이냐고 호통을 치며 묘령을 끌어냈다.

"이분이 뉜 줄 알고 버릇없는 짓거리야."

팔자걸음이 아침부터 계집이 앞길을 막는다고 험한 소리를 해 댔다. 그가 묘령의 멱살을 답삭 잡아서 끌어내려는 것을 수리가 현감님께 드릴 말씀이 있다며 묘령과 나란히 앉아서 무릎을 꿇었다. 관찰사가 잠깐 멈추라고 손짓을 하자 가마꾼들이 걸음을 멈추고 가마를 내려놓았다. 관찰사는 젠체하지 않고 신중한 표정으로 길에 무릎을 꿇고 있는 모자를 살폈다.

"웬일이냐?"

"드릴 말씀이 있습니다. 소인은 양근 분원리에서 온 수리이고 이분은 소인의 어머니입니다. 아버지는 오일장을 다니는 장사꾼인데 수일 전에 객주에서 자다가 관아로 끌려갔다고 합니다. 소인의 아버지가 죽었는지 살았는지 알고 싶어서 그럽니다."

"어떤 인물인지 짐작이 간다만 길에서 말할 일은 아닌 것 같구나."

"너무 답답해서 천 리 길을 한달음에 달려왔습니다. 아버지는 천주교 신자도 아닌데 천주교 신자로 몰려서 밀고를 당하고 곤장까지 맞았다고 합니다."

"증거물이 있었고, 자백까지 했는데 억울하다고?"

"때리고 고문을 하면 없는 죄도 자백하는 게 사람입니다. 나리, 제 목숨을 걸고 말씀드리지만 아버지는 글씨도 모르는 까막눈입니다. 그런 사람이 교리서를 읽다뇨. 나리, 제발 억울하게 당하는 사람이 없게 살펴 주십시오."

"까막눈이라! 예까지 온 정성을 봐서 내 전후 사정을 자세히 알아보마."

"참봉 어르신의 편지를 갖고 왔는데 한번 봐 주시려는지요."

"어디 편지나 한번 보자꾸나."

수리가 가슴에 품고 있던 편지를 내보였다. 관찰사가 그 자리에서 편지를 읽었다. 편지를 읽고 난 관찰사는 사정을 알아볼 테니 나중에 감영으로 오라고 이르고는 편지를 들고 가 버렸다. 가마가 가고 나자 사람들이 간이 배 밖에 나왔다며 혀를 내두르면서도 속이 시원하다고 칭찬을 해 주었다. 관찰사가 좋은 사람이었기에 망정이지, 하마터면 옥살이를 할 뻔했다며 주모가 등을 때렸다. 예전에 고을 최고 어른의 등청을 막은 죄로 옥살이를 한 사람이 있었다고 했다. 주모가 큰일 낼 여편네라며 또 한 번 묘령의 등을 쿵 때렸다.

묘령과 수리는 주막에서 아침 손님을 치르고 한나절이 지나서 경상감영으로 갔다. 두 명의 문지기 포졸이 지키고 있었다. 묘령이 감영으로 찾아오라는 관찰사의 명을 받았다고 전했다. 포졸들이 묘령의 몰골을 아래위로 살피며 물었다.

"관찰사 어른과 약속이 되어 있다고?"

포졸이 안으로 들어가더니 잠시 후에 나와서 안으로 들어가라며 길을 터 주었다. 묘령은 두려움에 떨며 수리의 손을 꼭 잡았다. 동헌의 바깥마당을 서성거리고 있으려니 또 다른 포졸이 다가와서는 어쩐 일로 왔느냐고 물었다. 묘령이 관찰사를 뵈러 왔다고 하자 두 사람을 안으로 데리고 갔다. 허둥거리는 발에 치맛자락이 밟히고 높은 문턱을 넘다 발이 걸려 묘령이 앞으로 고꾸라질 뻔했는데 수리가 잡아 주었다. 마침내 웅장한 관내에 이르니 포졸이 기다리라고 했다. 두 사람은 두리번거리며 주위를 살폈다. 깨끗해서 허튼 나뭇잎 하나 떨어져 있지 않은 관내의 어디에도 피 같은 건 묻어 있지 않았다. 이렇게 깨끗한 곳에서 사람의 머리를 치고 곤장을 때려 죽게 만들 리가 없다고 생각했다. 안에서 관리 하나가 도포자락을 날리며 거만한 몸짓으로 걸어 나왔다. 차림새로 보아 객주의 주모가 말하던 아전인가 보다고 여겼다. 주모 말로는 종사관이라는 그 아전이 색주가를 제집 드나들듯 한다던가. 소문대로 오입쟁이답게 그는 묘령의 자태를 요모조모 살피며 어떻게 왔느냐고 은근한 목소리로 물었다. 묘령은 수일 전에 객주에서 잡혀 온 보부상의 안사람이라고 자신을 소개하고는 바깥양반을 만나러 왔다고 말했다.

"잡혀 온 사람이 여럿이라 잘 생각이 나지 않는데, 이름이 무엇인고?"

"여문휘라고 합니다."

"네 이름은?"

"저는 묘령입니다."

"묘령! 생긴 대로 이름도 곱구나. 그래, 네년도 천주학쟁이냐?"

묘령이 두 손을 저으며 자신도 여문휘도 천주교를 모른다고 대답했다. 발뺌을 하려는 것이 아니고 남편 여문휘도 천주교 신자가 아닌데 억울하게 잡혀 온 거라고 하자, 종사관이 듣기 싫다는 듯 새끼손가락으로 귀를 팠다. 그러거나 말거나 묘령은 글도 모르는 일자무식꾼이 어떻게 천주교 교리책을 읽겠느냐며 자신의 말에 추호의 거짓이 없음을 몇 번이나 다짐했다.

"관찰사 어른을 뵙게 해 주세요."

"중요한 회의 중이라서 바깥일에 신경 쓸 짬이 없으니까 나한테 말해."

수리가 나서서 한마디 거들었다.

"아버지를 밀고한 사람이 거짓을 고했어요. 아버지는 천주교도가 아녀요."

"거짓을 고했다고? 같이 어울리며 천주학을 했으니 그런 놈을 알고 잡아내지. 한식구인데도 몰랐다면 그놈이 너희를 속였거나 아니면 너희가 바보라서 눈치를 못 챈 거지. 무슨 말인지 알아듣겠느냐?"

"그럴 리가 없습니다. 고문을 너무 심하게 하니까 못 견뎌서 그런 실토를 한 것이지 아버지는 절대로 천주교 신자는 아닙니다. 우리를 속인 적도 없구요."

"아 글쎄, 네 아비가 진짜배기 천주교 신자를 밀고했다니까 그러네. 천주교를 모르면 그런 진짜배기 신자를 알고 있을 리가 없지 않느냐 말이지."

"그럴 리가 없어요. 매를 너무 맞아서 정신이 이상해진 거죠."

"아 이것들이 보자 보자 하니까 수염까지 뽑으려고 기어오르네. 어쨌든 그놈은 밀고를 하고 풀려났으니까 딴 데 가서 알아봐."

"억울하게 잡혀 온 사람이 제 입으로 천주쟁이가 아니라고 하면 믿어 줘야지 백성을 다스리는 분들이 왜 그렇게 모질게 사람을 때려요?"

"아니, 저, 저년 말하는 것 좀 보게. 감히 예가 어디라고 행패야?"

"다 죽게 만들어서 풀어 주고 딴 데 가서 찾아보라뇨. 우리 수리 아버지 당장 찾아내요."

묘령은 억울해서 못 참겠다는 듯 두 눈에서 불을 뿜으며 퍼부었다. 수리까지 이성을 잃고 달려들자 시끄러워지면 안 되겠다고 생각했는지 종사관이 한 발 물러서며 말했다.

"살아서 나갔으니 어디로든 갔겠지? 혹시 집에 갔을지 모르니 집으로 가 보게."

"집에 왔으면 이렇게 왔겠습니까. 죄 없는 사람을 죽게 만들었으니 사람을 풀어서 찾아 주세요."

"아, 살려서 풀어 줬다는데도 말이 많구나. 가다 죽었을지 모르니 날뫼로 가서 구덩이를 파 보든지."

"죄 없는 백성을 마음대로 죽이는 게 관리들입니까."

"여봐라, 이놈들을 어서 문밖으로 내쫓아라."

"아예 죽이세요. 아무에게나 죄를 씌워서 죽이는 게 관리들 아닙니까. 어서 저까지 죽이라고요."

종사관이 묘령을 밖으로 내쫓으라고 명령을 내리고 안으로 들어갔다. 묘령은 도포자락을 날리며 사라지는 종사관을 목이 터지게 불렀다. 그래도 그는 돌아보지 않고 동헌 삼문으로 자취를 감추었다. 수리는 묘령을 일으켜 경상 감영을 나왔다. 묘령은 문밖에 나와서도 설움을 못 참고 훌쩍거렸다. 문을 지키는 포졸들이 혀를 차며 궁시렁댔다.

"어제도 죽은 사람 살려 내라고 난리더니, 하루가 멀다 하고 소동이 벌어지는군."

"하루아침에 가족을 잃었으니 왜 그러지 않겠나. 아무튼 천한 것들은 목숨 부지하기도 어려운 세상이야."

"입조심해, 이 사람아. 괜한 날벼락 맞지 말고."

묘령은 문지기 포졸들에게 그날 일을 소상히 말해 달라고 애원했다. 문지기 포졸들이 입을 잘못 놀리면 목이 날아간다며 손으로 목을 치는 시늉을 하며 묘령을 물리쳤다. 묘령은 품 안에서 돈주머니를 꺼내어 문지기 포졸들에게 몇 푼 쥐여 주며 여문휘가 죽었는지 살았는지 그것만 말해 달라고 했다. 그러자 문지기 포졸들이 목소리를 낮추어 말했는데, 그날 주막에서 끌려온 보부상은 곤장을 맞고 기어 나갔다고 했다. 그가 곤장을 맞다 실신하기 직전에 달아났던 천주교 신자를 밀고했다며, 밀고로 끌려온 박학수가 천주교 신자 두 명과 함께 동구 밖에서 참형을 당했다고 했다. 억만이 날뫼에 구덩이를 파서 시신을 묻었는데 신자들과 가족들이 몰래 거두어 갔다는 것이다. '그 사람이 밀고를 했다고?' 묘령이 털썩 주저앉고 말았다. 쳐다보기 딱했던지 포졸들이 동구 밖에 사는 억만을 찾아가서 물어보라고 일러주었다. 억만을 모르는 사람이 없으니 주막에 가서 물어도 알거라고. 수리는 묘령에게 귓속말로 속삭였다.

"아버지가 풀려난 건 확실한가 봐요."

"그런가 보다. 살았다는 말을 듣고 나니 속이 좀 풀린다."

"아버지가 밀고했다는 사람이 누군지, 어디 묻혔는지도

알아봐야죠."

두 사람은 부지런히 걸어서 객주로 돌아왔다. 여러 사람의 말을 들어 보건대 여문휘가 살아 있는 것도, 박학수라는 사람을 밀고한 것도 사실인 게 확실했다. 묘령이 수리의 부축을 받으며 들어가자 주모가 놀라서 찬물을 마시게 해 주었다. 찬물을 마신 묘령이 주모에게 억만을 아느냐고 물었다.

"억만이? 그놈을 왜 찾아?"

"그 사람이 그날 죽은 사람들을 날뫼에 갖다 묻었대요."

"왜 그쪽 바깥양반이 거기 묻혔대?"

"그게 아니라 그날 죽은 사람 중에 아는 사람이 있어서 어찌 되었나 물어보려고요."

"일어났는지 모르겠네. 술을 동이로 퍼마시고 사흘 동안 시체처럼 늘어져서 잔다더만. 처형이 있는 날은 늘 그렇거든. 망나니 팔자가 그렇지."

주모가 동민을 목청껏 불러 댔다. 뒤뜰에서 장작을 쪼개던 아이가 뛰어왔다. 수리 또래쯤 되었을까. 억만을 불러오라는 주모의 말에 동민이 야, 하는 대답과 함께 쌩하니 달려 나갔다. 동민이 댕기머리를 흔들며 뛰어가자 주모는 수리와 묘령의 앞에 국밥을 내놓았다.

"따끈한 국이나 한 그릇 마셔 둬요. 이름만 들어도 다리가 후들거리는 델 댕겨 왔으니 배는 오죽 고프겠소. 멀쩡한 사람이 잡혀 들어가서 죽는 걸 봐도 그렇고, 죽을 사람과 살 사람은 따로 구분되어 있는 갑소. 아무리 조심을 해도 죽을 사람은 죽고 살 사람은 삽디다. 살아 있으면 돌아오 겠지. 영 돌아오지 않는 사람도 있더라만."

객주를 하며 별일을 다 겪고 살았지만 이즈음처럼 민심이 흉흉한 적은 일찍이 없었다며, 주모는 사람들이 술도 잘 마시지 않더라고 했다. 선왕이 살았을 적에는 객주가 장사꾼으로 흥청거려 술독이 비기 바빴는데 이즈음에는 손님이 반으로 줄어서 술이 쉬어 빠질 지경이라고 한탄했다. 무슨 이런 세상이 다 있는지 모르겠다고 하소연하지만 객주에는 잠시 빈자리가 나지 않을 정도로 사람이 끓었다. 동민이 뛰어오고 뒤이어 봉두난발을 한 사내가 휘적거리며 왔다. 그가 걸걸하게 쉰 목소리로 왜 사람을 오라 가라 하느냐고 투덜거렸다. 주모가 언제 불러서 손해 뵌 적이 있더냐고 흘겨보자 억만이 씩 웃으며 평상에 걸터앉았다. 주모가 뚝배기 가득 술을 따라 주자 억만이 벌컥벌컥 소리를 내며 들이켰다.

"억만아, 이 사람들이 니한테 물어볼 게 있단다."

"이 사람들이 누구야?"

억만이 굵다란 눈을 굴리며 묘령과 수리를 흘겨보았다. 포졸들 말로는 죄인들의 목을 친 망나니가 바로 억만이라고 했다. 술을 얼마나 퍼마셨는지 아직도 그의 입에서 시큼한 술내가 풀풀 났다. 참형을 하고 나면 술을 먹고 사나흘쯤 죽은 듯이 자는 게 일이라고 했다. 그렇게 해서 생각하고 싶지 않은 일을 기억에서 지운다던가.

묘령은 그저께 참형 당한 천주교 신자들에 관해서 말해 달라고 했다. 혹시 거기 아는 사람이 있을지 몰라서 그런다 니까 억만이 미간을 찌푸리며 이미 땅에 묻힌 사람들을 알 아서 뭐하냐며 연거푸 술을 두 잔이나 마셨다. 생각도 하 기 싫은 듯 쉽게 말을 꺼내지 않는 억만에게 묘령이 엽전을 쥐어 주며 물었다.

"우리 애아버지가 그저께 감영에 잡혀갔다는데 물어볼 데 도 없어서 그래요. 여기 객주에서 잡혀간 사내는 어찌 되었 는지, 그날 밀고를 당한 사람이 있다는데 그 사람 이름이 뭔지. 그 사람이 어떻게 되었는지 말해 줘요."

"객주에서 잡혀 온 사내는 곤장을 맞고 나갔구만요. 밀 고로 잡혀 온 사내는 박학수라는 약재상인데, 먼저 잡혀 온 천주교 신자 두 명과 참형을 당했쥬."

"곤장 맞고 나간 사람은 어떻게 되었어요?"

"살아서 기어 나간 사내는 어데로 갔는지 모르겠고, 참형 을 당한 셋 중에 둘만 날뫼에 끌어 묻었쥬."

"약재상이랬나, 박학수는요?"

"아, 죽은 사람 어디에 묻었건 그게 왜 알고 싶어. 선산에 묻으라느니 강물에 던지라느니 한바탕 집안이 들썩거렸지만 박학수 어머니가 우겨서 선산에 묻었다는 말만 들었어요."

"그렇게 되었군요. 멀쩡한 사람이 그렇게……."

억만은 묘령이 말 매듭을 짓기도 전에 할 말을 다 했다는 듯 일어서서 휙 가 버렸다. 마음 같아서는 박학수의 묘지로 찾아가서 여문휘 대신 사죄를 하고 싶으나 행여나 가솔들 눈에 띄기라도 할까 봐 그러지도 못하는 마음이 바위를 안고 있는 듯 무거웠다. 묘령은 여문휘가 어딘가에 살아 있다는 사실보다 이름도 처음 듣고 얼굴도 모르는 박학수가 여문휘의 밀고로 참형을 당했다는 사실에 더 심한 충격을 받았다. 심정이 복잡하기는 수리도 마찬가지여서 주막을 나가선 멀리 뒷산 능선만 바라보았다. 거기 어딘가에 박학수의 무덤이 있을 것 같았다. 수리는 마음속으로 미안하다고 사죄했다. 아버지의 잘못을 용서해 달라며. 여문휘가 그런 말도 안 되는 짓을 한 줄도 모르고, 누조할매와 묘령은 아무 죄 없는 마종태의 어머니를 얼마나 닦달했던가. 그런데 지금 여문휘가 마종태 같은 사람이 되어 있다는 사실에 수리는 어찌할 바를 몰랐다. 마음에 가득 차 있던 자랑스러움이 사라지며 온몸의 힘이 스르르 빠져나갔다.

달과 별은
제각기 궤도가 있어

수리는 천을 한 아름 안고 집을 나섰다. 이씨 종갓집에 기저귓감 두 필과 수놓은 베갯잇 네 장, 주막에서 부탁한 광목 한 필을 갖다 주고 오는 길에 강둑을 걸었다. 하상의 집에 부드러운 면포를 갖다 주면 오늘 배달은 끝이었다. 여름 그날 이후, 아침에 일찍 일어나도 할 일이 없다. 가장 바빠야 할 시간이 심심해졌다는 게 한동안 세 식구를 못 견디게 했다. 생각다 못해 세 식구는 아버지가 집에 있는 것처럼 그의 그릇에 밥을 담고, 옷을 짓고, 누에를 길렀다. 겉보기에는 아무것도 달라진 것이 없어 보였다. 가을볕이 따사로웠다. 조석으로 찬바람이 일어도 낮에는 따뜻한 해의 기운이 열매에 단맛을 더하고, 나뭇잎은 곱게 물든 잎사귀를 하나씩 떨어뜨렸다. 들녘에 베어 놓은 벼이삭이 누워 있고, 강은 푸른 하늘을 향해 끝없이 달리고 있었다. 수리는 보자기에 싼 천을 무릎에 올려놓고 강둑에 앉았다. 혹시 모혜가 올까, 하고 기다렸지만 그녀는 쉬이 나타나지 않았다.

"맹추 같으니. 눈치가 없어서 새우젓은커녕 물도 못 얻어먹겠다."

고치에서 실을 뽑던 모혜에게 졸음이 오면 잠깐 쉬었다 하라고 귓속말을 했는데, 무슨 말인지 말귀를 못 알아들은 모양이었다. 수리는 멀리 보이는 포구에서 갓쟁이 양반 세 명이 오는 것을 보았다. 뉘댁 손님일까 골똘히 살피던 수리가 얼른 일어나 엉덩이에 묻은 흙을 털었다. 걸음걸이와 얼추 비슷한 키 하며, 얼른 보기에도 세 사람이 누군가와 닮아 보였다. 배를 타고 왔는지 그들은 말도 하인도 없이 빈 몸으로 걸어왔다. 가장 나이가 많아 보이는 사람이 앞서 걷고 그를 따라 두 사람이 두런두런 얘기를 하며 뒤처져 걸었다.

수리는 길목에 서서 그들이 가까워질 때까지 쳐다보고 있었다. 앞서 걷던 사람이 추수가 끝난 논밭과 홍시가 달린 감나무를 보며 가을의 풍성함이 좋다고 했다. 뒤따르던 사람이 좋은 시절은 가을처럼 짧아서 아쉽다고 대답했다. 가장 젊은 선비가 가을 들판도 햇살도 강물도 그대로인데 사람살이만 불안하게 흔들리는 것 같다니까, 앞선 자가 좋은 경치를 볼 때는 좋은 것만 생각하자고 위로했다. 겉보기에 단단해 보이는 사과와 감, 밤, 매운 고추도 벌레가 슨다고.

세 사람의 표정이 침울했다. 서로 모른 척 만청을 부리며 먼 곳을 쳐다보는 것으로 수리는 그들이 어려운 얘기를 하러 모이는 거라고 짐작했다. 그들의 속내가 어떻든 수리는 말투와 여유로운 걸음걸이가 많이 닮은 그들 세 명이 누군지 금방 알아보았다. 그들은 선암의 형제들이고, 마재에서 온 사람들이었다. 세 사람 중에서 가장 나이가 들어 보이는 사람은 선암의 큰형인 약현이고, 뒤따라 걷는 두 사람은 둘째형 약전과 아우 약용이었다. 한솥밥을 먹으며 자란 사람은 서로 닮는다는 말이 괜한 소리가 아닌가 보았다. 수리는 보자기에 싼 베를 안고 한 발짝 떨어져 걸으며 그들의 생김새를 살폈다. 근엄하면서도 온화한 눈빛과 웃는 입 모양, 느긋한 걸음걸이가 그들이 형제인 것을 말해 주고 있었다. 만고에 바쁜 일이 없는 걸음으로 뒷짐을 지고 부엉이 우짖는 먼 산을 둘러보는가 하면, 추수를 마친 들판을 바라보며 여유롭게 걸었다.

수리는 뒤따라 걸으며 그들의 눈으로 마을을 바라보는 것이 좋았다. 그들처럼 느긋하게 걷고 있자니 바쁘게 걸어다닐 때 보지 못했던 풍경이 하나씩 눈에 들어왔다. 들판의 풍경도 웅덩이에 노니는 오리의 모습도 새로워 보였다. 뒷짐까지 지고 걷는 자신이 갑자기 큰 갓을 쓴 어른 같아서 수리는 고개를 꼿꼿하게 들었다. 어린놈이 그런 자세로 걷다가 버르장머리 없다고 얻어터지기 딱 알맞지만 그렇다고 해도 수리는 그들처럼 걸어 보고 싶었다. 생각해 보니 종종걸음을 쳐야 할 만큼 바쁜 일이 없는데도 습관적으로 바쁘게 뛰어다닌 것 같았다. 세 사람 중에서 가장 젊어 보이는 사람이 뒤를 힐끔 돌아보더니 수리에게 말을 붙였다.

"애야, 이 마을에 사느냐?"

젊은 선비와 눈이 마주치자 수리는 얼른 턱을 내리고 공손하게 대답했다.

"예, 이 마을 토박이인 여수리입니다."

"그럼 선암 선생이 어디 사는지도 알겠구나."

"네, 소인은 선비님이 어떤 분인지도 알고 있습니다."

"그래, 나를 안다고? 말해 보려무나. 내가 어떤 사람인지."

"시인이시고, 스승님의 아우이시고, 암행어사이셨죠."

"시인이라! 시가 뭔지도 알고 있느냐?"

"소인이 아직 한문은 모르지만…… 시냇가 헌 집 한 채 뚝배기 같고 북풍에 이엉 걷혀 서까래만 앙상하네 묵은 재에 눈이 덮여 부엌은 차디차고 체 눈처럼 뚫린 벽에 별빛이 비쳐드네……. 이렇게 외울 줄은 압니다."

"허, 그건 어디서 주워들었는고?"

"스승님이 읽으시는 걸 들었습니다. 마침 거기 가는 길인데 소인이 길잡이 노릇을 하겠습니다."

"그래 주겠느냐?"

수리는 시가 적힌 종이를 호주머니에 접어 넣고 앞서 걸었다.

"방금 스승님이라고 했는가?"

"예, 글을 배우고 있습니다. 이제 겨우 한글을 뗐습니다."

"씌어 있는 글을 외웠더냐?"

"예, 나리."

약용이 혹시 글을 배우러 가느냐고 물었다. 수리는 할머니가 짠 광목 한 필과 면포 두 필을 갖다 주러 가는 길이라고 대답했다. 그러고는 누조할매가 조선에서 베를 가장 잘 짜는 사람이고 예전에 임금님께 올릴 진상품을 짠 적이 있다고 묻지도 않은 말을 했다. 약용이 면포를 어디 쓰려는고? 하며 고개를 갸웃거렸다. 면포를 어디에 쓰는지는 선암만이 알 일이지만 그런 주문을 한 것이 처음 있는 일이 아녀서 누조할매는 짬이 날 때마다 면포를 짜 두곤 했다. 면포를 주문하는 것도, 찾아가는 것도 모혜가 도맡은 일이었는데 근래에는 베 짜는 일이 바빠서 수리가 배달을 했다. 약용이 심심해서인지 아니면 궁금해서인지 수리에게 면포를 어디에 쓰는지 아는 대로 말해 보라고 했다. 그렇지 않아도 면포를 어디에 쓰는지 궁금해서 누조할매에게 물었던 적이 있었다. 그러자 누조할매가 친절하게 일러주어서 면포의 용도를 알고 있었다.

"면포는 천이 부드러워서 아기 기저귀를 만들면 좋습니다. 여자들이 달거리할 때도 쓰고, 상처에 감을 수도 있고,

속옷을 만들거나 행주를 만들기도 합니다. 감물이나 황토 흙물을 들여서 겨울에 머릿수건으로 쓰기도 하고, 부드러워서 아기들 수건으로 써도 됩니다."

"면포가 그렇게 여러 곳에 쓰이는 줄 몰랐구나."

"면포는 손바닥만큼 많이 쓰는 천이라고 저희 할머니가 말씀하셨어요."

"과연, 길쌈 명인의 손자답다."

"이 마을에서 제 또래 중에는 베의 종류에 대해서 저만큼 잘 아는 사람이 없습니다. 저는 목화도 키우고, 누에를 기르기 때문에 무명실, 명주실을 잣는 법도 압니다."

"허, 누에를 기른다고? 어린 나이에 아주 지혜로운 생각을 갖고 있구나. 누에를 기르면 가족들이 한시도 쉴 틈이 없겠구나. 누에가 사람을 쉬게 내버려 두지 않으니 말이다."

"아버지가 장에서 누에씨를 사 오셨어요. 누에가 뽕잎 먹는 소리는 보슬비 소리 같습니다."

"명주는 어디나 귀하게 쓰이는 것이니 누에를 잘 키우면 큰 수확을 얻을 수 있을 게다. 어린 아들에게 근면하고 성실한 것을 먼저 가르쳤다니, 참으로 훌륭한 아버지구나."

약용은 수리에게 아버지가 뭐하는 분이냐고 물었다. 수리는 마치 누군가 그렇게 물어 주기를 기다린 듯 아버지에 대해서 편안하게 말하려 했다. 그저 지나가는 말처럼 물었을 뿐인데 대답도 하기 전에 가슴이 시리고 눈이 매웠다.

"장터를 다니는 보부상입니다. 장을 다섯 군데 돌아오자면 닷새가 걸립니다. 갖고 간 물건이 잘 팔리면 빨리 돌아오고 잘 팔리지 않으면 닷새, 엿새, 열흘이 걸릴 때도 있습니다. 비단길에 가셨는데 가을이 가고 겨울이 오는데도 돌아오지 않습니다."

"비단길에 갔다니, 야망이 큰 장사꾼이로군. 말이 좋아 비단길이지 가는 데만 두어 달 넘게 걸리는 곳이니 신유년에나 돌아올까."

"별일 없이 돌아오겠죠, 나리?"

"달과 별도 제각기 궤도가 있느니라. 사람도 그와 같아서 갈 사람은 가고 올 사람은 오게 되어 있단다."

수리는 한눈에 보기에도 선암과 많이 닮은 약용의 얼굴을 지루한 줄 모르고 바라보았다. 올곧고도 자애로운 눈빛이 선암을 많이 닮아 있었다. 앞서 가는 약현과 약전 두 형제는 아우가 사는 마을 풍경을 둘러보며 두런두런 얘기를 나누었다. 조선의 대학자가 자신에게 말을 걸어 주고, 대답까지 해 주는 게 신기해서 수리는 아버지와 누에장 만들었던 얘기와 뽕잎을 따러 다니며 만났던 산짐승에 관한 얘기를 주절주절 늘어놓았다. 얘기하는 도중에 약용은 '그래? 그래서……' 하고 추임새를 넣어 가며 수리의 말에 귀를 기울여 주었다. 아버지가 그리워서인지 수리는 이즈음에 들어서 부쩍 어른남자를 보면 수다를 떠는 버릇이 생겼다. 이

런저런 얘기를 나누는 동안에 선암의 댁에 당도했다. 수리
가 제집에 들어가듯 먼저 대문 안으로 들어가서 손님을 모
시고 왔다고 아뢰었다. 대청에서 기다리고 있던 선암이 대
문 밖까지 나가서 형제들을 맞았다.

"형님들, 먼 길 오시느라 고생하셨습니다. 뱃길은 험하지
않으셨는지요."

"바람이 순하더구나."

"아우도 형님들 모시고 오느라 고생했네. 방으로 들어
가게."

수리는 사 형제가 방으로 들어가기를 기다려 부엌으로
갔다. 유씨 부인이 소매를 걷고 점심 상차림을 지시하고 있
었다. 그 옆에서 하상이 이건 뭐고 저건 뭐냐며 꼬치꼬치 캐
물었다. 수리는 유씨 부인의 지시대로 가마솥에 불을 때기
도 하고 무거운 것을 들어 주기도 하며 잔일을 거들었다. 옥
단은 누룽지라도 얻어먹으려면 눈치껏 움직여야 한다고 슬
슬 구슬리며 부려 먹었다. 수리가 상을 번쩍 들고 가자 선
암이 점심을 먹고 가라고 말해 주었다. 식사를 하는 동안
웃음소리가 드높고 분위기도 화기애애했다. 밥상을 물리고
술상이 들어갈 때까지도 꽃향기 날리는 봄날처럼 분위기가
따사로웠지만 늘 그렇게 좋을 수만 없는 게 사람살이인지,
술상이 들어가고부터 조금씩 언성이 높아졌다.

"국상이 끝나면 본격적으로 박해가 시작될 거다. 그러면

교인들을 지금처럼 살려 두지 않을 거란 말이다."

그들의 말 중에 천주교가 화두로 떠오르자 금세 분위기가 냉랭해졌다. 수리는 더 이상 듣고 싶지 않아 싸리비를 들고 밖으로 나갔다. 김여삼이 거들먹거리며 대문을 기웃거렸다. 어지간히도 돌아다닌다. 방 안에 가만히 있으면 좀이 쑤시는지, 차라리 밭둑에 엎드려 일을 하든지. 힘 안 들이고 살려니 남을 음해하는 일이나 하고 다니지. 큰길 작은 길을 쉬지 않고 돌아다니니 주워듣는 것도 많고 간섭할 일도 많지. 밀고자 기질을 타고난 사람이다. 무슨 일로 남의 집을 기웃거리느냐며 수리는 김여삼을 거친 비질로 쫓아냈다. 그러자 김여삼이 썩을 놈이라고 욕을 하며 물었다.

"넌 뭐냐? 이 집 하인이야?"

"내가 누구든 아저씨가 무슨 상관예요."

"손님이 온 것 같은데, 누구냐?"

"아저씨가 그런 걸 왜 알려고 하세요. 괜한 염탐질 말고 가세요."

"까불지 말고 조심해라, 이놈아. 나중에 후회하지 말고."

누구든지 자기한테 함부로 하면 본때를 보여 주겠다며 궁시렁대는 걸 수리가 비질로 그에게 먼지를 날렸다. 그러자 그가 뒷걸음질을 치며 이놈이 미쳤나? 하며 욕설을 해 댔다. 남의 대문을 기웃거리는 김여삼을 보며 수리는 아버지를 밀고한 마종태를 떠올렸다. 김여삼은 밀고와 협잡을 일

삼는 관아의 앞잡이였다. 믿고 싶지 않지만 마종태도 아버지도 김여삼과 다름없는 밀고자가 되었다. 마을 사람들은 김여삼과 마종태를 슬슬 피해 다녔다. 그들의 간교한 웃음 뒤에 감춘 살기가 두려웠다. 지금은 간교한 앞잡이 노릇을 하고 있지만 김여삼도 한때는 천주교 신자였다. 배교한 신자의 밀고가 무서운 것은 함께 교리 공부를 한 사람들의 얼굴을 죄다 알고 있다는 것이었다. 얼굴보다 더 정확한 증거가 없으니. 그렇게 밀고로 관아에 끌려간 사람이 여러 명이었다. 그중에는 배교로 풀려난 사람도 있고, 곤장을 맞고 장독이 올라서 죽은 사람도 있고, 도망쳐서 산속에 숨어 버린 사람도 있었다.

안방에서는 선암의 형제들이 심각한 얘기를 주고받는 중이었다. 큰형님인 약현이 걱정하는 것은 머잖아 다가올 현실이었다. 국상이 끝나면 수렴청정을 시작한 대왕대비 김씨가 어떻게 나올지 짐작하기도 싫다며 약현이 몸서리를 쳤다. 그러자 약용이 벽파들의 움직임이 심상치 않다고 거들었다. 벽파 중심의 정국이 노리는 게 시파의 뿌리를 뽑는 일이 될 거라는 불길한 예측이 점차 현실이 되고 있었다. 미리 조심해서 그들에게 꼬투리 잡히지 않게 조심해야 한다며 약현은 형제들에게 맏형다운 주의를 주었다. 시파의 중심에 약용이 있다는 게 그들 형제들의 우려를 더욱 깊게 했다. 약용에게 죄가 있다면, 어느 누구보다 실학과 개혁에 앞장

섰고 유독 선왕의 사랑을 많이 받았다는 것이었다. 한차례 거센 피바람을 면하기 어려울 거라며, 약현의 걱정이 이만저만이 아녔다. 이미 알고 있는 사실이지만 그들 형제들이 어느 때보다 정신을 차려야 한다며, 집안 어른들의 우려를 선암에게 전달했다.

수리는 대문 앞을 떠나지 않았다. 그저께부터 김여삼이 부쩍 자주 얼굴을 내밀고 다녔다. 근래에 들어서 자주 나다니는 걸 보면 천주교인들을 잘 감시하라는 사주를 받은 게 분명했다. 수리는 대문 앞을 어슬렁거리는 김여삼에게 비질을 하며 말했다.

"그러다 벼락 맞으면 어쩌려고 그래요."

"이놈아, 기울 대로 기운 집구석에서 뭐 얻어먹을 게 있다고 놈을 팔아?"

"그러는 사람은 뭐 얻어먹을 게 있다고 남의 집을 기웃거리슈?"

"나야 임금님께 몸 바쳐 충성하려는 거지, 이놈아. 너 주둥아리 함부로 놀리다 날벼락 맞지 말고 조심해라."

"그러는 아저씨나 조심해요. 천둥 번개가 커다란 손가락으로 아저씨를 가리키고 있으니까요."

수리는 김여삼이 근처에 얼씬도 못하게 막고 지켜보았다. 그가 무슨 일을 저지르고 말 것 같아서 불안했다. 형제들의 담론은 좀처럼 끝날 줄 몰랐다. 선암이 아버지처럼 어디론가 사라진다고 생각하면, 등줄기로 찬 기운이 흐르며 이마에 식은땀이 배어났다. 육신을 낳아 준 아버지, 영혼을 일깨워 준 아버지. 수리는 아버지를 두 번 잃고 싶지 않아서 김여삼이 담을 기웃거리지 않나, 하고 집 주위를 맴돌며 감시했다.

"양근에서 박해를 당한 사람이 많다던데 이참에 마재로 돌아가는 것이 어떠냐."

약전의 채근에 선암이 생각에 잠겼다. 그의 어지러운 심사가 짐작되는지 형제들이 말없이 술잔만 기울였다. 수리는 김여삼이 포구로 가는 걸 보고서야 마음을 놓았다. 그가 언제 또 족제비 같은 낯짝을 들고 올지 모르지만 손님이 오거나 특별한 모임이 있는 날만 바깥동정을 잘 살피면 되었다. 댓돌에 어지럽게 흩어진 당혜를 바로 놓으며 한마디씩 엿들은 바로는 그들이 천주교에 관한 얘기를 나누었고, 그것이 선암 집안의 뿌리를 흔들 만큼 심각한 얘기인 것을 알았다. 아버지가 어이없이 천주교인으로 몰려 곤장을 오십 대나 맞은 걸 봐도 그렇고, 선암의 형제들이 저렇게 한자리에 모여 걱정하는 걸 봐도 그렇고, 세상이 지금 얼마나 큰 혼란을 앞두고 있는지 실감하고도 남았다.

"만약 숙청이 시작되면 벼슬에서 내려오는 것으로 끝나지 않을 겁니다."

대왕대비 김씨가 수렴청정을 시작한 이상 남인 시파에게 불어닥칠 돌풍을 피하기는 어려울 거라고 약용이 앞날을 예견했다. 약용은 신유년이 밝으면 국상이 끝나고 본격적으로 천주교 탄압을 시작한다는 소문이 파다하다며 각별히 몸조심을 해야 한다고 일렀다. 이미 예견된 일이지만 벽파들의 뿌리 깊은 증오가 나라를 뒤집어 놓을 것이 뻔하다며, 목숨이라도 보존하려면 꼬투리를 잡히지 않는 방법밖에 없다고 말한 사람은 약전이었다.

"살길은 하나뿐이다."

목전에 닥친 위기에 약전의 목소리가 떨렸다.

"버려야 산다, 약종아."

북경에서 세례를 받고 온 이승훈이 권일신, 권철신, 이벽 등의 강학회 회원들에게 세례를 줄 때도 꿈쩍 않던 선암이 뒤늦게 서학에 깊이 빠져 아버지는 물론이고 문중 어른들에게까지 걱정을 끼친다고 약현이 아우를 크게 나무랐다. 선암은 서학을 학문으로 알고 읽다 보니 종교가 되었다며, 그때 세례를 받지 않았던 건 더 많이 읽고 신앙을 받아들이기 위해서라고 말했다. 확실하게 수용이 되지 않으면 좀처럼 마음을 주지 않는 사람. 한번 마음을 주면 하늘이 무너져도 마음을 거두지 못하는 고집스러운 사람. 그가 바로 선암 정약종이었다. 마음의 준비를 한 후에 받아들이려 세례성사를 잠시 늦춘 것이지 갈등을 한 것은 아니라고 진지하게 대답했다. 약현이 아우를 조용히 타일렀다.

"진리도 좋지만 우선 사람이 살고 봐야지."

"제가 가야 할 길이 따로 있습니다. 그분과 살기 위해서 죽어야 한다면 그렇게 하겠습니다."

"네 눈에는 우리가 보이지 않는 거냐? 네 안사람과 아이들은 어쩌고. 사학邪學을 역률로 다스리겠다고 저리도 벼르고 있는데 말이다. 그리되면 한 집안이 폐족이 되고 말 거라며 문중 어른들 걱정이 이만저만 아니란 말이다."

형제들의 애원을 듣고 있던 선암이 기운 없는 목소리로 말했다. 목소리가 잦아들고 있었다.

"두 분 형님들, 저도 괴롭습니다. 길 잃은 양을 찾듯이 저를 끝까지 놓지 않으려는 형님들의 마음은 알고도 남지요. 가족들에게는 송구스럽지만 천주를 버리고는 살아 있어도 죽은 것과 같은 걸 알기 때문에 부끄러운 선택을 하지 않으려는 겁니다."

"너에게 천주학을 가르친 내 잘못이 크구나. 네가 이렇게 깊이 빠질 줄 알았으면 권하지 말 것을."

둘째 약전이 가슴을 치며 한탄했다. 가족들에게 천주를 알게 한 자신의 탓이라며 약전이 눈물을 보이고 말았다. 천주교를 버리고 목숨부터 구하자는 문중 어른들의 부탁을 전하는 그들의 바람은 오직 하나였다. 가족 중 누구도 탄압의 돌풍에 휘말리지 않고 살아남는 것. 그러나 시파의 축출을 정치적인 과제로 삼은 벽파들이 천주교를 정치적인 목적으로 이용하려 작정한 이상 그들이 겪을 파란은 어쩔 수 없는 것이 되었다. 형제들은 벽파들이 권력을 잡고 있는 동안은 천주교를 품고 살아가기가 어렵다고 설득을 거듭했다. 동짓달 삭풍이 문풍지를 사납게 흔들었다. 형님들의 말을 듣고 있던 약용이 배가 끊기기 전에 돌아가는 게 좋겠다 이르곤, 선암의 손을 잡고 간청하듯 말했다.

"이게 우리가 형님께 드리는 마지막 간청이 될 것입니다. 온 마음으로 받아들인 걸 버리기가 어렵다는 걸 어찌 모르겠습니까. 그렇지만 사람이 살아야 학문도 있고 종교도 있는 것일 테죠. 저는 어떻게 해서든 살아남으렵니다. 제 속에 바다의 물고기만큼 많은 문장이 살아서 펄떡이고 있는데 그것을 마음대로 표현해 보지도 못하고 죽는다면 그것 또한 한이 될 것 같습니다. 벽파들이 원하고 있는 것이 남인 시파들의 목숨인 것을 알지 않습니까. 그들이 천주교를 핑계로 삼고 있는 걸 알면서도 그 사악한 무리들이 바라는 대로 순순히 목숨을 내줄 생각입니까? 더구나 그자들은 형님을 주문모 신부님 다음가는 천주교의 수장으로 손꼽고 있는데."

"밥그릇 싸움에 천주를 이용하는 그들의 사악함을 알기 때문에 더욱 굴복을 못 한다는 말이다. 비루한 목숨을 부지하자고 진리를 배반할 수는 없으니. 약속하마. 내 어떠한 일이 있어도 집안에 피해가 돌아가게 하지는 않을 거야."

"답답하구나. 너 혼자서 다 안고 가겠다고 순교를 각오한 것 같다만, 네 목숨이 어디 너 혼자만의 것이더냐? 너로

인해 겪게 될 가족들의 고충은 조금도 생각지 않는구나. 그게 무엇이기에 네가 이리도 완강한지 모르겠다."

화내고 달래며 선암을 구슬리던 약현도 끝내 눈물을 보이고 말았다. 아우를 생각하고 집안을 생각하는 맏이의 눈물에 아우들이 침울함에 빠졌다. 약용은 하다못해 큰형님 말에 져 주는 척이라도 하지 어찌 그리도 매정하냐며, 선암의 이기심에 서운함을 드러냈다. 약용이 참고 있던 분노를 터뜨렸다.

"아무리 진리가 좋다고 해도 임금님이 금하라고 명하시니 신하로서 그것에 따라야 마땅하죠. 곧 금교령이 발표될 거라는 소문이 궐에 돌고 있으니, 그것이 어떤 불행을 몰고 올지 번연히 보입니다. 그래서 형님의 결정이 더 안타깝습니다."

선암은 눈에 띄게 핼쑥한 아우의 얼굴을 눈으로 쓰다듬었다. '여린 사람! 살아서도 죽어서도 학자일 수밖에 없는 사람.' 천진암 강학회에 누구보다 열의 있게 참여했고, 서학을 한 점 망설임 없이 받아들였고, 선암보다 먼저 세례를 받았다. 그런 그가 선암을 살리려고 배교를 요청하고 있었다. 약현이 젖은 목소리로 말했다.

"버리고 우리 마음 편하게 살자, 약종아. 만약 들통이 나면 역률로 다스린다지 않느냐. 생각해 봐라, 네가 걸려들면 약용이뿐만 아니라 사영이와 승훈이, 어디 조카와 매제뿐이겠느냐. 강학회 친구들이 줄줄이 엮여 들어갈 거란 말이다. 그놈들이 우리 집안의 뿌리를 뽑자고 덤빌 것이니 우선 내려놓고 목숨을 건지고 보자는 얘기다. 하루하루가 살얼음판을 걷는 것 같으니 우선 살고 보자, 약종아!"

그래도 마지막까지 선암을 포기하지 않은 사람이 약현이었다. 약현은 입이 바싹 마르는지 물을 달라고 했다. 냉수를 한 사발이나 마시고도 눈물을 참지 못해서 무정하다며 아우를 나무랐다. 선암의 아내 유조이는 그들 사이에 오가는 심각한 얘기를 들으며 말없이 성호를 그었다. 그녀의 얼굴에 절망의 빛이 어른거렸다. 지아비의 뜻에 따르긴 하겠으나 그녀도 사실은 다가올 앞날이 두렵긴 했다. 형제들은 언성을 높이기도 하고 목소리를 낮추기도 하며 설득을 했다.

선암이 마재에서 분원으로 출가를 한 것도 천주교를 버리지 못했기 때문인 것을 모혜에게 들어서 알고 있었다. 형제들이 선암을 저렇게도 많이 사랑하고 있다는 사실이 수리의 가슴을 아프게 했다. 형제의 말을 따르자니 종교를 버려야 하고, 종교를 받들자니 형제의 애원을 저버려야 하고. 선암의 상심하는 모습이 눈에 선했다. 그들의 아버지 정재원은 자식들이 하나같이 천주교 신자가 되고 만 것에 너무 놀라서 서학으로 온 집안이 망하는 것을 보고 싶냐고 호통을 쳤다던가. 형제들이 이마를 맞대고 늦도록 얘기를 나누어도 별다른 결론을 내리지 못하고, 선암이 양근을 떠나 한양으로 가는 것으로 의견을 모았다. 선암은 형님들의 말씀을 깊이 생각해 보겠다며 형제들을 배웅했다. 그것 역시 선암이 형제들의 애원을 물리치지 못해서 한 발 물러선 것일 뿐 명확한 결론은 아녔다. 그에게 배교는 목숨을 버리는 것보다 어려운 것이라 하니, 처음부터 끝이 없는 얘기였다.

"가족들을 지키고 싶은 우리 마음을 이해해 줬으면 좋겠다."

너무 멀리 왔다며 가슴을 치는 큰형 약현의 한탄이 깊어지고, 형제들은 다가오는 박해의 파도에 할 말을 잊었다. 포구까지 나가서 형제들을 배웅하는 선암의 얼굴빛이 어두웠다. 꼭 그렇게 의지로 맞서야 했느냐고 스스로에게 질문을 던지는 듯했다. 천주교를 버리라는 큰형의 권유대로 사랑하는 사람들을 위해서 뜻을 굽히겠다고 말하지 못한 것을 괴로워하는 게 훤히 보였다. 선암은 형제들이 돌아가는 모습을 지켜보며 어둠 속에 나무처럼 서 있었다. 수리도 뒤에서 그 모습을 보며 오래 서 있었다.

*

선암이 가벼운 차림으로 산책을 나섰다. 유씨 부인은 어디 가느냐고 묻지도 못하고 선암의 등만 바라보았다. 말도 못 붙이고 끙끙 앓자니 어지간히 속이 탔던지 유씨 부인이 수리에게 뒤따라가 보라고 손짓을 했다. 수리는 꼴망태를 들고 그의 뒤를 따랐다. 혼자 보내는 것보다 수리라도 뒤따라가면 마음이 놓이나 보았다. 선암의 뒷모습을 쳐다보고 있으려니, 수리는 등짐을 지고 경쾌하게 걸어가던 아버지가 떠올랐다. 아버지는 즐거운 기대와 설렘으로 터질 듯 부풀어 있었다. 비단길이 멀다 해도 인편으로 소식을 전할 수 있을 거라며 세 식구를 안심시켰다. 그렇게 비단길로 간 아버지는 연락도 주지 않고 돌아오지도 않고 있었다. 선암은 양자산 자드락길을 올랐다. 툭툭 밤 떨어지는 소리가 산길의 고요를 흔들었다. 말없이 땀을 흘리며 걷던 선암이 수리를 돌아보며 물었다.

"왜 따라오는고?"

"뽕잎을 따려고요."

"혼자서 산을 내려가야 할 거야."

"소인이 무서울까 봐 걱정하시는 거면 괜찮습니다. 뽕잎을 따러 다니는 게 일이니까요."

"가을산은 혼자 걷는 게 참맛인데 둘이 걸어도 좋구나."

수리는 긴 막대를 하나 만들어서 나무를 퉁퉁 치거나 수풀을 헤집고, 혹시 어디서 불쑥 튀어나올지도 모르는 산짐승이나 뱀을 쫓았다. 두 사람은 달뿌리풀과 쑥부쟁이, 참비녀골풀, 각시취가 무리 지어 핀 산길을 말없이 걸었다. 다래넝쿨이 은사시를 치렁하게 감고 오르는 중이었다. 버찌, 오디, 다래의 달짝지근한 향기를 찾아서 벌 떼가 바삐 몰려

다녔다. 서두르지 않고 천천히 걷는데도 선암의 얼굴에 빗물 같은 땀이 줄줄 흘러내렸다. 수리는 호주머니에 간직하고 있던 붉은색 수건을 꺼내어 건넸다. 선암이 수건을 보며 '땀을 닦기가 미안하도록 곱구나' 했다. 지치를 삶아서 발그레 우러난 물에 비단을 적셔 물감을 들인 것이었다. 이런 날이 오기를 기다린 듯 수리는 손수건을 고이 간직하고 다녔다. 앞서 걷던 선암이 길모퉁이를 돌아서자마자 걸음을 멈추었다. 비스듬한 계곡 아래 새카맣게 타 버린 나무가 보였다. 숲이 우거진 계곡이었고, 산에서 구른 돌덩이가 벼랑을 메우고 있었다. 잎도 가지도 타 버린데다 몸통이 찢기고 갈라져서 허연 속살이 다 드러난 모양이 능지처참을 당한 듯 참혹했다. 선암이 번개 맞은 나무를 보며 신음을 뱉었다.

"얼마나 세게 맞았길래 저리되었노. 오직 너 홀로 타 버렸구나."

오직 너 홀로! 수리는 여운이 긴 그 말을 입안에서 우물거렸다. 형제들 사이에서 그는 홀로였다. 아버지도 경상감영에서 혼자였다. 아무도 아버지를 구하지 못했다. 가까이 있는 나무들이 모두 멀쩡한데 그 나무만 벼락을 맞아 그렇게 타 버렸다. 나무 아래 마른 잎사귀가 우수수 떨어져 있었다. 찢어진 나무를 보며 수리는 저도 모르게 불쑥 말해 버렸다.

"아버지 때문에 사람이 죽었습니다."

"사람이 죽었다고? 어쩌다?"

"경상도로 장사하러 갔다가 천주교도라는 누명을 썼습니다."

"저런! 그런 일이 있었더냐?"

"이웃에 사는 마종태가 아버지를 천주교 신자로 밀고하고 비단길로 도망쳤습니다."

"자세히 말해 보거라."

"누군가가 객주에 두고 간 천주교 교리서를 아버지가 잠시 뒤적거렸는데 아침에 포졸들이 와서 아버지를 끌고 갔다 합니다. 비단길로 가기로 한 날이었습니다."

"아버지는 어떻게 되었느냐?"

"먼저 잡혀 온 두 명의 천주교인과 고문을 당하다 아버지가…… 고문을 못 이겨 친구를 밀고했다 합니다."

"그런 기막힌 일이 있었구나."

"아버지는 곤장을 맞고 풀려나고 아버지에게 밀고 당한 사람이 대신 끌려가서 참형을 당했다 합니다."

"아버지는 집으로 돌아왔느냐?"

"사라졌습니다. 겨우 몸을 추슬러 비단길로 갔다는데 여태 돌아오지 않고 있습니다. 마종태를 잡으러 간 것이 아닌가 해서 걱정이 됩니다."

"이래저래 마음고생이 심하겠구나."

선암이 딱하다는 듯 혀를 찼다. 쉬쉬하며 입단속을 했는데도 어떻게 알았는지 여문휘가 밀고자라는 소문이 파다하게 나돌았다. 이웃사람들이 어떻게 된 일이냐고 물으면 그 냥 비단길에 갔다고 둘러댔다. 다른 말을 해 주려도 여문휘가 어디로 갔는지, 뭘 하고 있는지 아는 게 없어서 달리 해 줄 말이 없기도 했다. 여문휘가 친구를 밀고하고 죽음 직전에 살아났다는 사실을 차마 그대로 옮기기가 뭣해서 그냥 소문이 멋대로 떠돌게 내버려 두었다. 그 일이 있고 난 후, 마을 사람들은 서로 조심하느라 우물이나 빨래터에서 마주쳐도 수리와 묘령에게 말을 붙이지 않았고, 묘령도 마을 사람들을 만나면 알은척하지 않았다.

양근에 한차례 탄압의 매질이 지나간 터라 마을 사람들은 해만 빠지면 일찍 잠자리에 들어 제집에서 나오지 않았다. 예전처럼 이웃집 일을 속속들이 알고 지낼 만큼 얘기를 나누지는 않지만 그래도 쌓은 정이 있어서인지 밤이면 툇마루에 호박전이나 떡, 제사음식이 놓여 있곤 했다. 수리야, 하고 부르는 소리가 들려서 나가 보면 뭔가를 건네주곤 서둘러 어둠 속으로 사라지곤 했다. 묘령과 누조할매는 그렇게 사람들이 주고 간 음식을 먹고 나서는 빈 그릇 위에 삼베로 만든 밥상덮개나 무명 손수건 같은 걸 올려 두곤 했다.

분원은 그렇게 침묵 속에 잠겨 있었다. 뭐가 뭔지 모르지만 수리는 경상도를 다녀온 이후 조심할 것이 많아진 걸 실감했다. 쉿, 쉿 하며 말조심을 하지만 마을 사람들 둘만 모여도 천주교와 여문휘의 얘기인 것을 수리도 잘 알고 있었다. 좋은 일로 주목을 받는 것이 아녀서 사람들의 눈이 무섭고 괴로웠지만 운 나쁘게 당한 일이니 어쩔 수 없었다. 소문은 옷 속에 숨긴 창끝 같아서 아무리 감추어도 드러나는 법이다. 선암이 수건을 곱게 접으며 물었다.

"아버지가 천주교 신자였더냐?"

"천주교 교리서를 갖고 있었지만 아버지는 글도 읽을 줄 모르고 천주교 신자도 아닙니다. 그 책이 아버지 것이 아니라고 해도 관아에서 믿어 주지 않았습니다. 어째서 관료들은 죄 없이 끌려간 사람의 말을 믿어 주지도 않고 매만 때립니까?"

말을 시작하니 속에 들끓던 분노가 제바람에 기어올라 눈물이 터졌다. 수리는 선암이 쳐다보거나 말거나 훌쩍거리며 울었다. 선암은 수리가 실컷 울게 내버려 두었다. 속을 열어 놓는다는 게 이런 것인지. 선암의 무엇을 보고, 양반이란 사람을 어떻게 믿고 아버지 얘기를 털어놓은 것인지, 수리도 그 이상한 조화를 알 수 없었다. 이상하게 선암 앞에서는 말이 술술 흘러나왔다. 그렇게라도 속 시원히 털어놓고 나니 가슴이 뻥 뚫리는 기분이었다. 자꾸 말을 시키면 귀찮아서 그만 가 보라고 쫓아낼 것 같은데 선암은 그러지 않고 수리의 말을 끝까지 들어 주었다. 번개 맞은 나무가 복을 가져온다더니 정말인가 보았다.

"밀고자의 자식이라고 나리도 소인을 내치시려는지요."

"나를 믿지도 못하면서 속은 어떻게 열어 보였노."

"그냥 말이 나왔습니다."

"그거면 되었다. 네놈이 나를 진정한 이웃으로 믿었으니 아버지 일을 털어놓았겠지. 쉽지 않았을 텐데."

뽕잎을 따던 수리가 손길을 멈추었다. 숲의 그늘을 밝히는 그것은 수백 개의 등불을 켠 것 같은 산 사과나무였다. 붉은 사과가 나뭇가지 휘늘어지게 매달려 있었다. 놀라서 돌아보는 수리의 눈에 산 사과나무를 쳐다보는 선암의 모습이 잡혔다. 협곡 사이의 낮은 곳에 있어서 하마터면 모르고 지나칠 뻔한 나무. 다른 나무의 그늘에 가려 뒤늦게 꽃을 피우고 열매를 맺은 나무. 경이로운 듯 산 사과나무의 아름다움에 도취된 선비의 초연한 모습에 수리는 까닭 모를 슬픔을 느꼈다. 겨울이 되도록 저렇게 고운 열매를 등불처럼 매달고 있는데도 아무도 거두어 주는 사람이 없었으니. 반쯤 언 채로 매달려 있는 붉은 사과가 눈부시게 아름다웠다. 수리는 계절을 모르는 산 사과나무의 고집스러움이 선암을 많이 닮았다고 여겼다. 사과의 붉은빛이 숲의 어둠을 밝혔다. 다람쥐 한 마리가 나뭇가지를 타고 올라 사과를 파먹었다. 바람이 사과나무를 흔들어 메마른 나뭇잎이 후르르 날렸다. 선암도 수리도 그 풍경에서 눈을 떼지 못했다. 아스라이 매달려 있던 나뭇잎이 떨어지고 있었다. 바람이 나뭇잎을 실어 왔다. 두 사람은 손을 벌려 바람에 날리는 나뭇잎을 받았다. 선암이 말했다.

"오늘 참 운이 좋구나. 저렇게 고운 걸 보았으니."

"나리, 저 녀석도 소인처럼 늦둥인가 봅니다."

"설 곳을 모르는 녀석이지. 햇빛이 잘 드는 곳에 뿌리를 내렸으면 온전한 가을을 맛보고 사람들에게 사랑도 많이 받았을 텐데."

"그 대신에 동물들이 좋아하잖아요. 저 다람쥐와 노루 좀 보세요."

"그렇구나. 꼭 사람 옆에 있어야 할 필요는 없구나. 동물들의 겨울 양식이 되고 있으니."

수리는 계곡으로 내려가서 사과를 두 알 땄다. 동물들은 욕심을 내지 않고 먹을 만큼만 먹고 간다. 고라니가 새끼를 거느리고 나타나 떨어진 사과를 하나씩 물고 갔다. 다람쥐가 나무를 타고 다니며 사과를 먹고, 새가 부리로 콕콕 쪼며 사과를 먹었다. 선암과 수리는 사과를 먹는 다람쥐와 새의 모습을 지루한 줄 모르고 바라보았다.

"저 나무처럼 있는 듯 없는 듯 값진 생을 살다 가야 할 텐데……."

선암은 혼잣말을 중얼거렸다. 수리는 무심히 흘려들은 그 말에 가슴이 철렁 내려앉는 것을 느꼈다. 나뭇잎이 팔랑거리며 떨어졌다. 그것을 쳐다보는 선암의 모습이 한없이 쓸쓸해 보였다. 수리는 눈 둘 곳을 몰라서 뽕잎만 땄다. 누렇게 물들고 혹은 낙엽이 되어 뽕나무에는 뽕잎이 없다. 뽕잎이 없으면 산에 올 일도 없을 것이다. 꼴망태 하나를 채우기 어렵다. 뒷산 가득 소나무와 전나무, 참나무, 아까시나무가 울창한 숲을 이루고 있었다. 딱따구리가 나무를 쪼아 댔다.

"나리, 외람된 물음을 드려도 되겠습니까?"

"말해 보거라."

"어째서 천주교 때문에 사람들이 죽어야 하는지 아무리 생각해도 이유를 모르겠습니다. 소인의 생각으로는 천주교가 사람들에게 해를 끼치는 게 없는데 어째서 박해를 합니까?"

"그것은 천주교 교리가 조선의 신분 제도를 위협한다고 생각하기 때문이지. 세상이 바뀌는 걸 모르고 있음이야. 사대부들은 세상 모든 사람이 신분의 귀천 없이 평등한 것을 바라지 않거든."

"그럼 양반들은 평생 노비를 부리며 살아야 하고, 노비는 언제까지나 노비로 사는 게 옳답니까?"

"세상이 바뀌려면 한바탕 진통을 앓기 마련이지. 아이들을 보렴. 한 번 자랄 때마다 몸살을 앓지 않던. 언젠가는 바뀌겠지."

"그럼 나라도 더 자라기 위해 몸살을 앓는 중이란 말씀입니까?"

"그런 셈이지. 죄를 지은 아버지 때문에 가슴이 찢어지는 이유를 모르겠다고 했지? 알고 보면 그게 모두 사랑하기 때문에 그렇게 아픈 것이거든. 천주교를 믿는 사람들의 마음도 너와 똑같단다. 나라에서는 그 사람들을 다 죽이려 하지만 그들도 나라를 사랑하고, 조상을 사랑하고, 가엾은 이웃을 사랑하거든."

"마음이 그렇게 아픈 것이 사랑하기 때문이라고요?"

"아버지 때문에 따돌림 당하고 괴로운데도 미워할 수도 없고 버려지지도 않는 마음, 그러면서도 한없이 기다리게 하는 마음, 그게 바로 사랑이란다."

"사랑이요?"

"그래, 사랑 말이다. 사랑하는 마음이 크면 클수록 고통도 그만큼 크단다."

"어째서 괴롭죠? 사랑하면 서로에게 좋은 거 아닌가요?"

"사랑은 움직이는 물과 같거든. 사랑이 머물고 있을 때는 세상에 그보다 행복한 것이 없지. 그렇지만 사랑에는 고통이 따르기 마련이고, 때로는 그 사랑 때문에 죽을 수도 있거든."

선암은 사대부들이 진실을 왜곡하는 것이 슬프다고 했다. 천주학은 오직 평등과 사람에 대한 사랑을 말하고 있을 뿐인데, 그것을 사학으로 매도하고 정치적으로 악용해서 박해를 가하는 것이 가슴 아프다고 했다. 천주의 아들인 예수가 십자가에 못 박혀 죽은 것은 사람들의 죄를 대신 짊어지고 가기 위함이고, 예수가 죽음의 동굴에서 부활했을 때 천주는 당신 아들의 바람대로 세상 사람들의 죄를 깨끗이 씻어 주었다고 했다. 조선에는 없지만 외국에는 곳곳마다 천주당이 있고, 십자가가 높이 걸려 있어서 언제라도 하느님을 만나고 죄를 용서받을 수 있다던가. 학문에는 편견이 없어야 한다면서, 선암은 자기 것만 옳다고 주장하는 유학자의 편견을 비웃었다. 저들이 진정으로 학문을 아는 이들이면 사람마다 얼굴이 다르듯이 사람마다 추구하는 이상과 학문이 다를 수 있다는 걸 인정해야 한다며, 천주학을 무조건 탄압만 하려는 저들이 딱하다고 한탄했다.

사람에 대한 사랑!

수리는 사랑이라는 말을 듣는 순간, 가슴이 뜨거워지는 얄궂은 조짐을 느꼈다. 그런 놀라움을 아는지 모르는지 선암이 비탈진 협곡에 서 있는 나무를 가리키며 말했다.

"나무를 하나씩 살펴보렴. 모습이 제각각이지 않느냐. 잘생긴 나무가 있고, 구부러진 나무도 있고, 칡넝쿨에 감긴 나무도 있고, 큰 나무의 그늘에 가려 자라지 못한 나무도 있지. 저기 벼랑에 서 있는 아름드리 소나무가 보이느냐?"

"예, 보입니다."

"저 소나무가 벼랑에 뿌리를 내리고 고목이 되기까지 얼마나 많은 세월을 참고 견뎠겠느냐. 소나무는 제 곁에 다른 나무를 키우지 않는단다. 소나무 향이 진하고 송진이 끈적거려 칡넝쿨조차 소나무에는 근접을 못하지. 그렇게 혼자만 떨어져 살자니 얼마나 외로웠겠느냐."

"나리 같아요. 저 소나무가."

"저 소나무처럼 벼랑에 서 있어서 내가 이렇게 외로운가?
허허허!"

수리는 먼 후일, 어른이 되고 난 이후에도 저 소나무를 보면 선암을 생각하게 될 것 같았다. 선암은 나무도 사람들처럼 결점을 하나씩 가졌다고 했다. 그런 결점에도 불구하고 숲을 보며 아름답다고 하는 것은 수많은 결점과 오류가 모여서 하나의 완벽한 조화를 이루어 내기 때문이라고 했다. 진정으로 큰 사람은 나무 하나하나의 결점을 보지 않고 그 나무들을 껴안아서 숲을 이루는 법인데, 권력을 가진 일부에 의해서 백성의 생명이 좌지우지되는 게 걱정스럽다고 했다. 뒤에 남는 사람들의 슬픔을 알면서도 천주를 따라가려는 것은 자신이 옳다고 믿는 것을 지키기 위해서라며, 선암이 멀리 산 아래 강을 바라보았다. 여기서 진실을 묻고 타협해 버리면 그들은 편견 덩어리인 자신들의 아둔함을 영원히 모르게 된다고 했다. 진리는 굴복을 모르는 거라며 선암은 주먹을 불끈 쥐었다가 놓았다. 두 개의 물줄기가 서로 껴안 듯이 만나서 하나로 흐르고 있었다.

"형제들의 만류에도 불구하고 내가 왜 하느님 뜻을 따라야 하는지 이해하겠느냐?"

"나리 말씀을 제대로 이해하지 못했지만 사랑은 기억해 두겠습니다."

"나중에 온전히 이해할 날이 오겠지. 이왕 여기까지 왔으니 시원한 약수나 마시고 가거라."

선암은 꽃과 나무를 보며 천천히 걸어 천진암을 향했다. 목탁 소리가 청아하게 들렸다. 천진암의 금당 앞뜰을 지나 요사채로 가면 바위틈에서 물이 졸졸 흐르는 약수터가 있다. 수리는 조롱박에 물을 떠서 선암에게 갖다 주었다. 선암이 물을 맛있게 마실 동안 스님이 발소리도 내지 않고 조용조용 걸어갔다. 선암은 바가지 가득 물을 마시고 요사채의 툇마루에 앉아서 목탁 두드리는 소리를 들었다.

한때 천진암의 요사채는 강학을 하는 학자들의 공부방이었다. 세상이 시끄러워서 서로 머리 맞대고 학문을 토론하는 일이 없어져 버렸지만 선암은 그때의 추억을 되새김질하듯이 날마다 천진암을 오르나 보았다. 조용히 목탁 소리를 듣고 있던 선암이 길게 목을 빼고 길 쪽을 살폈다. 누구를 만나기로 한 것인지.

"나리, 먼저 내려가겠습니다."

"그래, 조심해서 내려가거라."

선암은 막대기로 나무를 퉁퉁 치면 산짐승이 알아서 도망갈 거라며, 마님이 물으면 걱정하지 않아도 된다는 말을 꼭 전하라고 일렀다. 수리는 물을 마시고 절을 나왔다. 절이 있다 해도 사람의 발길이 뜸한 탓에 도토리와 오디, 밤이 지천이었다. 뽕잎 대신 밤과 도토리를 주워 담았다. 꼴망태가 금세 볼록해졌다. 발소리에 돌아보니 두 사람이 걸어오고 있었다. 요사채 툇마루에 앉아 있던 선암이 최창현과 홍낙민을 반가이 맞았다. 그들은 긴 얘기를 하기 위해 방으로 들어갔다. 스님이 그들의 신발을 보이지 않는 곳으로 치웠다. 산이 깊다. 어둑한 숲을 밝히는 산 사과나무 한 그루. 나무 사이로 불을 켜고 다니는 그것은 반딧불이였다. 온 산이 등잔을 켠 듯 붉게 타오르고, 한 잎씩 날리는 고운 잎사귀가 핏방울처럼 고왔다. 산은 저렇듯 비뚤어지고 꺾이고 구부러진 나무를 안고도 저리 아름답지 않은가. 어째서 사람들은 어우렁더우렁 더불어 살지 못하는지.

다람쥐가 살금살금 다가왔다. 수리가 손을 내밀자 부리나케 달아났다. 수리는 선암이 하던 대로 도토리를 주워 발주위에 늘어놓았다. 다람쥐가 다가와 도토리를 쥐고 나무위로 올라갔다. 나뭇가지에서 도토리를 까먹고는 다시 내려왔다. 다람쥐는 수리를 요리조리 살피더니 발 가까이 다가와 도토리를 먹으며 놀았다. 다람쥐가 도토리를 먹을 동안 손도 내밀지 않고 그냥 바라보기만 했다. 그러자 다람쥐는 수리가 저를 해칠 마음이 없다는 걸 알았는지 도토리를 까먹고 발도 비비며 실컷 놀다 갔다. 동물과 사람의 말이 서로 다르기 때문에, 사람이 동물을 대할 때는 얼마간 거리를 두고 대하는 것이 그들을 가장 편하게 해 주는 거라고 선암이 일러주었다. 동물들에게 사람은 언제 자신들을 해칠지 모르는 무서운 포획자에 불과한 것을 알고 있기에.

너무 멀면 안타깝고 너무 가까우면 서로에게 상처를 입히게 되는, 사랑의 이치가 그렇게 얼마간의 거리를 필요로 하는 거라던 선암의 말이 무슨 뜻인지 알 것 같았다.

땀이 식을 즈음에 산을 내려왔다. 여기저기 산열매 떨어지는 소리가 요란했다. 산꼭대기에 있으면 거대한 숲이 보이고, 산속에 있으면 나무가 잘 보인다. 나무가 눈에 들어오면 숲을 더 자세히 알 수 있다. 비탈길에 위태롭게 서 있는 나무. 비뚤어진 나무, 절벽에 뿌리를 내린 나무들이 모여서 숲을 이루었다. 바위를 뚫고 뿌리 내린 소나무가 어리석고 한심해 보이지만 바위도 숲도 그 나무가 없으면 아무런 의미가 없는 듯이 그들은 서로에게 꼭 있어야만 하는 것으로 보였다.

바위로 눌러도
근심은 다시 일고

여문휘는 쉬이 돌아오지 않았다. 함께
간 보부상들이 모두 돌아왔는데 여문휘만 어디론가 종적을
감추었다. 감영에서는 곤장을 때려서 살려 보냈다지만 주모
는 객주에 짐 가지러 올 때 여문휘는 거의 죽은 사람이나 마
찬가지였다며 혀를 찼다. 감영 근처에 사는 농부가 마당으
로 엉금엉금 기어들어 온 여문휘에게 똥물을 먹여서 살렸다
던가. 운신도 못하고 누워 있다 사흘 만에 일어나 객주에 맡
겨 둔 짐을 찾아갔다고 했다. 몸이 나을 때까지 더 있으라고
말려도 기어이 비단길에 간다며 나가더라고. 가다 길에서 죽
는 한이 있어도 가야겠다며 나가는데 붙잡지 못했단다. 객
주의 손님은 누구나 그렇게 오가는 사람들이었으니. 얘기를
듣고 난 묘령은 여문휘가 한동안 돌아오지 않을 것 같다고

예감했다. 예전에 그와 비슷한 일이 있었다. 힘들게 모아서 소를 한 마리 샀는데 군졸이 와서 전쟁에 쓴다며 끌고 갔다. 그 후 여문휘는 돈 벌러 간다며 나가서 일 년 동안 집에 돌아오지 않았다. 일 년 만에 돌아온 여문휘는 소 반 마리 값을 내놓으며, 소를 지키지 못해서 미안하다고 했다.

묘령은 여문휘가 그 몸으로 집이 아니라 비단길로 간 것은 부끄러움 때문이라고 결론지었다. 부끄러움이 가시기 전에는 여문휘가 결코 집으로 돌아오지 않을 거라고 예감했다. 주모는 여문휘가 맡겨 두었다는 작은 돈주머니를 내놓았다. 그 속에 엽전 일곱 닢이 들어 있었다. 방값이라며 주고 간 것을 간직하고 있었다며 내주었다. 묘령은 그 엽전의 의미를 금방 알아챘다. '살·아·서·돌·아·올·게' 그것은 꼭 살아서 돌아오겠다는 여문휘만의 약속이었다. 글씨를 모르는 그가 소를 잃고 집을 떠나던 그때 묘령의 손바닥에 엽전을 한 닢씩 놓으며 그렇게 말했다. 묘령은 그가 한 약속을 믿었다.

배를 타고 오기 전에 수리는 박학수의 집을 찾아갔다. 주모는 괜히 갔다가 무슨 변을 당할지 모른다며 말렸다. 담 너머로 마당을 훔쳐보았는데 사람이 사는 집 같지 않게 집 안에 괴괴한 정적이 감돌았다. 댓돌에 미투리 한 켤레와 크고 작은 짚신 두 켤레가 놓여 있었다. 미투리의 크고 넓은 모양새가 얼른 보기에도 박학수의 것으로 보였다. 정지의 문이 꼭 닫혀 있어 밥이라곤 짓지 않은 듯했고, 빨랫줄에 흰옷 한 벌이 걸려 펄럭거리고 있는 것이, 먼 길을 가던 박학수가 잠시 돌아와 괴롭게 몸부림을 치고 있는 것 같아 보였다. 삽짝 밖을 서성거리다 이웃집 아이가 나오는 것을 보았다. 아이를 불러서 그 집 식구들이 어떻게 되었느냐고 물었더니 노비로 끌려갔다고 했다.

사문진나루터에서 배를 타고는 갔던 길을 되돌아왔다. 묘령은 어떻게 되었느냐고 자초지종을 묻는 누조할매의 손에 여문휘가 맡겨 두었던 엽전을 한 닢씩 놓으며 말했다.

"살·아·서·돌·아·올·게. 이것은 그 사람의 약속이에요."

여문휘가 무사히 풀려나서 비단길에 갔고, 겨울이 지나야 돌아올 거라고만 일러주었다. 감영에 끌려가서 죽도록 맞았다는 말도, 살려고 친구를 밀고했다는 말도 전하지 않고, 그냥 비단길로 장사하러 떠났다고만 했다. 누조할매는 묘령의 말을 믿는지 어쩌는지 더 이상 여문휘의 소식을 묻지도 않고, 궁금해 하지도 않았다. 묘령과 수리도 다른 말을 하지 않았다. 그날부터 여문휘는 비단길에 장사를 하러 간 보부상이었고, 항상 그랬듯이 누조할매는 아들이 무사히 돌아오기를 기다리는 어머니였다. 아침에 눈을 뜨면 정안수를 떠 놓고 빌었고, 끼니때가 되면 객지를 떠도는 아들을 위해 밥을 떠 놓았고, 베틀에 앉으면 아들을 위해 노래를 흥얼거렸다. 누조할매는 아들이 보고 싶을 때마다 엽전을 꺼내 보았다. 묘령이 가르쳐 준 대로 자기 손바닥에 엽전을 하나씩 놓으며 '살·아·서·돌·아·올·게' 몇 번이고 몇 번이고 그 말을 되풀이했다.

언제가 될지 모르지만 아버지가 돌아올 때까지 수리가 집안 대들보 노릇을 하기로 했다. 대들보 노릇을 제대로 하려면 우선 가족들이 굶어 죽지 않게 먹을 것을 벌어들여야 했다. 할 줄 아는 거라고는 누에 키우는 것밖에 없어서 수리는 뽕잎을 열심히 따다 날랐고, 묘령은 부지런히 주문 받은 옷을 만들었고, 누조할매는 묵묵히 베를 짰다. 겉보기에는 별로 달라진 게 없었다. 상단商團의 일꾼이 되려면 글을 알아야 하기 때문에 부지런히 글을 배웠다. 선암에게 글을 배우는 사람은 수리와 모혜, 부엌데기 옥단이, 대인까지 네 사람 외에, 하상과 정혜를 더했다. 선암이 글공부를 해야 한다며 두 꼬마를 불러들였다. '저 땅콩이 한문으로 된 시를 줄줄 읊더니, 그게 모두 외운 거였어?' 수리는 터지려는 웃음을 애써 참았다. 글을 배우는 시간에는 일을 멈추고 글공부에만 몰두했다. 집 안에 글 읽는 소리가 낭랑하게 울려 퍼졌다. 선암은 한글을 먼저 가르치고 다음에 숫자와 한문을 차례대로 가르쳤다. 글씨를 익히면 상단에 가서 일자리를 달라고 할 생각이었다. 상단에서 일을 제대로 배워서 비단길에도 가는 큰 상인이 되고 싶었다.

'아버지는 정말 비단길에 갔을까?'

친구를 밀고한 게 부끄러워서 숨어 다니는 것이 틀림없지만, 수리는 하루 빨리 여문휘가 돌아와서 '고백성사'라는 것을 보게 하고 싶었다. 선암의 큰아들인 철상이 고백성사가 무엇인지 자세히 일러주었다. 누구든 죄를 짓지만 그 죄를 진심으로 뉘우치고 신부에게 고백하면 죄를 용서받을 수 있다면서, 그 일은 반드시 신부만이 해 줄 수 있는 일이라고 했다. 친구를 밀고해서 죽게 만든 큰 죄도 용서받을 수 있느냐는 수리의 물음에 철상은 물론이라고 시원하게 대답했다. 예수가 사람들을 얼마나 사랑했으면 자기 목숨을 던져서 그 죄를 대신 짊어지고 죽었겠느냐는 말에 수리는 감동을 받았다. 소문에 들리는 말로는 주문모 신부가 아무도 모르는 곳에 숨어 있는데 관아에서 그를 잡으려고 눈이 시뻘겋다고 했다. 주문모 신부가 관아에 잡혀가기 전에 아버지가 돌아왔으면 좋겠는데 그는 가을이 가고 겨울이 지나도록 소식이 없었다. 어느 때고 잘못에 대한 벌을 받는 건 아버지 몫이지만 수리는 죄를 용서받을 수 있는 방법이 있다니까 주문모 신부가 잡혀가기 전에 용서받게 하고 싶었다. 죄를 용서해 주는 일은 신부가 아니면 누구도 대신할 수 없는 중요한 일이라니까.

수리는 주문모 신부를 직접 만난 적이 있다는 옥단의 말을 듣고 깜짝 놀랐다. 옥단에게 그 얘기를 자세히 해 보라고 졸랐다. 그러자 옥단은 그렇게 재미있는 얘기를 공짜로 해 주겠느냐며 가마솥을 깨끗이 씻고 밥할 때 불을 때라고 했다. 그래서 수리는 고백성사에 관한 얘기를 들으려고 옥단이 시키는 일을 해 주었다. 옥단의 말에 의하면, 고백성사는 신부에게 죄를 고백하면 그가 하느님을 대신해서 그 죄를 용서해 주는 것이라고 했다. 본래 고백성사는 다른 사람이 듣지 못하게 신부에게만 죄를 고백해야 하는데, 중국인 신부가 조선말을 몰라서 중국말을 좀 아는 이승훈이 중간에서 두 사람의 말을 전달해 줬다고 했다. 자기도 이승훈의 도움으로 죄를 용서받았다고 옥단이 자랑스럽게 말했다. 근래에 중국인 신부가 조선말을 배워서 편안하게 고백성사를 볼 수 있게 되었는데, 감시의 눈길 때문에 만나기가 어렵다고 아쉬워했다. 옥단은 죄를 용서받는 기분이 어떤지 해 보지 않은 사람은 절대로 모른다고 속닥거렸다.

"구름을 밟고 다니는 기분이었어. 엄마가 병들어 죽고 한 달 만에 계모가 들어왔는데, 아버지와 계모가 너무 미워서 두 사람 모두 죽어 버리라고 날마다 빌었어. 흰 주렴을 사이에 두고 신부님이 그러셨어. 내가 아버지와 계모를 받아 주면 하느님도 그렇게 내 마음을 받아 주신다며, 사랑은 남의 허물을 덮어 주고 용서해 주는 거랬어. 그러면서 신부님이 말씀하셨지. 하느님의 이름으로 너의 죄를 사하노라, 하고."

"하느님의 이름으로 너의 죄를 사하노라!"

그 말이 듣기 좋아서 수리는 몇 번이나 따라했다. 옥단은 누가 들으면 밀고를 당해서 잡혀간다며 수리의 입을 틀어

막았다. 쉿, 어디 가서 자랑 삼아 얘기했다가는 몽땅 잡혀 가서 치도곤을 당하게 될 거라며 입조심하라고 당부했다.

등짐을 지고 다닐 아버지가 없는데도 묘령은 옷을 만드는 것 말고 뭘 해야 할지 모르겠다는 듯 아버지의 낡은 옷을 펼쳐 놓고 본을 떴다. 묘령은 묵묵히 바느질만 했고, 누조할매는 방에서 나오지 않았다. 문을 살며시 열어 보면 누조할매는 엽전만 만지작거리고 있었다. 죽을 곳을 찾아가는 바다거북처럼 몸을 움츠리고 누워 있기만 했다. 아무도 뭐라고 말을 하지 않았다. 묘령이 밥을 지어 오면 먹고, 알아서 옷을 짓거나 뜨거운 물에 데친 고치에서 명주실을 풀어내곤 했다. 세 사람은 조용히 움직였다. 누조할매가 점점 기운을 잃었다. 그대로 죽으려는지 밥을 떠먹여야 했고, 씻겨 줘야 했고, 뒷간도 데려가야 했다. 혼자 힘으로 뭘 하려는 의지를 찾지 못했다. 누조할매는 고치 속에서 긴 잠을 자는 누에처럼 영혼이 몸을 떠나 어디론가 날아가고, 껍질만 남아서 삶을 이어 가는 듯했다.

묘령이 남자 옷을 두 벌 지었다. 명주옷 한 벌과 삼베옷한 벌에 버선, 엽전 다섯 닢을 넣은 주머니까지 곁들였다. 묘령은 두 벌의 옷을 보자기에 쌌다. 묘령이 산에 옷을 태우러 간다니까 누조할매는 아들 여문휘의 옷을 태운다는 줄 알고 얼굴색이 새파랗게 변했다. 그제야 묘령이 형리들의 매를 견디지 못한 여문휘가 친구를 밀고한 사실을 말했다. 그 사람이 진짜 천주교 신자여서 죽음을 면하지 못하고 참형을 당했다니까 누조할매가 할 말을 잃었다.

"그럴 리가 없제. 내 아들이 어떻게 사람을 죽게 해."

"산에 갔다 올게요. 그 사람을 위해서 해 줄 거라곤 옷밖에 없어서."

묘령은 누조할매를 두고 산으로 갔다. 얼마 후 숨을 헐떡이며 따라온 누조할매가 그 옷을 자기 손으로 태우게 해 달라고 부탁했다. 아들을 대신해서 죽은 그 사람에게 진심으로 사죄하고 싶다고. 누조할매는 그동안 누워만 있었던 걸 믿기 어렵도록 기운 펄펄하게 산을 올랐다. 아들에 대한 모든 기대를 내려놓은 탓인지 담담해 보였다. 수리는 누조할매를 부축하고 따라갔다.

'아버지가 없으면 네가 가장이야. 너만 믿는다.'

아버지는 사정이 이렇게 될 줄 알고 그런 말을 했던 걸까. 숲이 적막에 고요히 가라앉았다. 도토리 떨어지는 소리, 딱따구리 나무 파는 소리, 여기서 툭 저기서 툭 하며 숲이 숨쉬는 소리. 숲은 고요히 겨울잠을 준비하고 있었다. 먼저 올라간 묘령이 자리를 잡고 숨을 가누었다. 양지바르고 햇빛이 잘 드는 곳이었다. 아름드리 금강송이 자라고, 바람도 잠시 쉬어 가는 곳. 금강송에 학이 커다란 날개를 펄럭이며 놀고 있었다. 두 해 전부터 학이 날아들더니 이젠 뒷산 소나무 군락지에 눈꽃이 피었다고 할 만큼 많은 학이 날

아들었다. 학이 날아들면 마을에 좋은 일이 생긴다더니 괜한 말이었던지. 천주교 탄압을 알리는 방문이 붙고부터 불안만 높아졌다. 오소리 한 마리가 알밤을 물고 달아났다.

묘령은 산자락 넓은 곳에 떡과 과일, 열흘 동안 만든 옷을 놓고 술을 따랐다. 두 번 절을 하고 삭정이와 마른 솔잎을 모아 불을 피웠다. 누조할매가 새 옷을 불에 던졌다. 옷에 불이 붙어 활활 타오르자 누조할매가 두 손을 마주 비비며 말했다.

"어떤 분인지 모르지만 내 아들 때문에 돌아가셨다니 너무 미안해서 무슨 말씀을 드려야 할지 모르겠너더. 믿었던 친구에게 배신을 당한 심정이 오죽했겠너껴. 마종태에게 밀고를 당한 내 아들도 그런 마음이었을 거너더. 따지고 보믄 정말 나쁜 사람들은 밀고를 부추긴 사람들이너더. 그 순한 사람이 오죽하면 그런 짓을 했겠너껴. 어미로서 할 말은 아니지만 우리 아들의 잘못을 용서해 주이시더. 본래 나쁜 사람은 아인데 세상이 문휘를 그렇게 만들었너더. 그놈의 곤장이란 것이 사람의 혼을 쏙 빼놓는담서요. 아들 대신에 어미인 제가 이렇게 비너더. 술 한 잔 받으시고 다 잊어뿌이소. 비나이다, 비나이다……."

누조할매가 여문휘의 죄를 용서해 달라고 빌었다. 늙은 어미를 봐서 그의 죄를 용서해 달라고 눈물로 비는 모습이 보기 싫어서 수리는 산 아래 강을 바라보았다. 그게 정말

아버지 잘못일까 생각해 보면 꼭 그렇지만은 않은 것 같았다. 만약 벌을 받아야 한다면 애초에 헛된 밀고를 한 마종태의 죄가 가장 크고, 그다음에는 천주교 신자가 아니라는데도 고문해서 밀고하게 만든 관료들의 잘못이 크고, 매에 못 이겨 헛된 밀고를 한 여문휘의 잘못은 그다음이었다. 뭐니 해도 그중에서 가장 나쁜 사람은 권력을 위해 천주교를 이용하는 자들이었다. 누조할매와 묘령이 용서를 비는 동안 공들여 만든 두 벌의 옷이 재가 되었다. 묘령은 꺼져 가는 불씨에 버선과 돈주머니를 던졌다.

"저승 가는 여비를 조금 넣었어요. 적지만 성의라고 생각해 주세요."

불씨가 다시 살아나며 버선과 엽전 주머니가 활활 타올랐다. 연기가 바람을 타고 강 쪽으로 날아갔다. 연기가 맵다며 묘령이 눈시울을 훔쳤다. 보자기에 따로 싸 온 여문휘의 옷과 미투리까지 불에 집어넣으려 하자 수리가 미투리를 얼른 당겼다.

"아직 쓸 만해요."

"새로 만들면 되지."

"다 태우면 돌아와서 뭘 신어요."

죽은 사람의 옷을 태우는 것은 새 사람으로 태어나라는 기원이라고 묘령이 말했다. 수리는 '부활'이란 말을 생각했다. 선암의 서재에서 읽었다. 그 교리서 속에 십자가에 못 박혀 죽은 예수가 무덤에서 사흘 만에 부활했다는 말이 씌어 있었다. 죽은 사람이 다시 살아났다는 얘기는 믿기지 않지만 누구라도 잘못을 뉘우치고 죄를 씻으면 새 사람이 될 수는 있지 않은가. 수리는 영생을 뜻하는 부활의 신비에 사로잡혀서 밤마다 아버지가 환하게 웃는 얼굴로 돌아오는 기대에 설레었다.

'아버지, 더러운 옷 벗어 버리고 깨끗한 모습으로 돌아오기를 기다릴게.'

마지막 불씨가 꺼지고, 언덕을 따라 산등성이로 내달리던 한 줄기 연기가 하늘로 올라갔다. 바람이 연기를 흩어 놓았다. 누조할매는 먼 데를 쳐다보며 하염없이 앉아 있고, 불씨가 완전히 꺼지기를 기다린 묘령이 구덩이를 파서 재를 묻었다. 딱따구리가 나무를 파는 소리, 새들이 조잘대는 소리, 바람결에 스치는 더덕 향기, 곱게 물든 나뭇잎이 떨어지는 소리로 숲의 한낮이 사뭇 수선스러웠다. 바람결에 묘령과 누조할매의 말이 들렸다.

"그분 잘 갔겠죠?"

"죄 없이 죽었으니 좋은 데 갔을 기다."

"그 양반은 지금 어디 있을까요?"

"없는 사람이라 생각하고 살다 보마 돌아오겠지."

"괜찮겠어요, 어머니?"

"생떼 같은 자식 잃고 남편 잃은 사람도 사는데 내야 아무러면 어떻노."

수리는 밤을 주우러 산으로 올라가고 누조할매와 묘령은 산을 내려갔다. 땀을 흘리며 산비탈을 오르다 보면 아버지도 마종태도 다 잊었다. 산비탈을 오르다 미끄러졌다. 포대가 데굴데굴 구르며 밤이 쏟아졌다. 포대에 밤을 주워 담다 화가 난 수리는 나무를 걷어차며 화풀이를 했다.

"그놈의 누에들은 왜 그렇게 많이 먹는 거야. 누에 주제에 사람을 종 부리듯 부려 먹다니. 뭐가 그렇게 잘났어. 하루에 세 번씩 산을 타는 게 쉬운 줄 알고. 어째서 뽕나무는 한곳에 모여 있지 않고 온 산에 흩어져 있는 거야. 아버지가 없는 그 집 아이들은 어떻게 살라는 거지? 사람을 함부로 죽이는 게 무슨 법이고 무슨 임금님이야. 바보 멍청이 같은 임금님이나 콱 뒈지라고 해. 아버지가 자기 책이 아니라고 하면 믿어 줘야지 어째서 관리들은 백성들의 말을 안 믿는 거야. 바보, 병신, 머저리, 밥통! 죄 없는 사람을 죽이는 걸 법이라고 우기는 사람은 산적보다 더 나쁜 거야. 벼락이나 맞아 뒈지라고 말해 봐. 나무야 무슨 말이든 해 보라구."

애꿎은 뽕나무에게 화풀이를 하고 나니 속이 좀 시원했다. 산바람이 수리의 분노를 식혀 주었다. 흩어진 밤을 주워 담으며 누에가 뽕잎 갉아먹는 소리를 생각했다. 그 소리는 꼭 먼 곳에서 달려오는 바람소리 같았다. 비가 오는 듯 바람이 부는 듯, 들으려고 귀를 기울이지 않아도 조곤조곤 들려오는 소리에 수리는 몇 번이나 잠이 깨곤 했다. 수북이 쌓여 있던 뽕잎이 하룻밤만 지나면 없어졌다. 누에가 자라는 만큼 뽕잎이 없어지는 속도가 빨라졌다. 가을이 깊어지도록 꼴망태를 메고 다닌 덕분에 비단실을 많이 감아 두었다. 밤이 든 꼴망태를 나무에 기대어 놓고 길바닥에 주저앉아서 발목을 주물렀다. 발이 삐었는지 시큰거렸다.

"그 집 아이들은 아버지 없이 어떻게 살지?"

박학수의 가족들이 어디로 갔는지 물어보고 싶었는데, 사람들이 말을 꺼내기도 전에 손사래를 치며 피했다. 그의 어머니와 아내가 노비가 되었다는 말도 동네 아이에게 들었다. 그 이상은 아무도 가르쳐 주지 않았다. 괜히 말을 잘못 섞었다가 한패로 몰려 죽을까 겁을 내는 거라며, 주모가 알려고도 하지 말라고 주의를 주었다. 그래서 박학수의 가족을 만나지도 못했다. 아버지의 잘못을 용서해 달라고 말하지도 못했다. 주모에게서 박학수에게 아이가 두 명 있다는 말만 들었다. 수리는 어린 아이를 두 명이나 데리고 그의 가족들이 아버지 없이 어떻게 살아갈까 생각을 해 보니 안개에 휩싸인 것처럼 앞이 막막했다.

"아버지, 죽는 게 무서웠어? 그래서 다른 사람을 밀고한 거야?"

그러지 말았어야 했다고 혼잣말을 하고 있자니 뒤에서 흠, 하는 인기척이 들렸다. 돌아보니 선암이 뒷짐을 지고 서 있었다. 수리가 엉덩이의 흙을 털며 일어서자 선암이 혼자서 무얼 중얼거리느냐고 물었다. 수리는 산비탈을 가리키며 뽕나무에게 한 말이라고 대답했다. 너무 높은 곳에 자리 잡고 있어서 하마터면 발목을 접지를 뻔했다니까 선암이 발을 내밀어 보라고 했다. 그가 수리의 발목을 주물러 주었다. 묘령이 새 옷을 두 벌 지었고, 아버지 대신 죽은 사람을 위해 남자 옷을 두 벌 태워 주었다고 말했다. 그 사람이 옷을 잘 받았으면 좋겠다고.

수리는 묘령과 경상감영을 다녀온 얘기를 해 주었다. 주모 말로는 곤장을 맞고 겨우 살아난 아버지가 짐을 찾아서 비단길로 떠났다는데 그 몸으로 집으로 오지 않고 비단길로 간 걸 보면 차마 부끄러워서 돌아올 수 없었나 보다고. 묘령이 정성들여 지은 옷을 태우는 동안 그 사람에게 미안했고, 또 아버지가 그만큼 미웠다고 털어놓았다. 밉기도 하고 가엾기도 하더라니까 선암이 산 너머 먼 곳을 바라보았다. 산 너머에 산이 있고 그 산에 운해가 자욱하게 감돌고 있었다.

선암은 사람의 힘으로 어찌지 못하는 일이 있다며, 죽음이 그와 같은 것이라고 했다. 아버지 대신 죽은 그 사람은 거기까지만 살라는 하늘의 명을 받은 것이고, 하느님의 부름을 받아서 그렇게 급히 간 것이라며 아버지의 잘못을 용서하라고 했다. 용서가 가장 큰 사랑이고, 또한 용서가 가장 무거운 체벌이라고. 살아가면서 자신이 지은 죄를 씻고 못

씻고는 죄를 지은 사람에게 달린 문제여서 가족들은 그저 그를 지켜보는 것밖에 할 게 없다고 했다. 모든 것은 하느님이 알아서 판가름하실 거라고. 수리는 용서라는 말에 가슴이 뭉클했다. 우는 걸 들키지 않으려고 엉뚱한 말을 했다.

"미끄러져서 발목이 부러질 뻔했습니다."

"부러지지 않았으니 천만다행 아니냐."

"여름 내내 누에 먹여 살린다고 힘들어 죽을 뻔했습니다."

"그래서 겨울이 있는 게야. 뽕잎을 더 딸 곳이 없으니 잠시 쉬라고."

"미워서 뒷간에 처넣고 싶었는데 이젠 고것들이 그립습니다."

"집 주위에 뽕나무를 심어서 밭뽕과 산뽕을 섞어 먹이면 멀리 가지 않고도 누에를 충분히 먹일 수 있단다. 묘목을 심어서 두 해만 지나면 뒷마당을 돌며 뽕잎을 따게 될 거다."

"묘목을 얼마나 심으면 좋을까요?"

"한꺼번에 많이 심을 형편이 안 되면 힘닿는 대로 조금씩 사다 심으면 되겠지. 한 그루 두 그루 모으다 보면 뒷마당이 가득 찰 거야."

"그렇게 해서 언제 돈을 벌겠습니까. 한꺼번에 많이 사다 심어야 누에를 많이 기를 수 있죠."

"묘목값도 만만치 않지만 경험도 없이 무작정 사다 심어서 나무가 죽기라도 하면 손해가 나지 않겠느냐."

"그럼 열 그루씩 사다 심으면 되겠습니까?"

"우선 적으나마 그렇게 시작해서 나무가 땅 냄새를 맡고 자라는 걸 보면 마음이 놓이겠지."

말을 마치고 선암이 천천히 산으로 올라갔다. 또 천진암에 가나 보았다. 천진암에 엿을 붙여 뒀는지 선암은 하루가 멀다 하고 산을 오른다. 적적해서 그런가 하면 그렇지도 않다. 밤늦도록 사랑채에 등불이 꺼지지 않고, 어떤 날은 책을 읽고 글을 쓰느라 날밤을 하얗게 지새우기도 했다. 천진암 스님과 얘기를 나누는 게 좋은지. 아니면 지난번처럼 거기서 친구들을 만나기로 한 것인지. 선암은 친구가 많기도 하고 적기도 하다. 선암이 사람을 찾아다니며 교리를 가르치기도 하지만, 그들이 모두 친구인 것은 아녔다. 천주교 신자였던 친구들이 어느 날 갑자기 배교를 하고 돌아서기 때문에, 나날이 친구가 줄어들었다. 관아에 끌려가기 싫다며 그들이 선암을 피하기도 했고, 선암이 그들을 피하기도 했다. 가끔 학문을 하는 선비들이 사랑방에 모여 밤을 새울 때가 있는데 선암은 그런 시간을 가장 귀하게 여겼다. 수리는 선암을 보며 어른이 된 자신이 친구들과 사랑방에 모여서 얘기를 나누는 모습을 상상했다. 친구들과 밤참을 먹으며 누에 기르는 얘기와 뽕나무 얘기만 해도 재미가 있을 것 같았다. 수리는 손나발을 만들어 큰 소리로 말했다.

"스승님, 저는 뽕나무 같은 사람이 될 겁니다. 뽕나무는 아무도 괴롭히지 않고 제 할일만 하잖아요. 부드러운 잎사귀로 누에를 키우고 열매로 사람을 배부르게 해 주고, 모든 것을 다 내주면서도 자기를 알아 달라고 떼쓰지 않죠. 저는 뽕나무처럼 유익한 사람이 될래요."

메아리가 왕왕 울려 퍼졌다. 나중에 좋은 어른이 되고 뽕나무처럼 유익한 사람이 되더라도 지금은 아버지를 대신해서 집 주위에 뽕나무 묘목을 먼저 심기로 했다. 묘목을 사기 위해서 삯을 받는 일꾼이 되어야겠다고 생각했다. 묘목을 오천 주 심는 게 목표지만 우선 형편이 닿는 대로 조금씩 사다 심으면 어느 땐가는 그렇게 될 거라고 믿었다. 아버지에게 그런 일이 생기지 않았으면 지금쯤 뒷마당에 묘목이 자라고 있을 테지만 아버지는 돌아오지 못했고 묘목도 사 오지 못했으니 그것은 이제 수리의 일이 되었다. 봄이 되어 뽕잎이 자라고 다시 누에를 기르면 뽕나무 묘목을 사 모을 수 있다. 나중에 아버지가 돌아오면 집 주위에 가득 심어져 있는 뽕나무를 보고 놀라는 걸 보고 싶었다. 한 집안의 대들보가 된다는 건 그렇게 미래도 계획할 줄 아는 사람이 되는 것이라고 큰소리를 쳤다.

"나무를 심을 거야. 꿈에서 본 것보다 더 많이."

어깨에 힘이 빠지고 낙심이 되는 걸 견디게 해 주는 게 나무인 것처럼 수리는 끝도 없이 넓은 땅을 온통 뽕나무 묘목으로 가득 채우는 꿈을 꾸었다. 알 수 없는 불안으로 하루가 바람 앞의 촛불 같지만 그래도 다가올 봄을 계획할 수 있으니 얼마나 다행이냐고 스스로를 위로했다. 아버지가 비단길에 간 이유를 조금 알 것 같았다. 비단길에 가서 한 철을 지내다 보면 뭔지 모를 불안이 지나갈 테고, 아무것도 보지 않으면 걱정도 사라지지 않을까. 천주교 탄압은 언제 끝이 날까. 탄압이 영원히 끝나지 않으면 비단길에서 영영 돌아오지 말아야 할까. 그리워도 참고, 남의 일이라 생각하면 거친 바람 따위 후딱 지나가 버리지 않을까. 선암을 자루에 넣어서 비단길로 끌고 가면 어떻게 될까.

'아아, 나쁜 사람들! 어째서 사람들을 가만히 내버려 두지 않는 걸까?'

만물이 스스로
나지 못하느니

수리는 지게를 지고 잰걸음으로 고갯길을 치달았다. 숨이 턱에 차올랐다. 고개를 오르면 산이 서로 겹쳐진 풍광이 한눈에 들어올 테지만 거기까지 갈 시간이 없었다. 산에는 해가 빨리 지고 어둠이 급히 찾아왔다. 겨울산은 밤이 더 급했다. 어두워지면 산짐승들의 활동이 바빠지기 때문에 서둘러 산을 내려가는 것이 좋았다. 겨울을 지내려면 장작을 푸짐하게 쌓아야 했다. 혹시나 하고 산을 둘러보지만 파란 잎이라고는 솔잎뿐이었다. 눈도 설핏하게 깔려 있었다. 이상한 일이지만 뒤늦게 누에 한 마리가 깨어났다. 먹일 게 없어서 내버려 두었더니 녀석은 배추도 먹고 상추도 먹으며 꼬물거리며 살아났다. 그 늦둥이 녀석을 키우려면 아직 한두 번은 산을 더 헤집어야 했다. 누에는 똑같이 깨어나

도 늦되는 아이 올되는 아이가 제각각이어서 잠을 자는 것
도 천차만별이었다. 그 녀석을 위해서 골짜기로 들어가야 하
고, 햇빛이 많이 닿지 않은 곳에 파랗게 남아 있는 잎을 따야
했다. 어째서 누에는 뽕잎만 먹는지. 산을 오를 때마다 하
는 소리지만 누에도 배춧잎이나 상추, 깻잎 같은 것을 먹고,
그도 귀할 때는 소처럼 풀을 뜯어 먹고 여물을 먹으면 얼마
나 좋을까. 그런 거라면 얼마든지 해 주겠는데 얄밉게도 누
에는 꼭 뽕잎만 먹는다.

벌목꾼들의 도끼 소리가 들렸다. 잘하면 지게 한 짐을 채
우겠다 싶어서 뛰어갔다. 벌목꾼들이 아름드리 금강송을 베
고 있었다. 대궐에 증축공사를 한다더니 좋은 나무만 베어
가나 보았다. 벌목꾼들은 나무의 곁가지를 다 치고 미끈한
몸통만 가져가기 때문에 장작이 푸짐했다. 가장 나이가 많
아 보이는 사람에게 잔가지를 가져가도 되느냐고 물었더니
그러라고 했다. 너무 고마워서 주먹밥을 하나씩 나누어 주
었다. 지게에 나무를 지고 내려오자니 멧돼지가 어슬렁거
리며 나타났다. 배가 부른지 수리를 시큰둥한 얼굴로 쳐다
보고 지나갔다. 노루도 만났는데 수리가 그 애를 못 본 척
해 버리니 그 애도 수리를 못 본 척했다. 하나 남은 주먹밥
과 물병이 지게에 대롱거리며 매달려 있었다. 그래도 좋은
땔감을 얻어서 다행이었다.

겨울산이 텅 비었다. 강이 보이는 산기슭에서 예불 시간

을 알리는 종소리를 들었다. 장작을 얻어 오느라 다른 길로 내려왔더니 돌연 노랫소리가 들렸다. 가끔 호랑이가 나타난다고 알려진 길이었다. 전에 와 보지 못한 길이어서 너무 들어왔다는 생각이 들었지만 수리는 크게 걱정하지 않았다. 여자아이의 고운 노랫소리로 인근에 사람이 있다는 것을 알았다. 수리처럼 뽕잎을 따거나 장작을 하기 위해 누구나 산에 들어올 수 있지만, 여자아이가 노래를 부르고 있을 곳은 아녔다. 지게를 세워 놓고 골짜기로 내려갔다. 가까운 곳에 인가가 있나 보았다. 조그맣게 노랫소리가 들렸다. 귀에 익은 소리였다. 포구에서 들었던 모혜의 노래. '얄리얄리 얄랑셩 얄라리 얄라……' 수리는 나무 뒤에 숨어서 노랫소리에 귀를 기울였다.

설마 모혜가 이런 곳에 있으리라고 짐작 못했다. 무슨 일로 여기까지 왔을까? 깊은 산속에서 노래를 부르고 있는 모혜가 전설 속의 인물 같기만 했다. 노랫소리가 들리는 쪽으로 살금살금 다가갔다. 거기 둔덕에 앉아서 구덩이를 파는 아이, 홍화 꽃 빛깔의 고운 치마를 입은 여자아이는 놀랍게도 정말 모혜였다. 전혀 그 애 같지가 않았다. 그 애는 파묻어 둔 구덩이에서 무와 고구마를 꺼냈다. 땅속에서 꺼낸 무에 새파란 무청이 자라고 있었다.

모혜가 그 무청을 뜯어서 우물우물 씹었다. 수리는 솔방울을 주워 그 아이에게 던졌다. 그러자 그 애가 뒤를 돌아보왔다. 수리는 나무 뒤에 숨어서 그 애를 지켜보았다. 그 애는 솔방울이 나무에서 떨어졌다고 생각하는지 다시 구덩이에서 무를 꺼냈다. 집 안에서 말소리가 들렸다. 골짜기 낮은 곳에 덤불처럼 나지막이 가라앉은 움막이 있었다. 얼른 보면 눈에 띄지도 않았다. 흙과 나무로 지은 움막인데 호박넝쿨이 어우러진 지붕에 새들이 재재거리며 놀고 있었다. 일부러 그런 곳에 집을 지은 것으로 보였다. 마당에 돌로 만든 화덕도 있고, 닭 다섯 마리를 한꺼번에 삶아도 될 것 같은 솥도 걸려 있었다. 움막에서 남자가 나왔다. 모혜가 솔방울을 주워 남자에게 던졌다. 아이의 맑은 웃음소리가 드높았다.

"모혜야, 수염 좀 깎아 주렴."

"네, 아버지. 머리도 잘라 드릴게요."

남자가 도라지 밭에 쪼그리고 앉자 움막에서 여자가 소쿠리를 들고 나왔다. 남자는 머리와 수염이 아무렇게나 자라 있어서 얼굴을 알아보기 어려울 지경이었지만 여자는 머리를 단정하게 올려 쪽을 지었다. 남자가 둥근 동경을 들었고, 모혜는 가위를 들었다. 여자의 손과 얼굴에 감아 놓은 붕대는 또 무엇인지. 소쿠리를 든 여자를 보고 수리는 하마터면 소리를 지를 뻔했다. 손가락이 끊어져 나가고 없는 데다 남은 손가락마저 굽어서 똑바로 펴지도 못하는 그 모습은 말로만 듣던 나병 환자의 모습이었다. 여자는 상태가 심했고, 남자는 모습이 야인 같긴 해도 여자만큼 심하진 않았다. 그들의 몸이 너무 많이 상해서 그런 것인지, 그들과 함께 있는 모혜의 모습이 그림 속의 여인처럼 고와 보였다.

모혜가 등까지 길게 자란 남자의 머리를 자르고 수염을 깎았다. 턱수염을 깎은 남자의 얼굴이 온통 반점으로 더께가 앉은 상태였다. 그들이 모혜의 부모였다. 부모가 병으로 죽었나 했더니 모혜가 이처럼 깊은 사연을 갖고 있는 줄 몰랐다. 모혜의 눈이 늘 그렇게 슬퍼 보이더니 그게 부모님들의 병 때문이었다니.

부모가 죽고 없는 아이를 선암이 데려다 잔일을 시키고 있다고만 알았지 그 애의 부모가 그렇게 가까운 곳에 사는 줄 몰랐다. 그들이 어쩌다 저렇게 되었고, 저들의 자식인데도 모혜만 멀쩡한 것은 또 어쩐 일인지. 모혜가 사람들 눈을 피해서 깊은 산속을 드나든 걸 알면 마을에서 당장 쫓겨날 것이다. 그렇게 되면 그들은 또 살 곳을 찾아서 어딘가를 떠돌아다니거나 아니면 나병 환자들만 사는 땅끝 너머의 갈매기 섬으로 가야 할 것이다.

갈매기 섬은 나병 환자들만 모여 사는 작은 섬이었다. 그곳에는 배가 들어가지 않기 때문에 한번 섬에 들어간 사람은 평생 거기서 나오지 못했다. 나병 환자 중에는 그 섬에 들어가지 않기 위해 산속에 숨어 살거나 떠돌아다니며 걸식을 하는 이도 있었다. 간혹 뗏목을 타고 그 섬에서 빠져나오려는 사람이 있었지만 탈출에 성공했다는 소문은 못

들었다. 소문만 무성했지 그 섬이 어떤 곳인지 아는 사람은 없었다. 멀리서 보기에는 갈매기가 살고, 바닷가에 갯바위와 은모래가 깔려 있어서 몹시 아름답고 평화로워 보이는 섬이라는 것밖에는. 수리는 모혜를 그곳에 보내고 싶지 않아서 오늘 자신이 본 것을 아무에게도 말하지 않기로 했다.

남자는 머리를 깎으며 햇빛 속에 오래 앉아 있었다. 발 앞으로 오소리 두 마리가 왔다 갔다 했지만 그들도 오소리를 피하지 않았고, 오소리도 그들을 무서워하지 않았다. 저 손으로 집은 어떻게 지었는지, 나무를 잘라서 집을 지을 때는 몸이 멀쩡했던 것인지, 아니면 누가 지어 준 것인지. 한꺼번에 여러 가지 의문이 떠오르며 선암이 이른 새벽마다 산으로 올라간 것이 그들 때문일 거라고 짐작했다. 선암이 의학을 공부했다지 않던가.

'수시로 가져가는 면포를 어디에 쓰나 했더니 저들의 상처에 감았던 거였어. 그러니까 스승님은 천진암 스님을 찾아간 것이 아니라 숲 속에 숨어 사는 그들을 찾아간 것이었어.'

그들의 상처에 감겨 있던 면포가 그것을 말해 주었다. 수리는 그동안의 의문이 죄다 풀리는 느낌이었다. 선암을 향한 모혜의 무한한 신뢰까지.

그들에게는 누군가의 도움이 필요했고, 선암은 그들을 모른 척하지 않고 남몰래 모혜를 거두고 그들을 돌봐 주었나 보았다. 한번 병에 걸리면 온 가족을 죽음으로 몰고 간다는 천형의 병으로 알려져 있어서 사람들은 그들을 근처에 오지도 못하게 내쫓곤 했다. 나병 환자는 아니지만 아버지도 어디선가 저렇게 산속에 집을 짓고 살 것 같은 생각이 들어서 수리는 발소리를 죽여 조용히 그곳을 떠났다. 아버지를 풀어 주었다는 아전의 말이 아무래도 거짓일 것만 같았다. 풀어 주기는커녕 어딘가에 묻어 놓고 딴청을 부리는 듯 자꾸만 의심이 갔다.

누조할매가 산속에 너무 깊이 들어가면 호랑이를 만난다고 겁을 준 것이 그 때문이었는지. 모혜는 괜찮을까. 수리는 모혜와 함께하지 못하는 비밀을 갖게 된 것이 마음 아팠다. 모혜의 부모님들 몸에 친친 감겨 있던 면포가 낯익던 건 산에서 뒷짐을 지고 내려오던 선암이 떠오른 탓이었다. 선암이 부탁한 거라며 모혜가 수시로 찾아가곤 했던 것이 면포였다. 수리는 아무것도 보지 못한 듯 마음에서 그들을 지웠다.

산을 내려온 수리는 장작을 헛간에 차곡차곡 쌓았다. 바람을 쐬고 온 듯 태연한 얼굴로 들어온 모혜가 실패에 실을 감다 졸았다. 선암이 어디 갔는지, 사랑방의 댓돌이 비어 있었다. 당혜도 보이지 않고 글 읽는 소리도 들리지 않았다. 물독이 비어 있는 것을 보고 물지게를 지고 나섰다. 선암이 오기 전에 물을 길어 놓고 청소까지 마칠 생각이었다. 그렇게 모든 준비를 해 두면 선암은 야생 망아지 같은 수리에게 글을 가르쳐 줄 것이다. 아침저녁으로 하루에 두 번 들러서 찻물도 길어 놓고 청소도 했다. 모혜는 누조할매의 일을 도와주며 길쌈을 배우고 수리는 모혜를 대신해서 선암의 댁에서 물도 긷고 청소도 하고 마당에 비질도 했다.

모혜의 노랫소리가 귀에 쟁쟁했다. 한꺼번에 너무 많은 것을 알아 버린 느낌이었고, 갑자기 키가 쑥 자란 것처럼 어른스러워진 느낌이 들기도 했다. 그렇게 가까이 지내고 수염을 깎아 주고 해도 병이 옮지 않는 것일까. 어쩌면 천주교 신자들이 믿는 예수란 이가 모혜와 그녀의 부모를 불쌍히 여겨서 병을 옮지 않게 해 준 것인지도 모른다. 물을 길어 놓고 포구로 나갔다. 모혜와 얘기를 해 보고 싶었다. 한층 차가워진 강물을 바라보고 있으려니, 누군가 곁에 다가와 앉았다. 수리는 냄새만으로도 그가 누군지 알 것 같았다. 연초 냄새와 찌든 땀 냄새. 수리는 아버지가 떠올라 눈을 번쩍 뜨고 일어났다. 베잠방이를 걷어 올린 박 서방이 곰방대를 빨아 대고 있었다.

"어린 녀석이 무슨 생각이 그리 많아서 여기 이러고 있냐?"

"이런저런 생각을 좀 했어요."

"네 아버지 비단길 갔담서?"

"그렇다는데 모르겠어요. 비단길까지 연락이 닿지 않아서요."

"짐 떠메고 다니는 거 몸서리난다더니 천국에 자리 깔았나. 그건 그렇고, 너 선암 선생 댁에 무슨 일로 들락거리냐?"

"글 배우러 다녀요."

"네 어머니가 걱정하더라. 관아에서 누구 잡아들일 놈 없나 하고 눈이 시뻘건데 조심해라."

수리는 묘령에게 왜 그렇게 관심이 많으냐고 박 서방에게 따지려다 말았다. 박 서방은 아버지의 친구여서 수리의 집에 드나드는 게 그리 낯설지 않았다. 근래에 들어서 박 서방이 묘령을 예사롭지 않은 눈길로 쳐다보는 것이 자주 눈에 띄었다. 사소한 핑계로 묘령의 꽁무니를 따라다니는 것이 마음에 들지 않아도 함부로 내색할 수 없는 것이, 아버지 대신 그가 새 지붕을 엮어 주는가 하면 소작일을 도와주기 때문이었다. 아버지가 없어진 이후 수리가 집안일을 도맡긴 하지만 누에 기르랴 글 배우랴, 어른 남자가 하는 일의 반도 해내지 못했다. 박 서방이 딴마음으로 오는 걸 알면서도 누조할매는 그의 넉살 좋은 얼굴을 밀치지 못했다.

"넌 내 아들이나 마찬가지야. 걱정이 되어서 하는 말이니까 새겨들어."

"하늘이 무너질까 봐 불안해서 어떻게 살아요?"

"코에 걸면 코걸이고, 귀에 걸면 귀걸이다, 녀석아. 네 아버지가 천주교 신자라서 당했냐? 같은 죄를 저도 양반은 아무 탈 없이 풀려나지만 천한 놈들은 죄가 없어도 당하는 세상이란 말이다."

"글 배우는 사람이 저 말고도 다섯 명이에요. 오는 사람

가는 사람 다 보라고 일부러 대청마루에서 배우는데 그걸
보고 천주학을 한다고 의심하면 그놈이 미친 거죠."

"이놈은 어른 말을 귓등으로도 안 듣네. 죽든 살든 네 마
음대로 해라."

박 서방이 퉁명스레 한마디 던지고 연초를 뻐끔거리며
갔다.

옹기에 지고 온 물을 가득 담아 놓았다. 차만 끓이는 찻
물이었다. 천진암 약수터 물맛이 좋더라는 선암의 말을 듣
고 날마다 한 동이씩 물을 져다 날랐다. 헛간에서 나오던
선암이 힘들다며 물 길어 오는 일을 그만두라고 했다.

"제가 좋아서 하는 일이에요."

"좋은 물을 먹게 해 주려는 정성만으로 충분하니까 편하
게 지내라."

금방 길어 온 물을 바가지 가득 받아서 선암이 먼저 마시
고 톱질을 하는 대인에게도 나누어 주었다. 두 사람은 헛
간에서 궤짝을 만들고 있었다. 그 궤짝은 길이와 넓이가 어
른 서너 뼘 되는 크기인데, 작은 문에 경첩까지 박아서 멋
을 낸 고리짝이었다. 교리서와 성물, 편지, 일기장 같은 중
요한 물건을 보관하기 위한 고리짝이었다. 선암이 그걸 만
들기 위해 망치와 톱을 들었다는 게 믿어지지 않았다. 모혜
가 놀란 목소리로 귓속말을 했다.

"나리가 그런 일을 하셨다고?"

"목수를 해도 밥은 굶지 않겠더라."

두 사람은 고리짝을 만들기 위해 나흘 동안 정성을 다했다. 나무를 자르고 깎고 못을 박아서 고리짝을 만드는 건 대인이 하고, 선암은 거친 면을 사포로 문질러서 윤을 내고 옻칠까지 했다. 고리짝을 만들기 위해 두 사람이 나흘 동안 헛간에서 살았다. 수리도 짬짬이 차를 갖다 준다거나 못을 찾아 주는 일을 돕기는 했다. 마침내 완성된 고리짝에 선암이 아끼는 물건을 모두 집어넣었다. 김여삼이 자꾸 기웃거리고, 포졸까지 나타나서 사람을 놀라게 하는 통에 고리짝을 선암의 집에 더 놔두지 못하고 야음을 틈타 다른 신자의 집에 옮겼다. 선암이 평신도 회장이어서 지켜보는 눈이 너무 많았다.

저녁을 먹고, 수리는 찻물을 끓였다. 선암이 저녁 식사를 마치고 글을 쓰고 있었다. 곁에 철상이 책을 읽고 있었다. 아버지와 함께 있는 철상이 잠깐 부러웠다. 근래 들어서 선암이 글을 많이 쓰고, 책도 많이 읽었다. 수리는 묘령이 구운 약식을 접시에 담아서 차와 함께 내놓았다. 마침 배가 출출할 즈음이어서 선암과 철상이 약식을 맛있게 먹었다. 지필묵이 놓여 있고, 방바닥에 책도 여러 권 펼쳐져 있었다. 수리가 먹이라도 갈아 주고 싶다고 하자 선암이 가만히 쳐다보았다. 툇마루에 엉덩이를 걸치고 앉자 선암이 차를 마시겠느냐고 물었다. 고개를 끄덕이자 추운데 방에 들어오라며 책을 읽고 있던 철상에게 건너가서 쉬라고 일렀다. 철상이 안채로 건너가자 방으로 들어오라고 했다. 수리가 뭔가 질문을 갖고 왔을 때, 선암은 미리 눈치를 채고 말할 틈을 주었다. 수리는 찻잔에 담긴 녹차를 음미하며 말을 꺼냈다.

"오늘 산에 나무하러 갔다가 모혜를 보았습니다."

"뭘 보았더냐?"

"전부 다 보았습니다. 모혜의 어머니도 아버지도."

"놀랐겠구나. 모혜와 가까이한 게 후회되더냐?"

"아직 모르겠습니다. 가엾기도 하고, 모혜가 앞으로 어떻게 될까 걱정이 되기도 하고. 언제까지 사람들에게 들키지 않고 살 수 있을까요?"

"어렵겠지. 천주교의 앞날처럼."

아버지가 돌아오고 형편이 나아지면 모혜와 혼인을 할 생각이었다니까 선암이 긍정도 부정도 아닌 표정으로 천천히 고개를 끄덕였다. 솔직하게 말하면, 뭐가 이렇게 되는 일이 없냐고 하늘을 향해 주먹질이라도 하고 싶은 심정이었던 걸 시원하게 털어놓지 못했다. 수리는 내내 궁금했던 물음을 던졌다.

"나리는 천주교를 왜 믿으십니까?"

"그건 밥을 왜 먹느냐고 묻는 것과 같다."

"밥을 먹지 않으면 죽지만 천주교는 눈에 보이지도 않잖아요."

"영혼의 깨달음을 얻는 것도 밥을 먹는 것과 마찬가지야. 하루도 주님의 말씀을 듣지 않으면 밥을 먹지 않은 것처럼 허전하고 온몸에 힘이 빠져 마침내 정신이 멍한 상태에 이르고 말지. 그러니 주님의 말씀과 밥은 사람의 삶에 없어서 안 될 것이 아니겠느냐."

"영혼의 양식 말인가요?"

"배가 부르면 행복하지? 하느님의 말씀도 그와 같아서 사람을 행복하게 해 준단다. 주님의 말씀은 밥이고 사랑이니까."

"사랑도 사랑 나름이지 않습니까. 부모님에 대한 사랑, 남녀의 사랑."

"하느님에 대한 사랑은 그보다 훨씬 귀하고 높은 것이지. 눈으로 보지 않고 얘기를 나누어 보지 않고도 온 마음으로 느끼니 말이다."

"눈에 보이지도 않는 이를 마음에 담으려면 대체 얼마나 많이 사랑해야 그렇게 되는 걸까요?"

"온 마음으로 사랑하면 느낄 수 있지."

"그게 어떤 마음인지 짐작이 가지 않으나 모혜를 보면 조금은 알 것 같습니다. 산속에서 그분들과 함께 있는 모혜를 보는 순간, 천주라는 분이 그분들을 위해 모혜를 만들었나 하는 생각이 들었습니다."

"그런 네 마음은 어떻더냐?"

"어쩌면 우리는 함께할 수 없는 사람들일지 모르겠다는 생각이 들고 슬펐습니다."

"네 마음이 그러니 모혜는 오죽하겠느냐. 태어나서 부모님 사랑을 제대로 받아 보지 못했으니."

"모혜에게는 아는 척하지 말아야겠죠, 나리?"

"모혜가 말하고 싶어질 때를 기다려야겠지."

"그러다 영 말을 하지 않으면요."

"어쩔 수 없지. 사람은 누구나 감추고 싶은 부분이 있으니 말이다."

선암은 진정한 사랑에 이르면 아무것도 감추지 않게 된다며, 사람의 입을 억지로 열게 하지는 못해도 말하고 싶게 할 수는 있다고 했다. 그게 사랑의 힘이라고. 생각해 보니 모혜가 근래 들어 부모님을 자주 들먹이긴 했다. 마음을 열고 싶었는데 참고 있었던지. 뭔가 털어놓을 듯 머뭇거리다 입을 다물어 버리는 것이, 시원하게 털어놓을 날이 올까 미심쩍었다. 그럴 때마다 수리는 빨리 털어놓으라고 다그치고 싶은 걸 참았다. 선암이 상자에서 십자고상과 그림을 꺼내어 보여 주었다.

"이것은 십자고상이고, 거기 못 박혀 있는 분은 예수 그리스도이시다."

번개 맞은 나무에 불과한 나무토막이 십자가로 변모를 한 것이 신기하고 놀라웠다. 수리는 풍월로 주워들었을 뿐,

그것을 처음 보았다. 솜씨가 좋아서 근사하다기보다 공을 들여서 정성스럽게 만든 것이어서 더 뭉클하게 마음에 와 닿았다. 수리는 '예수 그리스도'란 말을 되뇌었다. 나무는 마를수록 가볍고 단단해진다. 어제보다는 오늘이, 오늘보다는 내일이, 시간이 흐를수록 나무는 점점 더 가벼워진다. 십자가에 못 박혀 죽은 시신 또한 바람에 몸이 마르면 그렇게 나무처럼 가벼워질 것이다. 날마다 조금씩 가벼워지는 나무로 그림 속의 형상을 만들었다는 것이 수리를 신열에 들뜨게 했다. 그것은 누에게 밥을 먹이고, 땅을 파고, 삼실을 째는 것과 다른, 사람의 손이 닿지 않는 세상 저 너머의 일 같았다. 수리는 뭔지 모를 허기로 선암을 바라보았다. 스승의 얼굴에 고뇌가 서려 있었다. 뭔지 모를 수심으로 가득 찬 스승을 보며 수리는 불안에 쫓기듯 물었다.

"이분은 어째서 나무에 두 팔을 벌리고 매달려 있습니까?"

"세상 사람을 죄에서 구원하고, 죽음으로 사랑을 실천하는 모습이란다."

"죽으면 끝이 아닙니까? 나무에 매달려서 죽었는데 어떻게 세상을 구원합니까?"

"예수께서는 무덤에서 사흘 만에 부활하셔서 죽음은 끝이 아니라 영원의 시작인 것을 일깨워 주셨어."

"나리, 영원이 뭔가요?"

"죽지 않고 영원히 사는 것이지. 그것을 영생이라고 한단다."

영생, 영원? 진시황이 죽지 않고 영원히 살려고 불로초를 찾았으나 끝내 구하지 못했다. 그게 죽어야 비로소 이루어지는 일이라니. 천주를 왜 믿느냐는 수리의 물음에 대한 답인 듯 선암이 화선지에 '진리'라고 썼다. 그러고는 다시 '天地萬物'과 '天地創造'라는 글씨를 썼다. 선암이 무슨 글씨인지 아느냐고 묻자 수리는 '천지만물'과 '천지창조'라고 두 문장을 읽었다.

"천지만물은 세상에 있는 모든 것을 말하고, 천지창조는 천지만물의 생성 과정을 말하는 것이란다. 천주는 사람과 푸른 하늘, 땅, 바다, 나무와 같은 천지만물을 만들었고, 그것을 길렀고, 또한 당신이 만든 세상 곳곳에 있는 분이시다. 천주를 믿는 사람은 그분이 어디에 있든 영혼을 느끼게 된단다."

"천주가 세상을 만들고 사람을 만든 이유가 무엇입니까?"

"천주께서 천지만물을 만든 것은 세상에 가득 차 있는 어둠을 몰아내기 위해서였다. 태초에 세상은 온통 어둠이었으니까. 그분이 당신을 닮은 사람을 만든 것은 빛으로 가득한 세상을 사람들에게 주고 싶었기 때문이지."

"천주가 만든 최초의 인간은 어떤 사람이었습니까?"

"뱀의 유혹을 받기 전까지 아담과 하와는 티 없이 맑고 순수한 영혼이었다. 천주께서는 그 사람들을 사랑으로 만들었거든."

"사랑으로 만든 사람에게 천주는 어째서 이런 고통을 겪게 할까요? 소인의 아버지도 아버지의 친구도 아무 죄가 없었어요."

"처음에 사람을 만든 후 하느님은 그들에게 가장 깨끗한 영혼과 영생의 삶을 주셨어. 천지에서 가장 살기 좋고 아름다운 곳에서 살게 하셨는데, 최초의 인간이 뱀의 유혹에 넘어가 천주께서 따 먹으면 안 된다고 한 선악과를 따 먹었단다. 그 과일을 따 먹으면 하느님처럼 영리해진다고 뱀이 속삭였거든. 천주께서는 선악과를 따 먹은 그들을 에덴동산밖으로 내쫓았어. 그들은 짐승과 다를 바 없이 수고롭게 벌어먹고, 제 목숨을 스스로 지켜야 했어. 그때부터 사람들은 서로를 믿지 못하게 되었고 늘 죽음의 위협을 받으며 살게 되었지. 사람들이 죽게 된 것은 바로 그 원죄 때문이란다."

"선악과가 마음에 들지 않습니다. 동산에 과일나무가 있는데도 따 먹지 말라고 한 것은 손에 쥐고 있는 과일을 빼앗는 것과 무엇이 다릅니까."

"처음부터 동산에 선악과를 만들지 말았으면 하지만 하느님은 당신께서 만든 자녀들이 계율을 잘 지켜서 진정으로 당신의 사랑을 선택해 주기를 바라셨다. 사람들에게 자유롭게 선택할 수 있는 기회를 준 것은 사람을 기계가 아니라 자유의지를 가진 존재로 만들었기 때문에 사람이 제 의지로 당신의 말씀을 따르고 그 계율을 지켜 주었으면 했지. 사랑은 언제나 선택이었으니까. 하느님은 사람들이 진정 당신의 계율을 지켜서 사랑을 증명해 보일 거라고 믿으셨다. 그분의 믿음을 저버리고 뱀의 유혹에 귀를 기울인 건 사람이었어. 모든 것은 선택의 문제였어. 선택의 유혹을 없애기 위해 뱀도 만들지 말아야 했을까? 뱀의 독이 사람에게 해롭다고 독을 없애면 뱀은 제 몸을 어떻게 지키겠느냐. 의원들은 독을 잘 사용해서 사람을 살리기도 하지. 중요한 것은 선악과를 왜 만들었느냐가 아니라 최초의 인간들이 그것을 스스로의 의지로 따 먹고 죽음을 선택한 것이야.”

“사람들이 하느님처럼 영리해지고 싶었던 게 잘못일까요?”

“하느님처럼 영리해질 수 있다는 뱀의 유혹에 넘어간 것이 벌써 교만이거든. 절제를 모르면 제아무리 좋은 것이라도 독이 되고 말지.”

“소인은 진짜 죄인이 누구인지 모르겠습니다. 저희 아버지처럼 세상 물정 모르고 당한 사람이 죄인인지, 일밖에 모르는 사람을 죄인으로 만든 이들이 죄인인지.”

“권력의 욕심에 사로잡혀 나쁜 법을 만들고 사람의 목숨을 함부로 해친 무리들도 마지막 날에는 하느님의 심판을 받게 된단다. 권력으로도 막지 못하는 게 죽음이거든.”

“죽고 나면 아무것도 모르게 되는데 그게 무슨 소용입니까. 그 사람들이 살아 있는 지금 벌을 주면 무서워서 나쁜 짓을 못할 게 아닙니까?"

"하느님은 마지막까지 사람들에게 자기 잘못을 뉘우칠 기회를 주려 했던 거야. 어린 양 한 마리까지 포기하지 않으시니까. 진정한 사랑은 기다려 주는 것이야."

"그러면 죄를 실컷 범하고 마지막에 뉘우치면 되는 것입니까?"

"진정한 회개는 영혼이 가장 맑을 때 이루어지는 것이어서 겉으로 뉘우치는 척해도 소용없다. 하느님은 맑은 물 같아서 사람이 살아온 모습을 그대로 비추어 보여 주시거든."

"사람들이 죽음을 각오하면서까지 천주를 믿는 진짜 이유는 무엇입니까?"

"목숨이 다하는 날 하늘나라에 들기 위해서이지."

"그곳이 어떤 곳입니까?"

"그분을 사랑하는 사람들이 모여 사는 곳이지."

"죽고 난 후에 자기들 마음에 드는 이들과 모여 살겠다는데 어째서 관아에서 그것을 하라 마라 간섭하는 것입니까?"

"그건 오해에서 비롯된 일이야. 유학자들은 천주교가 조선의 미풍양속을 해친다고 하지만 유학과 천주교는 별개의 것이고, 서로 다른 것이거든. 자신과 생각이 다르다고 그것을 하지 말라고 명령하는 건 너무 편협해. 큰물의 흐름은 사람의 의지로 막을 수 없거든. 사람들은 항상 커다란 흐름을 따르기 마련이지."

"쉽게 말해서 유학자와 천주교 신자가 서로 생각이 달라서 부딪치게 되었다는 말씀이군요."

"마재 앞을 흐르는 세 개의 강줄기를 보렴. 서로 다른 곳에서 흘러왔지만 세 줄기 물이 하나로 합쳐져 흐르지 않니. 순리는 그렇게 물처럼 서로 어우러져서 흐르는 것이란다. 서로 다르다는 걸 인정하지 않으면 지금처럼 끊임없이 싸워야겠지."

"아직도 묻고 싶은 것이 많지만 잠시 머리를 식혀야겠습니다. 그런데 제가 나리를 밀고하면 어쩌려고 이렇게 소상히 일러주십니까?"

"만약 그런 날이 온다면 그건 너 때문이 아니고 나 때문일 거야. 나이가 들면 내 편과 적이 훤히 보이거든. 기억해 둬라. 지금 네가 겪고 있는 어려움도 반드시 지나간다는 사실을 말이다. 잠깐 나갔다 오마."

말을 마치고 선암이 채비를 차려 외출했다. 산책하러 가는 가벼운 차림이었다. 뒷모습을 쳐다보고 있으려니 선암을 걱정스러운 눈으로 바라보던 약용의 얼굴이 생각났다. 앞날을 예감한 약용의 마음이 이렇게 불안한 것이었을까. 정말 그게 물처럼 바람처럼 스스로의 힘으로도 어쩌지 못하는 것이어서, 그것 때문에 괴로울 줄 알면서도 물결에 떠밀려 가는 것일까. 수리는 가슴이 저려 오는 느낌 때문에 산으로 올라가는 선암의 뒷모습을 물끄러미 바라보았다. 그러다 두 손으로 손나발을 만들어 그의 등에 대고 큰 소리로 말했다.

"나리, 조심하세요. 거리에 못된 짐승이 많습니다."

오냐, 하는 대답인 듯 선암이 팔을 번쩍 들어서 흔들어
주었다.

*

나무나 한 짐 해 놓을 셈으로 지게를 지고 나가려니, 네거
리 넓은 곳에 사람들이 모여 있었다. 흰 종이를 한 아름 안은
사령이 방을 붙이고 있었다. 흰 종이에 검은 글씨가 빼곡히
씌어 있는데 거의 한문이라 뭐라고 씌어 있는지 읽지 못했다.

"뭐래는 거야? 누구 글 아는 사람 없어?"

"보나 마나 또 세금 올린다는 말이겠지."

고을마다 방이 붙고, 글을 아는 사람이고 모르는 사람
이고 가릴 것 없이 그 앞에 구름떼처럼 모여들었다. 수리는
거기 선암이 뒷짐을 지고 있는 것을 보았다. 얼른 뛰어갔다.
선암이 방을 훑어보고는 언짢은 얼굴로 바쁘게 걸어갔다.
싸전 직원이 글을 읽을 줄 모르는 사람을 위해, 방에 씌어
있는 내용을 읽어 주었다. 그러나 글을 읽어 줘도 알아듣
는 사람보다 무슨 말인지 모르는 사람이 더 많아서, 싸전
직원이 또 그 내용을 알아듣기 쉽게 풀어 주었다. 그래서
겨우 이해한 것이 오가작통법인데, 다섯 집이 한 조가 되어

서로서로 감시하고 밀고하라는 내용이었다. 대왕대비 김씨가 천주교 금교령을 그렇게 발표했다. 오가작통법. 다섯 집에서 한 사람이라도 천주교 신자가 있으면 다섯 집을 몽땅 죄인으로 다스린다는 말에 사람들이 파랗게 질렸다. 방이 붙은 날부터 주막이고 장터고 오가작통법 얘기로 쑥덕공론이 벌어지고, 암기에 빠른 사람은 내용을 외워서 입으로 전하기에 바빴다.

"대왕대비의 하교 내용을 말해 줄 테니까 무식한 놈들은 귀를 쫑긋 세우고 잘 들어라. 에헴……. 선왕께서는 정학이 서면 사학은 저절로 종식될 거라고 하셨지. 지금 듣건대, 이른바 사학이 옛날과 다름이 없어서 한양에서부터 기호畿湖에 이르기까지 날로 더욱 치성해지고 있다고 한다……. 감사와 수령은 자세히 효유하여 사학을 하는 자들로 하여금 번연히 깨우쳐 마음을 돌이켜 개혁하게 하고, 사학을 하지 않는 자들로 하여금 두려워하며 징계하여 우리 선왕께서 위육位育하시는 풍성한 공렬을 저버리는 일이 없도록 하라. 이와 같이 엄금한 후에도 개전하지 않는 무리가 있으면, 마땅히 역률逆律로 종사從事할 것이다. 수령은 각기 그 지경 안에서 오가작통법을 닦아 밝히고, 그 통내에서 만일 사학을 하는 무리가 있으면 통수統首가 관아에 고하여 징계하여 다스리되, 마땅히 의벌을 시행하여 진멸함으로써 유종遺種이 없도록 하라. 에, 그러니까 말이지 쉽게 말해서 다섯 집이 한 조가 되어 서로 감시하라는 야그인데, 그중에서 한 집이라도 천주교를 믿다 걸리믄 다섯 집이 한꺼번에 된서리를 맞으니까 알아서 행동해라 이 말씀이야, 에헴!"

대왕대비 김씨는 아비도 임금도 모르고 인륜을 무너뜨리는 사학의 무리들을 엄히 다스리고 개전의 뜻이 없는 자는 역률로 다스리라고 지시했다. 금교령 중에서 가장 나쁜 것이 오가작통법이어서, 사람들은 어찌할 바를 모르고 서로의 얼굴만 물끄러미 바라보았다. 본격적으로 천주교 탄압이 시작된 것은 금교령이 발표된 이후부터였다.

기러기 날개에
삭풍이 급히 부네

　　　　　　　지게에 땔감을 싣던 중에 수리는 포졸들이 몰려가는 것을 보았다. 무슨 일이 생겼나? 수리는 칡넝쿨로 지게에 실어 놓은 땔감을 묶었다. 마재로 다니러 간 선암이 여태 돌아오지 않았다. 김여삼의 밀고로 여러 명이 잡혀갔다는 말에 심장이 제멋대로 뛰놀았다. 수리는 두근거리는 가슴을 쓸며 옥단에게 선암이 어디 있느냐고 물었다. 옥단이 왜 그러냐고 물었다. 그냥 나리 어디 계신지만 말하라니까 옥단이 이유를 말해 주기 전에는 대답 않겠다며 팽 하니 가 버리자 수리는 빨리 대답하라고 화를 버럭 냈다. 그제야 옥단이 선암은 형님댁으로 출타를 하셨다고 대답했다.

　"아무 일 없겠죠?"

　"무슨 일?"

옥단이 눈을 동그랗게 떴다.

"방금 사람들이 잡혀가는 걸 봤어요."

"걱정 마, 나리는 방금 오셨다가 책을 들고 나가셨어."

"그걸 왜 이제 말해요."

옥단이 놀려 먹으려고 그랬다며 수리의 이마에 꿀밤을 먹였다. 수리는 다행이라며 마루에 걸터앉았다. 옥단이 걸레 빠는 걸 지켜보더니 대뜸 그것을 빼앗아서 마루를 닦기 시작했다. 옥단이 뭐하느냐고 묻자 수리는 신이 난 목소리로 '아줌마 도와주려는 거예요' 하고 대답했다.

"썩을 놈, 방금 전까지 잡아먹을 듯 다그치더니 뭔 변덕이래?"

"나리가 무사히 돌아오셨잖아요."

"넌 나리가 그렇게 좋으냐?"

"예, 스승님이니까요. 다정하시고."

수리는 엉덩이를 높이 쳐들고 이쪽에서 저쪽까지 쭉쭉 밀고 다니며 마루와 사랑방을 깨끗이 닦았다. 사랑방은 선암에게 글을 배우는 사람들이 모이는 곳이기 때문에 자주 쓸고 닦아야 했다. 선암은 거기서 글도 가르치고 친구들과 정담도 나누고 시도 지었다. 항상 대문이 열려 있어서 누구나 드나들 수 있었다. 사람들은 어려운 일이 있을 때마다 선암을 찾아와 의논을 하고, 하다못해 제사 지낼 때 쓰는 제문까지 써 달라고 부탁했다. 엉덩이를 높이 쳐들고 열심히 닦은 덕분에 먼지 한 톨 없이 깨끗했다. 유씨 부인이 걸레질 한번 시원하게 한다며 호호 웃었다. 웃는 모습이 고와 보였다. 하상과 정혜가 수리를 따라서 엉덩이를 들고 닦았다. 그러다 둘이 서로에게 수건을 던지며 깔깔거리다 마루에 뒹굴었다. 유씨 부인은 두 아이가 노는 것을 흐뭇한 눈으로 바라보았다.

수리가 걸레질을 잘하게 된 것은 순전히 누조할매 때문이었다. 누조할매는 묘령이 딸을 하나만 더 낳았어도 수리에게 걸레질을 시키지 않았다며, 손자를 부엌데기로 마구 부려 먹었다. 눈가림으로 대충 문질러 놓으면 구석구석 명경처럼 닦으라고 고함을 질러 대는 통에 수리는 일찍부터 깨끗이 닦는 법을 배웠다. 고추 떨어지게 사내대장부에게 부엌일을 시킨다고 따지면 누조할매는 다리 밑에서 주워 온 자식이어서 구박하는 거라며 홍홍 웃었다.

수리는 선암이 돌아오면 쉴 수 있게 얇은 요를 깔고 목침을 놓아두었다. 수리는 책상 앞에 앉아서 벽에 걸린 흰 모시 적삼을 바라보았다. 양근과 충주 읍내에서 신자들 여러 명이 잡혀갔다는 소식으로 어느 하루 조용할 날이 없었다. 주막에서 수군거리는 소리를 들어 보면 벽파들이 벼르고 있는 탄압은 아직 시작도 하지 않았다고 했다. 수리는 벽에 걸린 선암의 적삼을 보며 생각했다. '나리가 천주교를 버렸으면 좋겠습니다. 그것 때문에 목숨이 위험해질지 모릅니다. 사람들이 친한 사람을 밀고하고, 죽음에 빠뜨리고, 이제는 나리까지 잡아먹으려 합니다.' 수리는 차오르는 슬픔에 몸을 떨었다. 아버지 같은 선암을 잃고 싶지 않은데, 기찰포교들은 천주교 신자들을 찾아서 온통 눈을 부라리고 다녔다. '아버지, 오늘 마을 사람들이 또 잡혀갔어. 그 사람들도 아버지처럼 밀고를 당했대.' 수리의 물음에 대답이라도 하려는 듯 부옇게 흐린 시야에 여문휘의 얼굴이 떠오르다 사라졌다.

"이러다 마을 사람들이 한 사람도 남지 않겠어."

수리는 참나무를 깎아서 새총을 만들었다. 세상에 대항할 무기가 하나쯤 있어야 했다. 선암을 뒤쫓는 사람이 많은 건 알고 있었지만 사태가 나날이 심각해지고 있어서 여간 불안하지 않았다. 밀고를 해서 무슨 이익을 보는지 모르지만 어떻게든 그들에게서 선암을 떼어 놓아야 했다. 수리가 새총을 만든 것도 담을 기웃거리는 밀고자들을 쫓기 위해서였다. 새총 하나면 그들을 얼마든지 쫓을 수 있었다.

수리는 새총을 들고 포구로 나갔다. 돌을 한 주먹 주워 놓고 강물을 향해 새총을 쏘았다. 원하는 지점을 맞추기 위해 연습을 했다. 선암은 날이 어둡도록 돌아오지 않았다. 저녁놀에 강물이 붉게 물들었다. 강물에 사양이 지는 것을 보고 있으면 피비린내 나는 분쟁이 거짓말 같았다. 한가롭게 떠 있는 배보다 더 빠르게 강이 저 혼자 흘러갔다. 어둠이 깔리며 강물이 검어지고 흰 달이 떠올랐다. 나무가 물속에 거꾸로 서 있고 강가를 걷는 사람들이 물속을 거꾸로 걸었다. 거꾸로 걷는 사람들 위로 새가 거꾸로 날아가고, 달이 거꾸로 흘렀다.

지난밤에 완성한 『주교요지』를 들고 간 것으로 보아 선암은 강학회 친구들을 만나거나 명도회 사람들을 만나러 간 듯싶었다. 책을 가지고 갔으니 학자들끼리 할 말도 많을 것이다. 노심초사하며 글을 쓰느라 선암의 안색이 눈에 띄게 창백하고 핼쑥했다. 석 달 동안 밤낮을 모르고 매달려 완성한 책이었다. 마침표 찍을 때까지 먹을 갈아 주며 선암의 곁을 지키려 했는데 쏟아지는 잠 때문에 쫓겨났다. 선암은 한자를 못 배운 하층민을 위해서 한글로 책을 썼다. 글을 써 내는 족족 먹물을 말리며 베꼈기 때문에 수리의 머릿속에 그 내용이 죄다 들어 있었다. 그런데 아쉽게도 마지막 한 장의 내용을 못 읽었다. 잠이 원수였다.

선암이 언젠가 그런 말을 한 적이 있다.

"부녀자와 어린 아이들도 읽을 수 있는 교리서를 써야겠어."

"한자로 쓰실 거 아니죠, 나리."

"한글로 쓸 거야. 네가 도울 일이 많겠는데 괜찮겠느냐?"

"물론입죠. 찰떡같이 붙어 있겠습니다."

어리석고 몽매한 사람들도 교리서를 읽고 진리를 깨닫게 해 주겠다고 했다. 말이 끝나기 무섭게 곧장 달려들어 쓰기 시작했으니 선암의 말은 곧 행동이었다. 천주의 존재증명, 그릇된 천주관에 대한 경계, 영혼론, 천지창조와 세상이 끝날 때와 같은 대략의 요지를 상편과 하편 43개 조항으로 나누었다.

선암이 『주교요지』를 쓰겠다고 마음먹은 건 진산의 외사촌들이 참수를 당하고 난 후였다. 유학과 서학은 엄연히 본질부터 다른 것인데, 서학은 사학이라고 함부로 매도하는 편견을 바로잡고 성리학적 잣대로 평가하는 오해를 걸러 내기 위해서라도 교리서가 반드시 필요하다고 했다. 말을 꺼낸 그날부터 선암은 마테오 리치의 『천주실의』와 같은 교리책을 찾아 읽었다. 한문으로 된 것을 한글로 바꾸기 위해서라도 공부가 필요했다. 여자들과 어린아이, 늙은이, 지게꾼, 나무꾼, 하인, 마부, 사공, 보부상 할 것 없이 누구나 읽고 교리를 이해할 수 있도록 한글로 쉬운 말을 골라서 쓰겠다며, 이제 겨우 한글을 뗀 수리가 읽으면 다른 사람도 읽지 않겠느냐고 했다. 그 말에 수리는 원본이 완성되면 베끼는 건 자신에게 맡겨 달라고 했다. 글씨 하나는 예쁘게 쓸자신이 있었다. 가난한 민중들이 괴롭고 힘들 때 『주교요지』를 읽고 위로받기를 바란다며 선암은 화선지에 대략의 머리글을 담았다.

선암은 『주교요지』가 유교적 관습에 억압된 조선의 땅덩어리에 자유와 평등의 불을 지피는 역할을 했으면 좋겠다고 했다. 죽기 전에 자신이 꼭 해야 할 일이라고. 신유박해로 자신을 비롯해서 천주교 지도자가 다 죽고 나면 어느 누가 가난한 백성을 찾아다니겠느냐며 진심으로 안타까워했다. 누구의 방해도 받지 않고 교리 공부를 할 수 있게 백성들을 소리 없이 찾아다니는 것이 바로 책이라고 했다. 책은 말이 없고 오로지 진리와 의지로 조용히 어둠을 밝히는 것이어서 더욱 귀중한 것이라고 했다. 박해로 사람을 죽일 수는 있어도 교리와 책은 죽이지 못한다며, 한 권이라도 더 베껴서 사람들에게 전해야 한다고 말했다. 조선말로 쓴 그 교리서가 사람의 몸에 영혼이란 것이 깃들어 있고, 그 영혼의 주인이신 천주가 사람들을 지켜보고 있음을 깨닫게 해 줄 거라고 한 것이 석 달 전이었다. 척사론자들이 제아무리 천주교의 뿌리를 뽑겠다고 이를 갈지만 진리는 사람의 힘으로 물리칠 수 없으니 그들이 무슨 짓을 하든지 '우리'는 제 할 일만 하면 된다고 했다.

바람이 불수록 점점 크게 살아나는 불꽃처럼, 탄압의 창끝이 날카로워질수록 그에 맞서는 선암의 가슴은 더 뜨거워졌다. 그의 가슴에 맹렬하게 타오르는 신앙의 불길을 어느 누구도 어쩌지 못했다. 어지러운 상념에 떠다니던 선암은 붓을 들기 전에 먼저 계곡의 두꺼운 얼음장을 깨고 몸을 담갔다. 두 손을 모으고 책이 완성될 때까지 죽지 않게 해 달라고 빌 때 수리는 덜덜 떨며 수건을 들고 서 있었다. 추위서 떠는 것이 아니라 살아 있는 신을 보는 듯 숭고한 모습에 저절로 몸이 떨렸다. 목욕을 마친 선암은 붓을 들며 차분해 졌고 외부 사람을 일절 만나지 않았으며, 유씨 부인에게 아이들을 사랑방에 얼씬거리지 못하게 하라고 주의를 주었다.

수리는 그 방에 드나들 수 있는 유일한 사람이었다. 먹을 갈아 주고, 차를 끓여서 책상에 놓아 주고, 선암의 유려한 필체가 담긴 글을 먹물이 마를 동안 방바닥에 줄줄이 늘어 놓는 등, 수리도 교리서를 쓰는 데 착실하게 일조했다. 석 달째 두문불출하고 바깥출입을 않으니 세간에 선암이 죽을병에 걸렸다는 둥 밀고로 잡혀가서 죽었다는 둥, 여러 가지 말이 많았다. 그러거나 말거나 수리는 해명도 대꾸도 하지 않고 그냥 모른다고만 했다. 석 달 동안 선암이 한 일이라고는 머리를 식힐 겸 산을 오르고 마당에서 높이 치솟은 달을 바라본 게 전부였다. 수리는 선암이 책상에 앉아 있는 동안은 장안의 어떤 소식도 전하지 않았다. 천주교 신자 몇 명이 끌려갔고, 누가 죽었고, 누가 도망을 쳤고, 세관이 어느 집의 하나 남은 돼지를 끌고 간 얘기는 중요한 일을 하고 있는 사람에게 전할 말이 아녔다. 세금 대신 무쇠솥을 걷어 간 잡스러운 행위를 뭣하러 전하겠는가. 귀만 더러워질 뿐이지.

모혜가 분홍빛 치맛자락을 살랑살랑 흔들며 왔다. 댓돌에 앉아서 선암이 쓴 교리서의 머리글을 써 보던 수리는 발로 글귀를 지우고 모혜를 대문 밖으로 데려갔다. 혹시 담을 기웃거리는 사람이 있나 감시를 하기 위해서였다. 선암이 정말 죽을병에 걸렸다고 믿는지 근래에 들어 사람 그림자도 얼씬대지 않았다. 다른 곳을 돌아다니느라 딴에는 바쁜 탓인지. 사람들은 누가 관아에 잡혀가면 또 김여삼의 짓이냐고 묻곤 했다. 모혜가 목소리를 낮추어 포졸들이 장터의 중인을 끌고 가는 걸 봤다고 했다.

"회합을 하다 잡혀갔다더라."

"새남터가 또 피로 물들겠군. 죽은 사람을 다 모으면 부족을 이루고도 남겠다."

"겁에 질려 도망가는 사람, 잡혀가는 사람, 난리도 그런 난리가 없었대."

수리는 누가 선암이 뭐하느냐고 물으면 무조건 모른다고만 대답하라고 모혜에게 입조심을 시켰다. 함부로 사람을 만나지 말고 베만 열심히 짜라고 이르자 모혜가 진지한 얼굴로 그러겠다고 대답했다.

선암은 붓을 멈추고 벽에 일렁이는 그림자를 바라보았다. 벽에 붓을 든 선암의 그림자와 먹을 갈고 있는 수리의 그림자가 투영되었다. 꽃을 피운 한란의 모습이 처연했다. 한란 잎사귀 끝이 마르고 있었다. 이틀 전에 한 잎을 잘라 냈다. 늘 있던 자리에 그대로, 물도 그대로, 햇빛도, 바람도 그대로, 달라진 게 아무것도 없는데 한란이 소리 없이 죽어 가고 있었다. 선암은 한 잎씩 잘려 나가는 한란이 뿌리마저 마르고 있는 천주교의 운명처럼 느껴지는지 괴로움을 감추지 못했다.

방금 마침표를 찍은 선암은 글의 노란색 표지에 '主敎要旨주교요지'라고 제목을 쓰고, 첫째 장에 상권 서른두 개 조목과 하권 열한 개 조목의 머리글을 차례대로 써 나갔다. 상권에는 사후의 상벌과 영혼의 불멸을 밝히고, 하권에는 천주의 강생과 구속의 도리를 일깨우는 글을 실었다.

한글만 깨우치면 부녀자나 어린이까지도 읽을 수 있게 한글로 썼다. 한문은 백성의 문자가 아니고 고관대작들이 즐겨 쓰는 문자여서 글을 모르는 사람이 대부분이었다. 선암은 가난한 백성들의 이해를 돕는 글을 쓰려고 오래전부터 준비했다. 『주교요지』를 쓰고 이어서 「성교전서聖敎全書」를 쓸 생각이었다. 천주의 덕과 도리에 관한 모든 진리를 체계적으로 분류해서 묶어 낼 요량이었다. 선암은 『주교요지』를 써 내려가며 짬짬이 『성교전서』를 준비했다. 수리가 하는 일은 두 개의 책에 나누어 담아야 할 글을 혼돈하지 않고 정리하는 것이었다. 한 권을 끝내고 다른 한 권을 써 나가면 좋겠지만 선암은 물속의 은어처럼 머릿속에 번쩍 떠오른 영감이 꼬리를 치며 지나가는 걸 그냥 두고 볼 수 없어서 그것을 조각글로 잡아 두곤 했다. 그러면 나중에 책을 쓸 때 붙잡아 둔 조각글을 펴놓고 써 나가면 놓쳐 버린 생각을 아까워하지 않아도 된다던가.

혼자서 마음을 콩 볶듯이 볶는 게 눈에 훤히 보였다. 써야 할 글은 많고 시간은 촉박하고. 그런 선암의 옆에서 수리는 선암이 거침없이 써 내는 글을 틈나는 대로 베꼈다. 베낀 책을 아무도 모르는 곳에 숨겨 두고 누조할매와 묘령에게 읽어 주고, 모혜에게도 보여 줄 생각이었다. 아쉬우나마 『주교요지』라도 완성해 놓으면 천주교 지도자들이 순교를 하더라도 신자들은 그 교리서를 보고 천주의 진리를 배우면 된다고, 선암이 결의에 찬 목소리로 말했다. 수리는 베껴 쓴 『주교요지』 한 권을 비단에 싸서 누에장 아래 깊이 묻어 두었다. 사람은 죽어도 교리는 죽지 않는다는 선암의 말 때문이었다.

선암이 평생을 바쳐 배운 문자를 두고, 글을 모르는 이들의 눈높이에 맞춰 교리를 한글로 쓴 게 괜히 고마웠다. 아직은 천주교를 가까이할 생각이 없지만 수리는 선암이 온 마음을 기울여 쓴 책은 마음에 들었다. 그의 생각에, 읽지도 못하는 한문보다는 장사꾼과 농부가 장터나 밭에 앉아서 편안하게 읽을 수 있게 쓴 것이 진짜 책일 것 같았다. 수리는 베낀 글의 첫 장을 들춰 보았다.

'인심이 스스로 하느님 계신 줄을 아느니라. 천주 엿새 만에 턴디 만물을 내시니라. 세상이 본디 도텨니 사룸의 처음 조상이 천주끠 득죄를 지으매, 됴턴 세상이 고로와지고, 착한 사룸이 다 그릇되엿ᄂ니라.'

하늘에 해가 있고 달이 있듯이 천주의 존재 또한 엄연하다는 내용이었다. 처음에 단 두 명이었던 사람이 열 명이 되고 백 명이 되고 천 명이 되는 과정을 떠올리매, 세상에서 일어나는 모든 아귀다툼과 전쟁이 바로 그 선악과에서 비롯되었을지도 모른다고 생각했다. 생각해 보면 사람들이 선악과를 먹고 지나치게 영리해진 것이 탈이었다.

"다 좋은데 처음부터 나쁜 사람은 만들지 말지."

떠도는 소문대로 박해가 이제 시작에 불과하다면 얼마나 더 많은 사람이 죽어야 끝난다는 말인지. 선암은 『주교요지』가 언젠가 세상을 비추는 밝은 등불이 되어 줄 거라고 믿었지만, 수리는 생각할수록 앞날이 답답하고 멀기만 했다. 미운 사람도 고운 사람도 길고 짧은 손가락처럼 함께 어울려 살 수 없는 것인지. 시파는 뭐고 벽파는 뭔지. 어째서 한데 어울려 살면 안 되는지. 촉박하게 흘러가는 시간에 쫓겨 선암은 망설임 없이 글을 써 내려갔다. 붓끝에 날개가 달린 듯 춤을 추며 내달렸고, 화선지 가득 검은 글이 담겼다. 세종대왕께서 훈민정음 스물여덟 자를 만든 것은 가난하고 무식한 백성들, 부녀자, 아이들도 글을 읽을 수 있게 하기 위해서였다. 세종대왕은 글자를 모르고 사는 백성이 억울한 일을 당해도 호소할 길이 없는 것을 가엾게 여겼다. 훈민정음은 '백성을 가르치는 바른 소리'라는 뜻을 지니고 있으니 가히 합당한 이름이었다. 선암이 한문을 모르는 사람도 읽을 수 있는 글을 쓰려 했던 것도 세종이 그랬듯이,

반상의 구별 없이 더 많은 사람들이 교리서를 읽고 그 뜻을 깨우치게 하기 위함이었다.

수리가 먹을 갈다 말고 꾸벅꾸벅 졸았다. 먹물이 튀어 손에 묻었다. 선암은 수리의 손에 묻은 먹물을 물끄러미 바라보았다. 흰옷에 묻은 먹물을 지울 때처럼 밥풀을 문질러서 아이의 손에 묻은 먹물을 지워 주고 싶었다. 머잖은 날에 자신과 큰아들 철상이 어떻게 될지 알 수 없기에, 아버지 없는 수리를 보며 어쩔 수 없이 뒤에 남을 하상과 정혜를 떠올리곤 했다. 수리의 아버지는 죽은 것이 아녀서 언젠가는 돌아오겠지만 자신은 한번 떠나면 영영 돌아오지 못하게 될 것이니, 선암은 뒤에 남을 아이들의 앞날이 막막하기만 했다. 삶을 통틀어 차마 모른 체하기 어렵고 또한 가장 아픈 부분이었다. 두 아이가 아비의 빈자리에 외로움을 느끼지 않고 살수 있게 『주교요지』가 좋은 버팀목이 되어 주리라는 믿음으로 선암은 열심히 글을 써 내려갔다. 지금으로서는 『주교요지』와 『성교전서』를 완성하는 것만이 그가 할 수 있는 최선이었다. 졸고 있는 수리를 보며 아직 닥치지도 않은 일을 앞당겨 별생각을 다 한다 싶어서 선암은 혼자 쓴웃음을 지었다. 정을 주지 않아도 스스로 정을 만드는 아이. 선암은 철상과 수리, 하상, 정혜가 어떤 삶을 살게 될지 그들을 오래 지켜보지 못할 것 같은 예감에 마음이 숙연해졌다.

"수리야, 그만 가서 자거라."

아이가 눈을 번쩍 뜨고는 손에 묻은 먹물을 걸레에 닦았다.

"나리, 조금만 자고 오겠습니다."

"오지 않아도 되니까 다 잊고 푹 자거라."

수리는 입이 찢어지게 하품을 하며 사랑방을 나왔다. 밤 공기 속으로 설핏 매화 향기가 스며들었다. 두리번거리는 눈길이 담벼락에 가지를 걸치고 있는 매화나무에 시선이 멎었다. 어느새 봄이던가. 막 꽃잎이 벌어진 매화 한 가지를 꺾어서 물병에 담았다. 금방 나왔던 방으로 물병을 안고 들어가자 선암이 흘러내리는 코피를 두 손으로 받고 있었다. 붉은 피. 그것이 왜 그리도 섬뜩하고 눈물겨운지. 수리는 왈칵 치미는 설움에 자신도 모르게 눈시울을 적시고 말았다. 호주머니에 갖고 다니던 수건을 꺼내어 코피를 닦고 목침에 선암을 눕게 했다. 수건을 깨끗이 빨아서 얼굴과 손에 묻은 코피를 닦고 이마에 올려 주었다. 선암이 수리의 손을 잡고 물었다.

"어째서 돌아왔느냐?"

"매화가 피었습니다. 이렇게 추운데 꽃을 피운 것이 장하지 않습니까?"

"나하고 한 약속을 기억하고 있느냐?"

"무슨 약속을 말씀하십니까?"

"하상과 정혜를 잘 돌봐 주겠다는 약속 말이다."

"소인은 한번 했던 약속은 어떤 일이 있어도 지킵니다. 철상이 형님도 있으니 염려할 것이 없죠."

"철상은…… 모르긴 해도 그 애는 나를 따르려 할지도 몰라. 만약 그러려고 하면 네가 좀 말려 주려무나."

"나리 말씀 그만 듣겠습니다."

지필묵을 정리해 두고 먹물이 마른 글을 고리짝에 보관했다. 석 달째 제대로 먹지도 자지도 못하고 있으니 탈이 나는 게 당연했다. 어지간히 곤했던지 선암이 고른 숨소리를 내며 깊이 잠들었다. 일찌감치 군불을 지핀 터라 방이 따끈했다. 등불을 껐다. 수리는 집으로 돌아갈까 하다 그대로 선암의 곁에 누웠다. 물병에 담아 둔 매화의 은은한 향기가 방 안 가득 번졌다. 이미 냄새조차 말라 버렸지만 작은 수반에 곱게 마른 국화꽃도 담겨 있었다. 싱싱할 때의 향기는 스러지고 없지만 선암은 그 마른 국화꽃 향기를 맡으며 아내 유조이의 사랑과 체취를 느끼곤 했다. 말없이 따라 준 아내. 그녀에게 아픔을 주게 될지도 모른다는 예감이 슬펐던지 어느 날 선암이 그 수반을 보이지 않는 곳에 치우라고 명했다.

바스락 소리에 눈을 떴더니 어느새 일어난 선암이 먹을 찍어 다음 문장을 써 내려가고 있었다.

'옛적에 서국에서 두 나라가 서로 싸워, 백성이 무수히 죽고 승패를 결단치 못한지라…….'

밤에 코피를 쏟은 탓인지 선암의 얼굴색이 눈에 띄게 창

백했다. 흐린 하늘에 여우별이 잠깐 떴다 지고 난 후 창이
밝았다.

*

"에구머니, 이게 누구신가?"

방문 두드리는 소리에 이어 누조할매가 손님을 맞는 소리
가 들렸다. 올빼미만 부엉거리는 늦은 밤이었다. 방 안으로
입춘의 찬바람이 몰려들었다. 잠들기 전에 군불을 지핀 터
라 아랫목의 온기가 가시는 참이었다. 이른 봄바람이 살을
에는 듯 차가웠다. '애기씨가 이 밤에 어쩐 일이냐'며 누조
할매가 생기 어린 목소리로 손님을 반겼다. 밤을 타서 찾아
온 손님은 강완숙이었다. 그녀는 단정하게 싼 보자기를 풀
어헤쳤다. 강완숙이 누조할매의 일흔 번째 생일선물로 가져
온 것은 집에서 담근 머루술과 구절판, 육포, 한과 등이었
다. 누조할매는 보따리를 풀어놓고 육포와 부침개 간이 딱
맞다느니, 음식을 하나씩 집어 먹을 때마다 칭찬을 늘어놓
았다. 부침개까지 챙겨 온 그녀의 정성에 누조할매는 너무
좋아서 입을 다물지 못했다. 그녀가 누조할매의 생일을 기
억하고 있었나 보았다. 일흔 번째 생일이지만 집을 비운 아
들이 마음에 걸려서 푸짐한 상은 고사하고 점심 저녁도 멀
건 죽으로 때웠다. 죽을 먹어도 객지를 떠도는 사람의 허기

만 하겠느냐는 것이다. 강완숙이 그런 사정을 알고 챙겨 온 건지 구절판과 술, 떡, 육포가 가득이었다. 그녀가 누조할매의 잔에 머루술을 따르며 말했다.

"누조할매, 오래오래 사세요."

"암만. 내 아들이 돌아올 때까지는 살아야제."

"아직도 연락이 없어요?"

"그놈 마음이 좀 편해지믄 오것제."

"차라리 지금은 바깥에 나가 있는 게 나을지도 몰라요. 새 군수가 무슨 짓을 하고 다니는지 아시잖아요. 양근 사람을 다 죽이려나 봐요."

"그렇제? 우리 애기씨가 이래 사람 마음을 편하게 해 주니더."

얘기는 부임한 새 군수의 서슬 퍼런 행정으로 옮아갔다. 새 군수가 부임하자마자 수많은 사람을 잡아가서 옥에 가둔 사건으로 온 마을이 들끓었다. 그들 중에 녹암 권철신의 아들도 끼어 있었다. 권철신이 한양으로 몸을 숨기자 관아에서 그의 아들을 대신 잡아다 가두었다. 관아에서 아버지 대신 벌을 받겠다는 아들의 청을 받아들였다기보다, 아들을 미끼로 권철신을 잡아들여 함께 처단하려는 속셈이었다. 남인 측 대가인 권철신은 경서와 예서로 이름난 학자였고, 세간의 명망도 높은 인물이었다. 이름난 집안이었던 탓에 권철신의 가족이 모두 천주교 신자가 된 것을 비방하는 사람도 많았다. 권일신이 신해년^{1791년} 박해 때 죽은 이후 그의 집안에서 권철신에 대한 미움과 원망이 드높아져 고향 사람에게 밀고를 당하는 수모까지 겪었다. 고을 군수의 중재로 문제가 잘 해결되었나 했더니 새 군수가 부임하며 새삼스럽게 그 일을 들추어 권철신의 아들을 잡아간 것이다. 새 군수가 천주교 신자를 색출하려고 작정하고 왔다는 소문으로 온 마을이 술렁거렸다. 누조할매도 소문을 들었는지 강완숙의 손을 잡고 말했다.

"애기씨도 조심하소."

"저야 살얼음 위를 걷듯이 항상 조심하죠."

"본래 가까운 사람이 가장 무섭니더. 식구 말고는 아무도 믿지 말라는 말이제. 옆집 마종태가 내 아들을 밀고할 줄 우째 알았니껴."

누조할매가 합죽한 입을 우물거리며 몇 번이나 조심하라고 일렀다. 강완숙은 오죽하면 시어머니와 함께 자겠느냐며 걱정하지 않아도 된다고 했다. 구절판을 안주 삼아 수리를 포함한 네 사람이 머루술을 한 잔씩 마셨다. 붉은 머루술이 향기를 뿜자 누조할매와 묘령 얼굴에 꽃단풍 같은 취기가 올랐다. 누조할매는 술을 처음 마시는 사람처럼 색깔이 곱네, 술이 맛있네, 그동안 어떻게 지냈느냐며 귀찮게 캐물었다. 아는 사람이 동지사로 중국에 간다고 해서 따라가려다 국경에서 되돌아왔다고 했다. 중국으로 갈 뻔했다니까 누조할매는 눈을 번쩍 뜨면서 언제, 무슨 일로 왜 가려 했느냐, 혹시 거기서 여문휘를 만나지 못했느냐, 그 아는 사람이 언제 돌아오고 또 언제 가느냐고 쉬지 않고 물어 댔다. 강완숙은 누조할매의 물음을 귀찮아하지 않고 고분고분 대답했다. 그 사람이 동지사 일행을 따라서 학문을 배우러 가려 했는데 관에서 허락해 주지 않아서 돌아왔다니까 그제야 뒤로 물러났다.

"애기씨, 귀찮게 해서 미안혀요. 중국이라믄 내 아들 생각에 가슴부터 먼저 벌렁벌렁해서 그러제."

"알아요, 그 마음. 다음에 거기 가는 사람 있으면 꼭 알아보라고 할게요."

"고맙소. 보기 좋은 떡이 먹기도 좋다더니 구절판 담은 거 좀 보소. 마음이 예쁘니까 음식도 요래 맛나게 맹글제. 술이 입에 착착 달라붙네."

누조할매의 수다는 끝이 없었다. 붉은 머루주를 보며 수리는 선암의 고리짝에서 보았던 그림을 생각했다. 두 팔과 다리가 십자가에 못 박혀 있고, 옆구리는 창에 찔려 피가 흐르고, 머리에는 가시관을 쓰고 있는 참혹한 모습이었다. 목을 축 늘어뜨리고 죽은 예수를 보며 비통한 눈물을 흘리는 여인이 예수의 어머니라는 말을 듣고 충격을 받았다. 아들의 죽음을 바라보는 마음이 어땠을까. 선왕이 승하한 이후 하루가 멀다 하고 생기는 또 다른 예수의 죽음은 누구를 위한 것이고, 그들을 안고 흘리는 늙은 어머니들의 눈물은 누가 닦아 줄까. 못이 박혀 있는 손과 발에서 흐르는 피. 백자기 술잔에 담긴 술 빛깔이 피 같았다. 선암은 그 피를 성스러운 희생의 피. 순교의 피라고 했다. 누조할매가 맛있다며 입맛을 다시며 마시는 포도주. 외국에는 마을마다 천주당이 하나씩 있어서 미사를 올릴 때마다 흰 포도주로 죄를 씻는 의식을 치른다지. 포도로 만든 술의 의미가 그런 것이라지.

포도주를 처음 먹어 본 것이 참봉댁 헛간에 보관되어 있던 포도주였다. 수리는 누조할매의 심부름으로 비단을 전하러 갔다가 참봉댁 헛간에서 하인 순돌이 주인 몰래 술을 훔쳐 먹는 걸 보았다. 참봉어른이 그 술을 몹시 좋아해서 귀한 손님이 올 때마다 한두 잔씩 아껴 가며 내놓는 술이라며 순돌이 속삭거렸다. 수리는 둘이 먹다가 둘 다 죽어도 모를 만큼 맛있다는 그 술이 너무 궁금해서 맛만 보여 달라며 따라 들어가 난생처음으로 포도주를 마셨다. 술을 잔뜩 마시고 비틀거리며 밤길을 걸어왔는데, 그날 순돌은 술을 훔쳐 먹은 죄로 마님에게 불려가서 사흘 동안 똑바로 눕지도 못할 만큼 매를 많이 맞았다. 그래도 끝까지 수리를 밀고하지 않았다고 자랑하는 순돌에게 누조할매가 만든 비단 적삼과 곶감을 두 개 갖다 주었다. 종놈치고는 제법 간이 컸다. 하인 주제에 얼굴이 벌겋게 달아오르도록 술을 훔쳐 먹은 것도 치도곤을 당할 일인데, 술에 취해서 마님에게 덤

비며 술주정까지 했다던가. 하인도 사람이라고. 그런 일이
있고 난 후로 헛간에 자물통을 채우고 안방마님이 지켰다.

"술맛이 달짝지근한 것이 아비 생각이 절로 나네."

누조할매는 술잔을 세 번에 나누어 마시고 안주로 육포
를 우물거렸다. 즐거워하는 모습이 수리의 눈에는 오히려
아들 잃은 슬픔을 감추려고 기쁨을 꾸민 듯했다. 강완숙
이 정성 들여 생일음식을 차려 온 것도 누조할매의 슬픔이
어느 정도인지 알기 때문이었다. 딱 한 번 누조할매는 그 슬
픔을 드러낸 적이 있었다. '살아 있는 사람은 어떻게든 만나
게 되어 있니라. 죽은 사람만 서럽제.' 그러고는 슬픔을 삼
키듯 술을 홀짝홀짝 마셔 댔다.

"얄궂네. 나무껍질처럼 바싹 마른 게 씹을수록 고기 맛
이 나네."

"참 어머니도, 육포를 처음 자시는 것처럼."

"수리야, 이것 좀 먹어 봐라. 짭짤한 것이 간이 딱 맞다."

"예전에 할머니가 해 준 거잖아. 자꾸 놀리고 있어."

가족들이 누조할매의 능청에 하하 웃음을 터뜨렸다. 누
조할매는 기분이 좋으면 장난기가 넘쳐서 수리를 그렇게 놀
려 먹었다. 할아버지의 목숨 값으로 속량을 받은 누조할
매가 안동을 떠나서 천진암 기슭에서 살 곳을 찾아다니다
강완숙의 집에 잠시 얹혀산 적이 있었다. 그들의 인연은 고
작 5년 남짓이었지만 누조할매에게는 잊을 수 없는 시간이

었다. 누조할매는 그 인연으로 지금까지 그녀를 '애기씨'라고 불렀다. 베를 짜기 시작하며 부엌을 벗어났지만 딸처럼 돌봐 주었던 강완숙이 혼인을 하는 것도 보았고, 남편에게서 버림받는 것도 보았다. 남편이 그녀를 내친 것은 그녀가 양반의 서녀였던 이유도 있지만 그보다 더 큰 이유는 천주교 신자였기 때문이었다. 그녀의 전교로 신자가 된 시어머니가 아들 대신에 며느리와 살겠다며 그녀를 따라왔고, 전처의 아들 역시 집과 아버지를 두고 그녀와 살겠다고 따라나섰다. 세 사람이 함께 모여 살았다. 그녀가 누조할매를 찾아 왔을 때 누조할매는 그녀의 손을 잡고 '아이구, 애기씨!' 하며 손을 놓을 줄 몰랐다.

누조할매는 일찍부터 비단을 짰다. 비단을 구경하기도 어렵던 시절에 직접 누에를 길러 명주를 짜낸 관록으로 베를 하루에 세 필씩 짜내고 '누에의 신'이라는 평판을 얻었다. 사람들은 누에를 기르고 비단을 잘 짜는 그녀를 '누조'라고 불렀다. 누조가 나이를 먹으며 자연스럽게 누조할매가 되었다.

본래 누조는 천기를 범하고 속세에 떨어진 신화 속의 인물이라고 강완숙이 가르쳐 주었다. 중국 신화의 산, 곤륜산에 사는 서왕모의 시녀였던 누조가 황제의 부인이 되었다. 뽕밭에서 뜨거운 차를 마시던 누조의 찻잔 속으로 야생 누에고치가 떨어졌다. 뜨거운 물에 담긴 고치에서 실이 솔솔 풀려 나오는 것을 보고 누조는 누에고치에서 실을 뽑는 법을 배웠다. 누조는 몸소 뽕잎으로 누에를 기르고 고치에서 실을 뽑아 옷감을 짰다. 그 후 사람들은 그녀를 '잠화낭자蠶花娘子'라 불렀고 비단의 신, 누에의 신으로 받들었다고 했다. 강완숙이 누조할매에게 그 잠화낭자의 이름을 붙인 이후로 마을 사람들이 할머니를 '누조'라고 불렀다. 누조할매도 그 이름이 싫지 않은지 누가 그렇게 불러 주면 삼실을 째느라 부서지고 망그러진 앞니를 드러내며 흥흥 웃었다.

밤이 깊어서 돌아갈 때가 되자 강완숙이 돈주머니를 내밀며 비단 한 필을 짜 달라고 했다. 옷 지어 입을 거냐는 누조할매의 물음에 강완숙은 그림 그리는 사람에게 선물할 비단이라고 했다. 선물할 거면 곱게 쪽물까지 들여 주겠다니까 강완숙은 흰 비단을 화선지 삼아서 쓸 거라며 깨끗하게만 짜 주면 된다고 했다. 진사댁 고명딸 혼인을 앞두고 있어서 주문받은 일감이 밀려 있는데도 다른 일 다 젖혀 두고 비단부터 먼저 짜겠다고 누조할매가 큰소리를 쳤다. 묘령은 누조할매의 호기 때문에 열흘은 편한 잠을 자기 글렀다며 투덜거렸다. 누조할매는 늘 그렇게 강완숙의 일이라면 만사를 젖혀 두고 나섰다. 그녀가 칠순 생일음식까지 챙겨 온 것이 고마워서 더 잘해 주고 싶은가 보았다.

"애기씨, 천주교를 믿으면 참말로 하늘나라에 가는감?"

"하늘나라에 가려면 먼저 세례를 받아야 해요."

"세례가 뭣이다요?"

"물로 이마에 천주교 신자라는 인호를 새기는 일이에요. 하느님은 그 인호를 알아보시거든요."

"세례가 그런 것이라? 나중에 죽어서 우리 영감을 거기서 만날 수 있을라나?"

"거기서 기다리고 있을지도 모르죠."

"죄를 지은 사람도 지켜 주남?"

"진심으로 죄를 뉘우치면 용서받을 수 있어요. 하느님은 사랑이시거든요."

누조할매가 고개를 끄덕였다. 나라에서 금하는 것이지만 죄 없이 괴로움을 당한 아버지를 위해서라도 세례를 받아야 한다고 했다. 지금쯤 그가 자기 죄를 뉘우쳤을 거라는 누조할매의 믿음이 너무도 분명했다. 친구를 죽게 한 여문휘를 죄에서 구하려면 식구들이 모두 세례를 받아야 한다며 누조할매는 묘령과 수리까지 부추겼다. 준비물은 여자들을 위해 만든 머릿수건 세 장과 강완숙이 지니고 다니는 성수 한 병이면 되었다. 그 밤으로 강완숙이 선암과 주문모 신부를 모셔다 수리의 가족과 모혜, 선암 댁의 머슴 대인, 하녀 옥단이를 포함한 여섯 명에게 세례성사를 주었다. 여섯 명은 은밀하게 떠도는 소문만 들었지 중국인 신부를 처음 보았다. 죽음을 무릅쓰고 국경을 넘어왔는데도 떳떳하게 머물 곳이 없어서 그는 여회장 강완숙의 도움으로 아무도 몰래 숨어 있어야 했다.

세례성사는 이마를 물로 씻는 것으로 시작되었다. 물로 이마를 씻는 예식으로 영혼과 육신의 더러움을 닦아 내고, 세례성사를 받는 이들의 이마에 십자를 그어 그의 영혼에 지울 수 없는 영적 표시를 새기는 거라고 했다. 주문모 신부는 두 손을 여섯 명의 머리에 차례차례 얹으며 기도를 드렸다. '주님께 비오니, 성자를 통하여 이 물에 성령의 힘을 풍성히 부어 주시어, 그리스도와 함께 죽음 속에 묻힌 모든 이가 이 세례로 그리스도와 함께 새 생명으로 부활하게 하소서……' 그 손에서 뻗어 나온 기운이 머리에서 발끝까지 번개가 지나가듯 찌릿한 감동으로 퍼졌다. 수리는 몸속에 어떤 기운이 지나가는 것을 분명히 느꼈다. 중국인 신부는 그 따뜻하고 자애로운 눈빛으로 여섯 명을 응시하며 '데레사, 수산나, 루시아, 마리아, 요셉, 토마스'라는 세례명을 하나씩 지어 주었고, 첫 고해성사를 보게 해 주었다. 수리와 모혜는 두근거리는 가슴으로 서로를 바라보았다.

'이제 우리는 함께 가는 거야.'

고백성사는 하느님을 대신해서 거기 앉아 있는 신부에게 자신의 죄를 고백하는 의식이었다. 그 고백은 하느님을 대신하는 신부만 들을 수 있고, 신부만 죄를 씻어 줄 수 있었다. 누조할매는 여문휘 때문에 죽은 박학수에게 아들을 대신해서 미안하다고 고백했고, 묘령은 아무 죄도 없는 여문휘를 천주교 신자로 몰아붙여서 밀고까지 하게 만든 척사론자의 사악함을 원망했고, 수리는 아버지를 밀고한 마종태를 죽이려고 마음먹었던 적이 있다고 고백했다. 날마다 사람을 죽이는 생각을 하면서도, 누군가 아버지를 죽인다고 생각하면 무서웠다고 털어놓았다. 모혜는 부모님의 병을 낫게 해 주지 않는 하느님이 원망스럽다고 고백했다. 주문모 신부가 말했다. 가장 큰 사랑은 용서라고. 이제 하느님의 사람이 되었기 때문에 남들이 쉽게 할 수 없는 일을 하게 될 거라며, 우리를 해롭게 한 사람들을 하느님의 이름으로 용서하는 것도 그런 일 중의 하나라고 했다. 남의 잘못을 용서할 줄 알아야 자신의 죄도 용서받을 수 있다고 했다.

"하느님의 이름으로 너의 죄를 사하노라!"

주문모 신부가 십자를 그으며 말했다. 온통 눈물성사가 되어 버린 고백을 마치고 주문모 신부의 주도 아래 여섯 명이 첫 미사를 올렸다. '오늘 저희에게 일용할 양식을 주시고, 저희에게 잘못한 이를 저희가 용서하오니…….' 예수의 몸이라는 하얀 밀떡을 받아먹는 것으로 세례성사와 미사가 끝났다. 세례를 받은 여섯 명이 서로를 바라보았다. 여섯 명 사이로 온유한 기운이 흘렀다. 주문모 신부는 어둔하나마 조선말로 하느님의 사람이 된 것을 축복한다며, 아무것도 두려워하지 말고 모든 것을 천주께 맡기라고 했다. 나중에 그분의 나라에서 만나기 위해 오늘이 있는 거라고. 여섯 명은 혼자 있어도 하느님이 항상 지켜보고 있다는 주문모 신부의 말에 큰 위로를 받았다. 언제 어디서나 항상 자신을 지켜봐 주는 이가 있다는 것, 그것은 아무것도 두려워하지 않아도 된다는 말이었고, 어리광을 부리든 투정을 부리든 그분께 맘껏 의지해도 된다는 말이었다.

아버지가 비단길로 간 이후 줄곧 침울해 있던 누조할매가 처음으로 평온한 웃음을 지었다. 아들을 대신해서 죄를 고백한 것이 마음을 홀가분하게 해 준 것 같았다. 강완숙이 주문모 신부를 모시고 먼저 나간 후에, 선암이 두 하인과 함께 돌아갔다. 그들이 가고 난 후 누조할매는 나라가 환란에 빠져 있을수록 입조심을 해야 한다고 말했다. 시끄러운 세상에서 개죽음 당하지 않고 명대로 사는 길은 입조심을 하는 것뿐이라며, 전에 없이 가족들에게 입단속을 시켰다. 오랫동안 양반댁에서 상전을 모시고 살며 터득한 원칙들이지만 누조할매의 말이 크게 잘못된 적이 없어서 수리도 묘령도 고래를 끄덕여 수긍했다. 이마에 인호를 새긴 비밀이 그들을 해치게 될지 모르지만 그래도 두려워하지 말자며, 세 사람은 서로의 손을 잡고 다짐했다. 남모르는 비밀을 가진다는 게 수리에게는 가슴 뿌듯하면서도 떨리는 것이었다.

물 기운 싸늘하고
산곽은 막혔는데

나무를 하러 갔던 창수가 산속에 있는
움막을 발견했다. 동굴인 듯 나지막이 숨어 있는 움막을 어
떻게 발견했는지 창수는 그 집에 붕대를 친친 감은 사람들
이 살고 있더라고 동네방네 나팔을 불고 다녔다. 워낙 입이
가벼운 떠버리 촐싹데기였다. 창수가 모혜의 비밀을 알아
버린 건 무성한 숲에 가려져 있던 움막이 겨울 동안 앙상해
진 나뭇가지 사이로 형체를 드러낸 탓이었다. 창수는 거기
서 모혜를 보았고, 두 명의 나병 환자가 모혜의 부모임이 틀
림없다며 횡설수설했다. 창수는 모혜가 나병 환자들을 어머
니 아버지라고 부르는 걸 들었다고 했다. 마을 사람들은 뜻
밖의 사실에 놀라서 웅성거렸고, 그 때문에 모혜는 마을에
서 더 살 수 없게 되었다. 키만 컸지 철딱서니라고는 약에 쓰

려도 없는 창수에게, 그 시끄러운 입을 나불거려서 일을 키웠다고 나무랄 수도 없었다. 온 마을이 모혜의 일로 냄비 속의 죽처럼 들끓었다.

"저 사람들 갈매기 섬으로 보내야 해."

"감영에 알리러 가자. 온 마을이 문둥이 마을로 변하기 전에."

"마을 사람들을 감쪽같이 속인 모혜를 그냥 둬선 안 돼."

"그사이 병을 옮겼으면 어쩌지?"

모혜의 가족을 갈매기 섬으로 보내자는 말을 듣고 수리는 눈앞이 캄캄해지는 것을 느꼈다. 한번 떠나면 다시는 돌아오지 못하는 곳이었다. 갈매기 섬에는 배도 다니지 않고 뭍에서 떨어진 거리가 흑산만큼 먼 곳이었다. 아직 아무도가 보지 못한 섬이어서 무성하게 소문만 떠도는 곳이었다. 어느 어부는 섬 주위에 바다 요괴가 살고 있어서 배가 지나가면 아름다운 노래로 어부를 홀려서 바닷속으로 끌고 간다 했다. 또 다른 어부는 고기잡이를 하러 갔다가 사람을 잡아먹는 식인상어가 떼로 몰려다니는 걸 보았다며 겁을 주기도 했다.

사람들이 떼를 지어 수리의 집으로 몰려왔다. 누조할매는 모혜가 나병에 감염되지 않았기 때문에 괜찮다고 했고 수리는 그냥 이대로 살게 해 달라고 애원했다. 마을 사람들은 온 마을을 문둥이 소굴로 만들 거냐며 수리의 애원을

들은 척도 하지 않았다. 모혜는 할 말이 없다는 듯 고개만
푹 숙이고 있었다. 마을 사람들은 모혜를 받아 주기는커녕
모혜와 가까이 지낸 수리 가족들까지 갈매기 섬으로 보내
야 한다고 아우성이었다. 몸속에 나쁜 균이 있는지 없는지
버선처럼 뒤집어서 보여 줄 수 없어서 모혜를 잡지 못했다.

　수리는 모혜의 손목을 잡고 사냥꾼들이 쉬었다 가는 산
장으로 몸을 피했다. 그래 봤자 거친 파도 같은 마을 사람
들의 의심과 분노를 잠재우지 못한다는 걸 알지만 수리는
모혜에게도 마음의 준비를 할 시간이 필요하다고 생각했다.
자신이 할 수 있는 일이 고작 마을에서 쫓겨나게 될 모혜와
함께 있어 주는 것뿐이었다. 모혜는 말도 하지 않고 수리가
소쿠리에 담아 온 밥도 먹지 않고 그냥 무릎 사이에 얼굴만
파묻고 있었다. 수리는 그녀의 머리를 쓰다듬으며 말했다.

　"거기까지 같이 가 줄까?"

　"마음은 고맙지만 애쓰지 않아도 돼."

　"어쩌려고?"

　"미안하다고 사과하고 떠나려고. 갈매기 섬에서 엄마 아
버지와 함께 살 거야."

　"정말 그러고 싶어?"

　"엄마도 아버지도 건강이 안 좋아. 두 분 떠나시는 걸 내
가 지켜 줘야지."

　"기다릴게. 꼭 돌아와."

모혜가 고개를 끄덕였다. 길쌈을 가르쳐 주고 손녀처럼 보살펴 준 누조할매와 묘령을 속인 게 너무 미안하다며, 대신 그 말을 좀 전해 달라고 했다. 두 사람의 얼굴을 태연하게 바라볼 자신이 없다며 손바닥으로 얼굴을 가리고 한참 울었다. 언젠가 이런 날이 올 줄 알았지만 그동안 친하게 지낸 사람들을 두고 떠나는 것이 너무 슬프다고 했다. 수리는 모혜의 등을 안아 주었다. 산장에서 함께 밤을 보냈다. 두 번 다시 오지 않을 밤이어서 더 애틋했다.

"나중에 다시 만나서 오래오래 같이 살자."

"그러자. 헤어져도 우리의 영혼은 하나니까."

"이렇게 떠나는구나. 언제까지나 이 마을에서 살고 싶었는데."

"내 마음을 너에게 줄게. 함께 가면 덜 외로울 거야."

수리는 꽉 쥐고 있던 주먹을 모혜의 손안에 쥐어 주었다. 울면서 웃는 모혜의 젖은 얼굴이 가슴 미어지게 고왔다. 어지러운 환란이 그치고 나면 사모관대와 족두리를 쓰고 모혜와 혼인하려 했다. 그 약속을 두고 모혜가 다시는 돌아오지 못할 길을 떠난다는 사실이 믿기지 않았다. 영원히 만나지 못하게 될지 모르는 이별을 앞두고 두 사람은 서로를 말없이 바라보았다. 모혜의 눈시울이 붉어졌다. 수리가 그녀의 귀에 나지막이 속삭였다. '네 노래, 잊지 못할 거야.' 두 사람은 서로를 꼭 껴안은 채로 잠들었다.

모혜가 일찌감치 깨어서 산을 내려갔다. 달을 바라보다 잤는데 눈을 뜨니 아침이었다. 수리는 서둘러 산을 내려갔다. 묘령이 어디서 잤느냐고 캐물었다. 수리는 그 말에 대답하지 않고 밥만 먹었다. 더 묻지 않고 한숨만 내쉬던 묘령이 모혜가 마을을 떠난다고 했다. 예고된 결말이어서 놀랄 것도 없는데 수리는 참을 수 없는 분노가 끓어오르고 눈물이 비어져 나와 주먹으로 벽을 마구 쳤다. 누조할매는 그런 몹쓸 병에 걸리는 것도, 마을에서 쫓겨나는 것도, 명대로 못 살고 죽는 것도 모두 팔자소관이라며 아쉬워도 어쩔 도리가 없다고 했다. 어제 집에 있었으면 밤도 못 지내고 쫓겨났을 거라며 혀를 찼다.

"모질다 해도 사람만큼 모진 짐승이 없어."

모르고 살 때는 아무렇지 않게 잘 지내다 갑자기 다른 얼굴로 쳐들어온 것이, 창을 겨누고 달려드는 적군을 보는 것 같더라고 했다.

"정말 때려죽일 셈인지 돌을 들고 몰려왔더라."

화가 난 누조할매가 그 돌로 어디 나를 한번 쳐 보라고 나섰다. 그제야 마을 사람들이 목소리를 낮추며, 몹쓸 병을 가진 사람을 가까이 두면 온 마을에 병이 번질 것 아니냐며 멀리 보내자고 하소연했다. 그러자 누조할매는 옮길 병이었으면 모혜는 태어나자마자 바로 죽었을 거라고 했다. 지금까지 멀쩡하게 살아 있는 걸 보면 하늘의 뜻인 걸 모르겠느냐고 나무라서 돌려보냈다. 그런다고 그게 해결책이 아녀서 그들이 아침에 다시 몰려왔다. 누조할매가 참지 못하고 원망을 퍼부었다.

"우째 그리들 매정하니껴. 참말로 너무하니더."

모혜를 몰아내자고 목소리를 높이던 사람들이 포도청으로 몰려가서 모혜의 가족들을 멀리 쫓아 달라고 청했다. 누조할매는 누구 편도 들지 못하고 혀만 찼다. 마을 사람들은 모혜는 물론이고 수리의 가족들까지 쫓아내야 한다고 목소리를 높였다. 누조할매는 바깥에서 어떤 소란이 일건 남의 일인 듯 초연했고, 묘령은 모혜가 나병 환자의 딸인 것을 전혀 몰랐다고 변명했다. 모혜는 마을을 떠날 결심을 한 듯 부모님을 모시고 오겠다며 산으로 갔다. 포졸들이 갔을 때 그들은 떠날 준비를 마치고 움막까지 깨끗이 태운 후였다.

모혜가 수리의 가족과 밥상에 함께 앉는 것도 꺼리고 잠도 같이 자지 않으려 할 때는 그녀가 깔끔해서 그런 줄만 알았다. 그게 수리 가족을 배려한 마음인 것을 몰랐다. 모혜는 항상 제 밥그릇과 숟가락을 갖고 다녔고, 아무리 늦은 시간이어도 기어이 선암의 문간방으로 돌아갔으며, 사람들과 섞여서 얘기도 하지 않았다. 좀처럼 남들 앞에 나서지 않는 그녀를 보고 사람들은 얌전하다 말씨가 곱다 행동이 바르다 하며 며느릿감으로 점찍는가 하면 후처로 들이고 싶어 했다. 떠들썩한 소란 가운데에도 사람들이 모혜를 함부로 대하지 못한 것은 그 뒤에 선암이 떡하니 버티고 있기 때문이었다. 마을 사람들이 빨리 떠나라며 돌을 던지고 멸시할 때도 선암은 사람들에게 쫓기는 그들을 위로해 주었다.

"사람들이 떠나는 것을 원하니 붙잡지 못하겠구나. 어디에 살건 하느님의 자식인 것을 잊지 말거라."

모혜의 아버지는 그동안 돌봐 준 은혜에 보답도 못하고 폐만 끼쳤다고 몇 번이나 고개를 숙였다. 행동을 조심하지 않아서 부모님이 산속에도 살지 못하고 섬으로 쫓기게 되었다고, 자신을 원망하는 모혜를 선암이 조용히 달랬다.

"네 탓이 아니다. 언젠가는 알게 될 일이었다. 시기를 조금 앞당긴 거라고 생각하자. 이왕 참고 사는 것을, 부모를 위해서나 너를 위해서나 보고 싶어도 꾹 참아야 한다고 그렇게 일렀거늘."

"말씀을 지키지 못했습니다."

"어린 나이에 부모와 떨어져서 사느라 너도 고생이 많았다."

"나리, 갈매기 섬에서 자유롭게 살래요."

"내 너의 경솔함을 나무라긴 했다만 이것은 예고된 소란이었고, 언젠가 한 번은 겪어야 할 일이었느니라. 더 이상 숨어 살지 않아도 되니 다행이지 않으냐."

선암은 하나의 몸에 수많은 지체가 있고 그 지체가 모두 하나인 것처럼, 어버이와 자식 또한 그와 마찬가지라고 했다. 어디에 살든 병고에 시달리는 가엾은 부모를 사랑하며 살아야 한다고. 천주께서 모혜를 나병 환자들의 자식으로 낳으실 제 그들을 도우며 살라는 계시를 준 것이라는 선암의 말이 가슴을 두드렸다. 병으로 고통받는 저들이 너무 가여워서 하늘이 모혜라는 아이를 보낸 거라고.

"명심하겠습니다, 나리."

몸의 지체에 관한 부분은 수리도 「코린토」에서 읽은 글이었다. 귀나 눈이 서로 몸에 속하지 않는다고 주장한다 해서 몸에 속하지 않는 것이 아니라는 성경 구절이었다. 모혜는 시간이 지나면 많은 것을 잊고 말겠지만 선암의 가르침과 수리 가족들이 베풀어 준 사랑은 영원히 잊지 않겠다고 했다.

"나리, 평안히 계십시오. 길쌈을 다 배우지 못하고 가는 것이 가장 안타깝습니다. 누조할매가 가르쳐 주신 대로 고운 베를 짜서 나병 환자들에게 옷을 지어 주고 베 짜는 법을 가르치겠습니다."

"네 각오가 기특하구나. 그 외로운 섬에 너처럼 고운 천사가 살고 있는 것을 내 언제까지나 기억하마."

선암은 남은 생을 나병 환자들과 함께하겠다는 모혜의 결심을 칭찬해 주었다. 어디에 살든 자신이 옳다고 믿는 것을 행하는 것은 진정으로 용기를 필요로 하는 것이고, 사랑만이 그 일을 가능하게 한다며 선암은 모혜에게 힘과 용기를 실어 주었다. 산에서 내려온 모혜의 부모에게 묘령이 두툼한 솜옷과 흰 모시적삼, 무명옷 등을 듬뿍 싸 주었다.

벽장에 쌓아 두었던 옷이었다.

마을 사람들이 당산나무 아래 모였다. 의논할 것도 없이 모혜가 떠나기로 했다고 선암이 마을 사람들을 안심시켰다. 그래도 모혜가 걱정은 되는지 갈매기 섬이 살 만한 곳인지 묻는 사람도 있었다. 선암이 관아로 가서 나병 환자들에게 양식을 넉넉하게 내주고, 겨울을 따뜻하게 지내도록 집도 새로 지어 주겠다는 약속을 받아 냈다는 말에 모두들 환호성을 질렀다. 새 옷을 갖춰 입은 그들에게 마을 사람들이 주먹밥이나 과일, 엿 같은 것을 주었고, 어떤 이는 콩과 깨 같은 곡식을 주기도 했다. 병이 무서워서 쫓아내긴 하지만 사람이 미워서 그런 건 아니라며 눈물짓는 사람도 있었다.

배가 준비되었다는 연락이 왔다. 일이 너무도 빠르게 진행되어 숨이 가쁠 지경인데도 새로운 곳으로 가는 설렘과 긴장 때문인지 모혜의 순한 얼굴에 전에 없이 단호한 기운이 서려 있었다. 관아에서 내어 준 배에 짐을 실었다. 짐이라고 해 봐야 마을 사람들이 십시일반으로 모아 준 양식 몇 자루와 젖을 뗀 강아지 두 마리, 암탉 수탉 한 쌍, 짚신 몇 켤레가 고작이지만 묘령이 준 물레와 한 소쿠리의 누에씨, 낡은 베틀까지 합쳐 놓으니 배가 한 가득이었다. 모포를 두른 모혜의 부모가 먼저 배에 오르고 다음에 모혜가 오른 다음 사공이 노를 저어 포구를 떠났다. 돌을 들고 몰려올 때가 언제인가 싶게 모두들 모혜의 가족에게 손을 흔들어 주었다.

수리는 앞날을 기약하지 못하는 이별 앞에 허탈해지는 마음을 어쩌지 못하고 산으로 올라갔다. 모혜의 부모가 살던 산속의 움막은 불에 타 버렸고 협곡 사이에 공허하게 비어 있는 공간이 손수건처럼 놓여 있었다. 그리고 거기, 움막이 타 버린 검은 흙더미에 보라색 꽃이 하나 피어 있다. 눈을 시리게 하고 가슴을 옥죄며 처연하게 피어 있는 도라지꽃을 보고 수리는 온몸이 굳었다. 먹기 위해서가 아니라 꽃을 보기 위해 심은 것이라던가. 그 도라지가 여름산 겨울산을 살다 때를 모르고 철없이 꽃을 피웠다. 협곡의 바람이 훈훈했던 걸까. 모혜 어머니가 도라지꽃을 몹시 좋아했더란다. 이제 꽃을 가꾸던 이들이 떠나고 없는 산정에서 도라지꽃이 저 홀로 피어 있었다. 수리는 꼬챙이로 땅을 팠다. 고운 꽃을 피운 그것이 흰 속살을 드러냈다. 산도라지 뿌리는 땅 냄새처럼 시린 숨결을 내뿜고 있었다. 수리는 참을 수 없는 갈증으로 그 뿌리를 우적우적 베어 먹었다. 보라색 향기가 입안 가득 맴돌자 돌연 눈물이 비어져 나왔다.

산꼭대기에서는 강이 멀리까지 보여 오래도록 배가 가는 것을 볼 수 있었다.

어듸라 더디던 돌코 누리라 마치던 돌코

믜리도 괴리도 업시 마자셔 우니노라

얄리얄리 얄라셩 얄라리 얄라

미움도 사랑도 없이 무심히 날아온 돌에 맞아서 운다는 말이라던가? 꼭 박해를 당하는 사람들의 마음 같은 노랫말이었다.

갈매기 섬으로 떠나는 배를 보며 수리는 모혜가 부르던 노래를 따라 불렀다. 다시는 들을 수도 없는 노래였고, 들려줄 수도 없는 노래였다. 노랫소리가 강물을 따라 한없이 흘러갔다.

*

선암이 이삿짐을 꾸리기 시작한 날, 마종태가 감옥에 들어갔다. 책이 많아서 이삿짐을 싸는 데 시간이 많이 걸렸다. 선암은 글공부에 도움이 될 만한 책을 몇 권 골라서 수리에게 주었다. 책 몇 권으로 분원에 떼어 놓을 속셈일 테지만, 수리는 선암이 보지 않을 때 그 책을 보자기에 따로 싸서 이삿짐 사이에 끼워 넣었다. 왜 한양까지 따라왔느냐고 물으면 책을 가지러 왔다고 핑계를 댈 생각이었다.

비단길로 도망쳤던 마종태가 거지꼴로 나타난 것은 놀라운 일이지만 그가 인삼을 빼돌린 것은 더욱 의외였다. 상단에서 인삼을 훔쳤다던가? 비루먹은 똥개 꼴로 이 집 저 집 기웃거리고 다니더니 기어이 일을 내고 말았다. 소문으로는 나쁜 친구들이 그에게 누명을 씌운 거라지만 알 수 없는 일이었다.

비단길에서 돌아온 그가 수리의 집을 기웃거릴 때만 해도 개과천선한 줄 알았다. 수리네 담을 기웃거리는 꼴이 아마도 여문휘를 찾는 듯싶었다. 그 꼴이 보기 싫어서 수리는 새총에 돌을 끼워서 날렸다. 그러자 돌이 마종태의 이마를 맞췄다. 아야! 하며 주먹을 쥐고 사립문으로 들어오는 걸 또 새총을 겨누어 쫓았다. 그 정도로 아프냐고 쏘아붙였다. 당신 때문에 아버지가 죽었는지 살았는지도 모르는데 이마에 돌 맞은 게 아프냐고 마종태에게 참았던 분노를 터뜨렸다. 그러자 마종태가 혼자 식식거리며 욕을 하고 갔다.

꼬락서니로 보아 비단길은커녕 어딘가 다리 밑에서 뒹굴다 온 꼴이어서 수리 가족들은 그를 상대할 의욕을 잃었다. 어딘가에서 여문휘도 그러고 다닐 것 같았다. 아들이 돌아온 게 기뻤던지 마종태 어머니가 떡을 해서 들고 왔다. 수리의 가족에게는 상종 못할 망나니라 해도 그의 어머니에게는 둘도 없는 아들이었다. 누조할매는 그 떡을 담 너머로 던져 버렸다. 마종태 어머니가 아무 죄 없다는 건 알지만 누조할매는 아들이 집에도 못 오고 방황하고 다니는 게 가슴 찢어지게 아파서 차마 떡을 못 받는다며 고개를 저었다. 수리의 생각에도 용서하는 것과 그들이 주는 떡을 받아먹는 것은 확연히 다른 것이었다. 여문휘를 죽게 할 뻔한 죄인을 용서하는 건 용기를 필요로 하는 의로움이지만 그들이 주는 떡을 아무렇지 않게 받아먹는 것은 비굴한 짓이었다. 지금껏 돌아오지 못하고 있는 여문휘를 봐서도 먹으면 안 되는 떡이었다.

수리는 용서받기 위해서 먼저 용서해야 한다던 주문모 신부의 말을 떠올렸다. 진정한 용서는 더하고 덜하고 없이 그냥 마음으로 받아들이는 것이라던가. 전후 사정이야 어찌 되었건 마종태도 밀고자, 여문휘도 밀고자였다. 남을 원망한다고 결과는 달라지지 않았다. 먼 길을 걸어온 마종태에게 돌을 던지고 나무라지 못하는 것은, 마종태가 밀고한 여문휘는 운이 좋게 살아났지만 여문휘가 밀고한 박학수는 이미 죽고 없다는 사실 때문이었다. 죽음은 돌이킬 수 없는 것이니, 결과만 놓고 본다면 여문휘의 죄가 훨씬 컸다. 여문휘의 죄를 용서받기 위해서 먼저 마종태를 용서하자고 가족들이 마음을 모았다. 죽지 못해서 살아온 놈에게 뭐라고 해 봐야 남의 입에 오르내릴 게 뻔하니 차라리 입을 다무는 게 여문휘를 덜 다치게 할 것 같았다.

마종태가 설치고 다니자 사람들이 그를 슬슬 피해 다녔다. 아무도 자신을 상대해 주지 않는 게 섭섭했던지 술을 먹고 행패를 부리는가 하면, 아무나 붙들고 시비를 걸고, 투전판을 기웃거리기 일쑤였다.

"그렇지. 종태는 본래 저런 놈이었어."

마을 사람들은 절레절레 고개를 흔들었다. 마종태는 전

과 다름없이 무절제한 생활에 빠져들었다. 장터에도 가지 않고, 빈둥거리며 투전판만 기웃거리다 용돈이 곤궁해지면 여기저기 기웃거리고 다니며 돈을 뜯었다. 돈을 주지 않으면 밀고하겠다고 위협했다. 위협 때문에 돈을 뜯긴 사람들이 그의 요구를 더 이상 들어주지 않자 마종태가 나쁜 친구들과 어울려 다니기 시작했다. 그러다 상단에서 인삼을 훔쳤다는 도둑 누명을 쓰고 말았다. 옥에 갇힌 마종태는 자신이 한 짓이 아니라며 억울하다고 소리쳤다. 아무도 그의 말을 믿어 주지 않았다. 마종태 어머니가 상단의 행수어른을 찾아가 통사정했지만 빼돌린 인삼 값을 물어 주기 전에는 어림도 없다고 했다. 마종태를 함정에 빠뜨리고 인삼을 빼돌린 무리들이 갖고 간 것이 백미 스무 섬 값이어서 마종태 어머니가 울며 돌아왔다. 마종태 어머니가 하소연할 곳이 없어서 누조할매에게 왔지만 이렇다 저렇다 할 대꾸를 해주지 않으니 혼자서 눈물까지 보이며 하소연을 실컷 늘어놓고 갔다. 보리쌀 한 섬 정도면 어떻게 도와줄 수 있는데 백미 스무 섬 값은 진사댁 곡물창고를 털기 전에는 어림도 없는 금액이었다. 마종태 어머니가 울며불며 한탄을 하고 가자 누조할매는 어지간히 심란했던지, 저이나 나나 자식 농사 잘못 지은 죄로 눈물 마를 날이 없다고 한숨을 쉬었다.

마종태가 감옥에서 목을 맸다는 소문을 들었다. 절대로 인삼을 훔치지 않았다며 억울하다고 소리치다 옥에서 목을 맺다던가. 곧 봄이 올 텐데, 그렇게 되고 말았다. 마종태도 죽기 전에는 '억울하다'는 말뜻을 진심으로 깨닫지 않았을까. 아버지가 감옥에서 그 말을 얼마나 되풀이했을지도. 죄는 밉지만 스스로 목숨을 끊은 것이 너무 가여웠다. 마종태가 죽고 나자 그의 어머니가 마을을 떠나고 말았다. '따뜻하게 대해 줄걸.' 누조할매는 그이가 안동으로 되돌아갔을 거라며 살갑게 대해 주지 못한 걸 후회했다. 그들이 떠나고 나자 인삼을 빼돌린 사람들이 기찰포교에게 끌려왔다. 마종태는 이미 죽고 난 후여서 죄가 없다고 해 봐야 아무 소용이 없었다.

마종태 어머니가 치맛자락으로 눈물을 훔치는 모습이 하도 처연해서, 묘령은 잘 가라는 인사도 못했다. 수리는 무엇이 어디서부터 잘못되었는지 생각해 보았다. 근원적으로 따져 보면 꼭 마종태의 잘못이나 아버지의 잘못이 아녔다. 그들에게 죄가 없지 않지만 그렇다고 죽어야 할 만큼 잘못한 것도 아녔다. 없는 죄를 만들어서 멀쩡한 사람을 죄인으로 만들고 밀고자로 만든 건 관료들이었다. 죄를 물으려면 아무 죄 없는 백성을 죄인으로 만든 관료들에게 묻는 게 옳다.

*

지게에 지고 온 물을 옹기에 붓고 보니 사랑채에 당혜가 여러 켤레 놓여 있었다. 볼이 넓거나 길고 큰 신발, 작고 아담한 신발, 흙이 묻은 신발. 모여 있는 신발이 모두 열 켤레였다. 평신도 단체의 모임이 있는 날이었다. 김범우의 집을 명례방으로 쓰다 그가 유배를 가고 그곳에서 병들어 죽으며, 평신도 모임이 흐지부지되었다는 말을 들었다. 그게 안타까웠던지 선암은 자신의 사랑방을 열어서 아이들의 공부방을 겸해서 명례방으로 내놓았다. 열흘에 한 번쯤 모임을 가지지만 오늘은 특별히 지도자들이 모이는 중요한 날이어서 유씨 부인이 이틀 전부터 집들이를 겸한 상차림에 마음을 썼다. 수리는 역관의 집을 기웃거리던 김여삼이 떠올라 신발을 정지에 감추고 문을 닫았다. 댓돌에는 선암의 미투리 한 켤레가 놓여 있을 뿐이었다. 주문모 신부의 주도로 미사를 올리는 중이어서 사람이 없는 듯 조용했다. 도란도란 말소리가 들리지만 담 밖으로 새 나갈 정도는 아녔다. 목소리를 최대한 낮추었고, 문에 두꺼운 천을 드리워 빛이 새 나오지 않게 했다.

선암이 방문을 열고 밖을 살피다 수리를 발견하고는 찻물을 끓이라고 일렀다. 사랑채에 딸린 정지의 부뚜막에 화로와 주전자, 찻잔이 가지런히 놓여 있었다. 한양으로 이사를 하고도 친구들을 자주 만나지 못했다. 좋은 시절이었으면 강학회를 할 때처럼 수시로 만나서 학문을 논하고, 식사도 하고 술도 마시며 떠들썩하게 환담을 나눌 것이나, 사정이 여의치 못해서 평신도 지도자들끼리만 비밀리에 모임을 가졌다. 수리는 갓 길어 온 맑은 물을 대접 가득 담아서 방에 들여 주고 숯불을 피웠다. 방문에 발이 드리워져 있어서 누가 누구인지 얼굴을 알아볼 수는 없지만 들리는 목소리로 보아 자주 들르곤 하는 최창현과 조카사위인 황사영, 도자기 굽는 김귀동, 그리고 말이 어눌한 중국인 사제와 강완숙, 이승훈, 이벽 외에 두어 명이 더 있었다. 중국인 사제가 견진성사를 위해서 어려운 걸음을 한 거라고 여겼다. 세례성사가 어린이 과정이라면 견진성사는 어른이 되는 데 꼭 필요한 절차라고 했다.

근래 들어 저잣거리를 살피고 다니는 관아 포졸들의 움직임이 잦아지면서 모임의 횟수가 줄어든 대신 더욱 은밀해졌다. 선암이 수리에게 찻물을 끓이라고 한 것은 찻물을 끓이는 것뿐만 아니라 문밖 동정도 살피라는 암시였다. 사랑채 앞뜰에 앉아 있으면 열린 대문으로 길 저편이 훤히 보였다. 화로에 물 주전자를 얹고 불씨가 살아나게 부채질을 하며 수리는 방에서 들려오는 말소리에 귀를 기울였다. 기도를 하는지 낮은 소리로 조용히 웅얼거렸다.

"귀가, 나는 눈이 아니니 몸에 속하지 않는다고 말한다 해서, 몸에 속하지 않는 것이 아닙니다. 온몸이 눈이라면 듣는 일은 어디에서 하겠습니까? 온몸이 듣는 것뿐이면 냄새 맡는 일은 어디에서 하겠습니까? 사실은 하느님께서 당신이 원하시는 대로 각각의 지체들을 그 몸에 만들어 놓으셨습니다."

그것은 선암이 가족 기도 시간에 읽어 주던 성경 구절 중 한 장이었다. 수리는 그 글귀를 읊조리며 느티나무에 올라갔다. 삼백 살인지 오백 살인지, 나이를 알 수 없도록 오래 묵은 나무였다. 호주머니에 돌이 한 줌이었다. 느티나무의 굵은 가지가 수리를 잘 숨겨 주었다. 나뭇가지가 세 개 벌어지는 오목한 부분에 숨어서 새총에 돌을 장전하고 겨누었다. 누구든지 집을 기웃거렸다간 어디서 날아온 줄도 모르게 돌에 맞아 이마에 혹이 생길 터였다. 나무 위에 앉아 있으면 집 근처에 누가 얼씬거리는지 훤히 보였다. 망을 보는 데는 그보다 좋은 곳이 없었다. 가끔 먼 곳을 보고 싶을 때 수리는 그 나무에 올라가곤 했다. 한양에서 찾은 유일한 전망대였다. 거기 앉아 있으면 아버지가 먼 곳에서 등짐을 지고 저벅저벅 걸어올 것만 같았다. 아버지의 그 모습을 꼭 보고 싶었다. 수리가 어디에 있든 아버지는 수리를 찾아올 것이다.

담을 기웃거리는 머리통 하나가 보였다. 하나가 아니고 두 놈이어서 수리의 손이 더 바빴다. 수리는 망설임 없이 새총을 쏘았다. 아야, 하며 이마를 쥐고 고꾸라지는 걸로 보아 정확하게 맞힌 모양이었다. 새총을 단단히 겨누고 한꺼번에 두 개 세 개씩 돌을 장전해서 쏘았다. 연이어 날아오는 돌을 감당 못해서 담을 기웃거리던 머리통이 도망가기에 바빴다. 분원에서 한양으로 옮긴다고 추적을 피할 수 있는 일이 아녔다. 점점 포위망이 좁혀지는 느낌이었다.

혹시나 해서 댓돌의 신발을 감추어 둔 것이 얼마나 잘한 일인지. 포졸이 선암의 집을 기웃거린 것도 우연은 아니라는 생각이 들었다. 수리는 태연한 척 찻물을 끓이며 문밖 동정을 살폈다. 김이 솔솔 피어오르며 물이 끓기 시작할 무렵에 포졸이 집 앞을 지났다. 이번에는 저만치 가다 말고 대문으로 목을 디밀고 집 안을 살피기도 했다. 사랑채를 힐끔 돌아보고는 댓돌에 신발이 한 켤레뿐인 걸 보고 지나갔다. 그사이 선암이 한양으로 온 소식을 들은 건지. 물이 펄펄 끓을 때 볶은 녹차를 넣었다. 부채질을 멈추고 차가 우러나게 내버려 두었다. 남은 숯불에 부엌에서 얻어 온 고구마를 묻었다. 고구마가 익기를 기다리며 새총을 겨누고 내다보았다. 아니나 다를까 담을 기웃거리는 자가 있었다. 새총을 쏘았다. 아이쿠, 하는 소리를 듣고 수리는 모른 척 마당을 쓸었다. 포졸이 찌푸린 얼굴로 노려보았다. 뭐라고 한마디 할 듯 벼르다 그냥 가는 것이 두고 보자는 듯했다. 희끗희끗하게 눈이 날렸다. 한양에서 처음 맞는 눈이었다.

수리는 포졸이 염탐하고 다니는 사실을 알려 주었다. 손님들은 길게 여담을 나눌 새도 없이 서둘러 자리를 떴다. 그들을 산길로 안내했다. 늘 산을 타고 다니는 수리는 지름길과 사잇길을 누구보다 잘 알고 있었다. 한양에 이사 오고 가장 먼저 한 일이 주변지리를 익힌 일이었다. 만약을 생각해서 샛길과 지름길, 몸을 피할 만한 도피처를 미리 찾아 두었다. 중국인 신부와 강완숙, 김귀동을 배웅하고 황사영과 최창현, 이승훈이 길 모퉁이로 사라지는 것을 보고서야 돌아왔다. 설핏하게 깔린 눈으로 길이 미끄러웠다. 눈 오는 날은 빨래하는 날이라던 누조할매 말처럼 귓불을 스치는 바람도 포근했다.

오는 길에 수리는 뒤를 따르는 인기척을 느꼈다. 그림자 하나가 자꾸만 수리의 뒤를 밟고 있었다. 저벅저벅 발소리까지 내며 따라오는 걸로 보아 들켜도 상관없다는 듯했다. 발걸음 소리만으로 그 사람의 성품을 짐작하는 게 가능하다면, 지금 수리를 따르는 발소리는 뭔지 모르게 평온하고 서두르지 않는 그런 걸음이었다. 함께 달빛 속을 걷는 듯 같은 길을 걸어가는 이웃사람의 발걸음. 뭐 그런 정도로 친근해서 수리는 경계심을 늦추고 그가 어디까지 따라오는지 두고 보았다. 그림자는 수리가 돌아보면 자취를 감추고 모른 척하고 있으면 또 따라오곤 했다. 수리를 해롭게 할 생각이었으면 황사영과 이승훈이 함께 있을 때 그들을 덮쳤을 것이다. 조용한 발소리로 수리는 그가 혹시 아버지일지도 모른다는 생각이 번쩍 들었다. 아버지가 수리를 찾아서 한양까지 온 거라고 여겼다. 수리는 걸음을 멈추고 목소리를 낮추어 말했다.

"누군지 모르지만 밀고자라면 썩 물러가세요."

아무 대답이 없었다. 궁지에 몰리면 큰소리를 치게 된다 던가. 나무 뒤에 숨어 있는 그에게, 무슨 일로 미행하는지 모르지만 조금도 두렵지 않으니까 괜한 헛수고하지 말라고 일렀다. 나쁜 사람인지 좋은 사람인지 하늘이 다 지켜보고 있다고. 그는 집 가까운 곳에서 더 이상 수리를 따라오지 않았다. 수리는 그가 느티나무에 등을 기대고 서 있는 것 을 가만히 지켜보았다. 나무 같고 바위 같은 모습으로 왜 거기 그러고 서서 수리를 쳐다보고 있는지 모르지만 나쁜 사람 같아 보이지는 않았다.

아버지는 엄동설한에 어느 곳을 지붕 삼아 몸을 의지하 고 있을까.

수리가 씩씩한 걸음으로 돌아오자 선암이 등을 두드리며 고생했다고 말해 주었다. 밤공기가 차다며 방에 들어오라 는 선암을 따라 수리도 사랑방에 들어갔다. 수리가 그들을 배웅하는 동안 방은 깨끗이 정리되어 있었다.

"네가 베긴 책을 한 권씩 받고 고맙다고 했어."

그들이 수리가 베긴 『주교요지』를 한 권씩 갖고 갔다는 말에 부끄러워서 얼굴이 빨개졌다.

"글씨를 더 잘 썼으면 좋았을 텐데."

"허허허, 사영이 너를 사자관寫字官으로 임명해도 손색이 없겠다고 했어."

사자관이 뭘 하는 사람인지 모르지만 베껴 쓰든 망을 보든 선암을 위해서라면 얼마든지 할 수 있었다.

한양으로 이사 오기 전날, 수리를 그렇게도 떼어 놓으려 애를 썼지만 여전히 찰떡처럼 달라붙어 있다.

"내가 없어도 공부를 게을리하지 않을 거지?"

"소인도 나리를 따라서 한양으로 갈 겁니다. 약속했던 일 년이 되려면 아직 멀었어요."

"너까지 위험에 빠뜨리고 싶지 않아."

"제 걱정은 마시고 그냥 나리 곁에 있게 해 주세요."

"그들이 너에게 무슨 짓을 할지 몰라서 말리는 게야. 네 아버지도 고문에 못 이겨 밀고를 했다고 하지 않았느냐. 나를 쫓는 이들은 그보다 더해."

"전 아버지처럼 그렇게 호락호락 당하지 않아요. 뒷산 칡넝쿨처럼 질기게 살아남을 겁니다. 나리를 위해서."

"나를 위해서?"

"제가 끝까지 살아남아야 나리 마음이 편하실 것 아닙니까."

"싱거운 녀석!"

지난번 형제들이 한양으로 옮기라고 할 때 따라가기로 마음먹었다. 이미 알고 있던 사실인데도 선암이 천주교 신자의 집을 빌려 이사를 간다니까 왠지 모르게 가슴이 철렁 내려앉았다. 막연한 예감이었지만 궁지에 몰리고 있다는 느낌이 너무나 확연했다. 수리는 그래서 더욱 그를 떠나지 못했다. '스승님이 대체 어디까지 가시려는지.' 천주교만 아니면 남의 집을 빌려 살 이유도 없고, 달아나듯 한양으로 이사할 필요도 없는 사람이었다. 어떤 위험이 따를지 짐작되지만 그래도 수리는 끝까지 선암을 따라가겠다고 마음먹었다. 이삿짐을 옮겨주겠다며 따라나서서 눌러앉으면 그만이었다. 아직은 선암을 보낼 준비가 되어 있지 않았고, 아직은 스승님과 헤어지고 싶지 않았다. 짬나는 대로 두 집을 왔다 갔다 하다 보면 일 년이 후딱 지나갈 것 같았다. 일 년 후의 일은 나중에 생각하기로 했다. 이사는 그렇게 급하게 이루어졌다.

중인 출신의 신자가 빌려 준 집이었다. 한양에서 병자들을 고쳐 주는 의원인데 그의 손길이 스치면 병이 씻은 듯이 낫는다 하여 명의로 알려진 사람이었다. 한때 대궐을 드나들던 궁녀였으나 원인도 모르는 중한 병 때문에 대궐에서 나온 사람이었다. 병이 중해서 업혀 나왔는데 이상하게도 대궐에서 빠져나오자 병이 씻은 듯이 나았다. 누군가 신병인 것 같다고 신을 받으라고 했지만, 그녀는 강완숙의 권유로 천주교 신자가 되었다.

이사를 한 덕에 잠시 뒤쫓는 시선을 피할 수는 있었으나 별로 나아진 것은 없었다. 금교령을 발표한 이후 날이 갈수록 박해가 심해져서 교리 모임을 갖는 게 거의 불가능할 지경이었다. 곳곳에서 천주교 신자들이 잡혀갔다는 소식이 들리고, 동구 밖이나 서소문 밖, 새남터는 하루가 멀다 하고 시체가 뒹굴었다. 피 냄새를 맡고 온 독수리와 까마귀 떼들이 그악스럽게 우짖었다.

한시도 눈을 떼지 마라는 명을 받았는지, 아니면 감시가 삼엄해졌는지 예상했던 대로 다녀간 포졸이 되돌아왔다. 물이나 한 잔 얻어먹자고 핑계를 대지만 새총에 맞은 게 생각할수록 괘씸했던지 수리를 가만히 노려보았다. 새총을 쏜 사람이 수리뿐인 걸 알고 있다는 표정이었다. 수리는 그러거나 말거나 천연덕스러운 얼굴로 우물물을 길어서 그릇에 공손하게 따라 주었다. 포졸들이 물을 마시고는 집을 휘둘러보았다. 일부러 바쁜 척하며 그들이 맘껏 집을 둘러보게 내버려 두었다. 하상과 정혜는 발갛게 볼이 언 채로 마당에서 땅따먹기를 하고, 옥단은 저녁 찬거리로 땅에 묻어 두었던 무와 움파를 뽑았다. 푸른 무청과 움파의 흰 뿌리가 싱그러웠다. 애들이 손을 멈추고 포졸들을 빤히 쳐다보았다. 수리가 목소리를 낮추고 말했다.

"도련님과 아가씨가 불안해하잖아요."

포졸이 수리를 노려보며 물었다.

"돌 던진 거 네놈 짓이냐?"

"무슨 소리예요. 땔감을 한 짐이나 해 왔구만."

"아냐?"

"제가 왜요? 괜한 사람 의심하면 벌 받아요."

"혼자 계시냐?"

"나리 글 읽으시는데 방해 말고 얼른 가시라고요."

"이놈이 왜 이리 지랄이야."

"이러다 애기들 울리겠어요."

"우리는 네놈 상전이 누군지 알고 있다고."

"그럼 함부로 대하면 안 될 분인 것도 알고 있겠네요."

"꼬리가 밟히기만 해 봐라."

눈을 씻고 닦고 봐도 손님들이 다녀간 흔적을 찾을 수 없으니 싱겁긴 했을 것이다. 그렇다고 양반 댁 방문을 함부로 벌컥 열어볼 수도 없고. 그럴 줄 알고 손님들이 서둘러 돌아갔다. 세월이 하수상해서 한곳에 오래 머물지도 못한다고 안타까워하며 헤어졌다. 언제나 예전처럼 밤을 새워가며 학문을 토론할 날이 오려는지. 그 물음에 아무도 대답하지 못했다.

포졸들이 눈을 부라리며 잡으려는 사람이 바로 주문모 신부였다. 그들이 혈안이 되어 찾을수록 신부는 더 깊이 숨었다. 주문모 신부는 소리 없이 숨어 다니며 기도를 하고, 사람들과 미사를 올리고, 교리를 전했다. 주로 밤을 타서 어둠 속으로 숨어 다녔다. 날이 갈수록 신자들이 늘어났다. 강완숙은 양반들의 안방 깊숙이 숨어드는 건 물론이고 왕가의 여인들까지 만나서 세례성사를 주었다.

꼬투리 잡을 게 없는지 포졸들이 애꿎은 수리의 머리를 쥐어박으며 고구마 타는 냄새가 난다고 일러주었다. 화로에 묻어 두었던 고구마가 숯덩이로 변해 있었다. 숯덩이를 들고 포졸에게 고구마 줄까, 하고 물었더니 됐다며 수리의 손을 떨치고 갔다. 허탕을 친 포졸들이 대문을 나가며 중얼거렸다.

"사람들이 들어가는 걸 봤다고 하더만 개미새끼 한 마리 없구만. 그놈이 거짓부렁을 했나 보군."

"그놈 말을 믿을 수 있어야지. 돈밖에 모르는 놈인데."

"언제 강완숙의 집을 턴다고 하던데."

"에이, 제아무리 간이 크기로 혼자 사는 여자가 신부를 숨겨 줄까. 신부도 남자인데."

"사람 잡아먹는 악귀도 아니고. 이 짓도 못해 먹겠다."

포졸들은 혼자 사는 여자의 집에 신부를 숨기겠느냐는 생각으로 강완숙의 집을 뒤지지 않았다. 강완숙이 비록 서녀이긴 해도 양반의 자손이고, 시어머니와 아들 역시 양반이어서 포졸들이 함부로 대하지 못했다. 수리는 나무에 올라가서 주변을 둘러보았다. 나무에 앉아 있으면 포졸이 어디서 어디로 돌아다니는지, 그들의 동태를 살필 수 있었다. 또한 나무 위에서는 동네가 훤히 보였다. 고래등 같은 집이 많고, 가마 행렬도 잦고, 길을 오가는 사람들의 걸음걸이가 바쁜 것이 우선 시골 풍경과 한양 풍경의 다른 점이었다. 다들 또록또록한 얼굴로 눈을 빛내며 잘도 살고 있건만 어째서 수리의 가슴만 이리도 복잡한 것인지. 이즈음 들어서는 밤에 잠을 설칠 만큼 뭔지 모르게 마음이 불안했다. 그게 어두운 마당에서 달을 보며 서 있던 선암의 뒷짐 진 모습 때문인지, 도무지 알 수 없었다. 수리는 어두운 마당을 서성이는 선암의 뒷모습을 볼 때마다 마음이 타들어가는 느낌이었다. 그럴 때 수리는 혼자 외치곤 했다. '나리 그만 멈추세요. 더 나가시면 절벽입니다.' 그런 수리의 마음을 아는지 모르는지, 선암은 뒷짐을 지고 달만 바라볼 뿐이었다. 오래 마음에 남아 있을 것 같은 모습이었다.

고요한 하늘에
질풍이 일어나

고갯마루에서 수레를 끌고 오는 임대인을 보았다. 솔가지로 허술하게 덮어 둔 그것. 수리는 그것이 무엇인지 금방 알아챘다. 선암과 대인이 헛간에서 땀을 흘리며 만들었던 고리짝이 떠올랐다. 비밀을 안다는 게 이래서 괴로운 것인지. 그것은 선암이 직접 쓴 『주교요지』, 백여 권이 넘는 교리서, 성상, 연수목으로 만든 십자가와 주문모 신부에게 받은 편지, 선암의 일기장 등이 가득 들어 있는 고리짝이었다. 그동안 조선이 일구어 놓은 천주교 역사의 전부나 다름없었다. 본격적인 박해가 시작되며 선암이 신자의 집에 숨겨 두었던 고리짝을 또 다른 곳으로 옮기려던 참이었다. 포위망이 점점 좁아지고 있었다. 대동강물도 풀린다는 우수였다.

수리의 눈에도 그것이 너무 허술해서 금방 알아챌 정도

인데, 삼엄한 경비를 뚫고 어떻게 옮기려는지 걱정이 앞섰다. 대인의 수레를 빼앗아서 태워 버리면 어떨까 하는 생각이 들었다. 마침 폭풍전야처럼 바람도 고요한 날이었다. 고리짝을 태워 버리면 선암이 그것 때문에 마음 졸일 일도 없고, 포졸들에게 잡혀갈까 봐 걱정하지 않아도 될 것 같았다. 고리짝이 불에 타는 상상을 하자니 밀고자에게 강완숙이 하던 말이 떠올랐다.

'하늘이 내려다보신다.'

그렇다 해도 고리짝을 태우는 상상은 숨길 수 없는 유혹이었다. 갑자기 조급한 마음이 든 수리가 서둘러 산을 내려갔다. 수레를 끌고 오는 임대인의 앞을 가로막았다. 그가 깜짝 놀랐다며 가슴을 쓸어내렸다. 수리는 빈 지게를 지고 수레를 따라갔다. 대인이 돌아보며 왜 따라오느냐고 물었다. 수리는 혼자 가면 심심할 거 아니냐며 수레의 나뭇단 위에 냉큼 올라앉았다. 사람 좋은 대인이 싱거운 녀석이라며 피식 웃었다. 소처럼 순하고 무던하고 일 잘하는 사람. 그는 지금 웃고 있지만 편하게 웃는 얼굴이 아녔고, 둥글넓적한 얼굴에 긴장의 빛이 역력했다. 순하면서도 한편으로는 우둔해 보이기도 하는 대인의 무던한 등짝을 쳐다보며 수리가 물었다.

"아저씨, 이걸 태워 버리면 어떻게 될까요?"

"뭘 태워?"

"수레에 실려 있는 것 말예요."

"이걸 태운다고?"

"아저씨는 그럴 때 없어요? 무엇이든 확 저질러 버리고 싶은 그런 때 말예요."

"우리처럼 천한 놈들이 왜 그런 날이 없겠냐마는 그래도 이 수레에 실려 있는 건 안 돼."

"어째서요?"

"왜냐하면, 나리께서 소중히 여기기 때문이지."

"아저씨에게도 소중해요?"

"나야 뭐. 나도 신자니까 소중하지."

"목숨을 버릴 만큼?"

"잘 모르겠다. 생각을 안 해 봐서."

"아저씨, 저는 나리께서 이것 때문에 험한 일을 겪게 될까 봐 염려가 돼요."

"그렇다고 해도 저건 못 태워. 정말 그랬다가는 천벌을 받을 거야."

"정말 천당 지옥이 있을까요?"

"나중에 죽어서 가 보면 알겠지."

수레가 덜컹거릴 때마다 수리도 덩달아 흔들렸다. 하늘도 구름도 나무도 수레를 따라 움직였다. 장터로 가는 보부상들이 왁자하게 떠들며 지나갔다. 늙은 농부가 기다란 곰방대를 뻑뻑 빨아 대며 이랴이랴, 하며 짐을 실은 달구지를 몰았다. 수리는 똥통을 싣고 가는 늙은 농부의 수레에 짐을 옮겨 실으면 어떨까 하는 생각을 해 보았다. 제아무리 의심 많은 포졸이어도 봄 거름으로 쓰려는 똥통과 짚덤불을 뒤지지는 않을 테니까. 대인은 나무를 해 오는 길인 것처럼 늙은 농부와 잡담을 나누었다. 보부상들의 걸쭉한 입담에 아침부터 웃음꽃이 피었다. 그들이 가는 곳에는 언제나 그렇게 이야깃거리가 많은지. 갈림길에서 그들과 헤어졌다. 이러다 순찰을 도는 포졸에게 들키면 어떻게 될까? 선암은 어떻게 되고 짐을 옮긴 사람은? 짐 속에 선암의 일기장이 들어 있다는데 그것만이라도 숨기면 적어도 땅콩줄기처럼 줄줄이 엮여 들어가는 일은 없지 않을까. 그것보다 만약 선암이 어떻게 되더라도 나중에 아버지가 무엇을 위해 어떻게 살다 갔다고 하상과 정혜에게 말해 줄 만한 표징이 하나쯤 있어야 할 것 같았다. 수리는 바싹 마른 침을 삼키며 말했다.

"아저씨, 만약 말예요. 그럴 리가 없겠지만 이걸 싣고 가다 걸렸다 쳐요. 포졸이 아저씨에게 배교를 하면 살려 주겠다고 하면 아저씨는 배교를 할 건가요, 아니면 순교를 할 건가요?"

"에이 녀석, 닥치지도 않은 일을 왜 걱정해. 무서워서 배교를 하게 될지 어떨지 내 마음을 나도 모르겠다."

수리는 고갯마루에서 좀 쉬어 가자고 졸랐다. 개 바위만 넘으면 황사영의 집으로 가는 길목이었다. 근래 들어 부쩍 경비가 삼엄해지고 포졸들의 발길이 잦았다. 내색은 않지만 대인도 심란하긴 마찬가지여서 담뱃대에 연초를 가득 채워 넣고 담배를 피웠다. 아직 이렇다 할 조짐은 보이지 않지만 폭풍 전야처럼 조용한 것이 오히려 불안을 더했다. 수리는 나뭇단에서 벌떡 일어나 앉으며 말했다.

"아저씨, 이거 숲 속에 구덩이 파서 묻어요."

"안 돼. 그러다 나중에 들통이 나면 어쩌려고."

"지금 이걸 갖고 가다간 백발백중이에요. 포졸들이 기웃 거리는 거 보면 몰라요? 모르긴 해도 잡히면 나리만 당하지는 않을걸요."

"설마 죽이기야 하려고."

"역률로 다스린다고 했잖아요. 가족도 살아남지 못해요."

"역률이라……."

"일단 살고 봐야죠. 땅에 묻으면 가장 안전해요. 세상이 조용해지면 그때 파내면 되잖아요."

"나 참 수리야, 이걸 어디에 파묻는다고 이랴?"

"죽음의 계곡에 묻으면 돼요. 거기 나병 환자들이 살던 곳이라 아무도 얼씬거리지 않잖아요."

대인의 얼굴에 고민이 역력했다. 그가 생각하기에도 고리짝을 싣고 고을의 중심을 가로지르는 게 무리한 행군이긴 했다. 게다가 요즘은 마차 속까지 뒤진다지 않는가.

"고리짝만 숨기면 여러 사람이 편할 것 같아요."

"그래서 숨기러 가잖아. 어린 녀석이 웬 걱정이 그렇게 많

아. 하늘 무너질까 무서워서 어떻게 살아?"

일부러 태평스럽게 말하지만 그의 얼굴에 긴장의 빛이 역력했다. 다른 건 몰라도 고리짝만 없어도 선암과 그의 형제들, 친구들, 신자들이 땅콩줄기처럼 줄줄이 엮여 들어가는 일은 없을 것 같은데, 대인이 꿈쩍도 하지 않았다. 곧이곧대로 사는 사람. 너무 정직해서 답답한 사람. 저렇게 착한 사람에게 나쁜 일이 생기면 그건 하느님의 실수가 될 거라고 수리는 협박하듯 하늘을 노려보았다. 선암이 명도회 회장이어서 주목하는 눈이 더 많고, 연결되어 있는 사람도 그만큼 많았다. 마음 같아선 모혜의 부모님이 살았던 곳으로 수레를 끌고 가서 도라지꽃이 피던 밭둑에 고리짝을 묻어 버리고 싶었다. 본래대로 땅을 다듬어서 이끼로 덮어놓으면 누가 알 거라고.

대인이 담배를 끄고 수레를 끌기 시작했다. 죽을 때 죽더라도 맡은 일을 책임감 있게 수행하는 것도 훌륭한 일이 될 거 아니냐며, 나머지는 운명에 맡기겠다고 했다. 괜히 꼼수 부리다 들키면 속 보이고, 죽어서 하느님을 만나도 민망할 거 아니냐며 그냥 시키는 대로 하겠다고 했다. 수리는 참다못해 한마디 쏘아붙이고 말았다.

"아저씨도 주변머리가 없어서 참 고생이 많겠어요."

"녀석, 말하는 것 보게. 하인 주제에 주인이 시키는 대로 해야지 어쩔겨."

"유비나 조조라면 비록 하인이라 해도 악의 무리를 통쾌하게 따돌렸을 거예요."

"어쩌겠냐. 난 유비도 아니고, 머리 좋은 조조는 더욱 아닌걸. 허허허!"

"웃음이 나니 다행이네요. 주먹밥이나 드세요."

수리는 챙겨 온 주먹밥을 꺼내어 대인에게 나누어 주었다. 대인은 참깨와 참기름, 산나물을 넣어서 뭉친 주먹밥을 받아서 입으로 가져갔다. 걸으면서 먹을 수 있는 게 주먹밥이어서 그는 천천히 수레를 끌며 밥을 먹었다. 세상에 밥보다 사람을 행복하게 해 주는 게 또 있을까. 좀 전까지 초조해서 미간에 주름이 잡혀 있던 대인의 얼굴에 미소가 어려 있었다. 나중에 큰 상인이 되어 돈을 많이 벌면 다른 건 몰라도 주먹밥은 실컷 먹게 해 주겠다니까 늙어서 굶어 죽을 걱정 없으니 말만 들어도 고맙다고 했다. 주먹밥을 맛있게 먹는 그에게 조심해서 다녀오라고 했다. 대인은 산짐승 밥이나 되지 말라고 했다.

"땔감 하러 간다며. 빨리 꺼져, 인마."

"조심하세요. 포졸에게 걸리면 다 버리고 도망가세요. 알았죠?"

갈림길에서 헤어졌다. 대인이 사람 좋은 얼굴로 허허 웃으며 수레를 끌고 갔다. 조심해서 다녀오라니까 대인이 말없이 고개를 끄덕였다. 거짓말을 못하는 대인의 순한 얼굴에 그늘이 졌다. 수리는 서둘러 산으로 올라갔다. 당장 지게 벗어 던지고 수레를 따라가는 게 좋지 않을까 고민했다. 자신이 간다고 포졸이 보고 모른 체할 리도 없지만 자꾸만 마음이 불안했다. 땔감을 찾다 말고 나무에 기대어 넋을 놓고 있자니 대여섯 걸음 앞에서 털썩 주저앉는 그림자가 보였다. 언제 따라왔는지. 딴생각하느라 그가 따라오는 것도 몰랐다. 괜히 부아가 치밀어 솔방울을 집어 그를 향해 던졌다. 두 개 세 개 네 개. 미웠다. 괜히 그가 미워서 왜 자꾸 따라다니느냐고 소리를 지르고 화풀이라도 하고 싶었다. 수리가 솔방울을 던지건 말건 그림자는 그냥 나무 뒤에 가만히 앉아 있었다.

"나리가 잡혀갈까 봐 걱정이 되어 죽겠어."

세상이 시끄러울 때는 산보다 좋은 피난처가 없었다. 스님들이 왜 산에 묻혀 사는지 알 것 같았다. 선암도, 대인도, 주문모 신부도, 강완숙도, 죽음을 각오하는 모든 천주교 신자들이 너무 미련하고 답답해 보여서 가슴이 터질 것 같았다. 천주교가 뭐기에 목숨을 바쳐 가며 지키려는지. 수리에게는 악의 무리에게 쫓기는 그들이 산불에 갇힌 산짐승 같았다. 산불이 나면 서둘러 피하는 게 좋은데. 산불이 꺼질 동안 잠시 뒤로 물러서 있으면 안 되는 것인지.

수리는 나무 뒤에 숨어서 따라다니는 그가 어떤 사람인지 알아볼 겸해서 나무 밑에 주저앉아서 주먹밥을 꺼냈다. 주먹밥을 낙엽에 담아서 그가 숨어 있는 곳과 수리가 앉아 있는 곳 중간쯤에 갖다 놓았다. 수리는 돌아앉은 채로 말했다.

"주먹밥 하나 드릴게요. 혹시 우리 편이면 제가 주는 주먹밥을 드시고 아니면 관둬요. 우리 편이란 남을 해칠 생각이 없는 사람, 누에처럼 남에게 이익을 주는 좋은 사람을 말하는 거예요. 과거에 실수로 남을 해롭게 한 일이 있다 해도 진심으로 잘못을 뉘우쳤으면 주먹밥을 드셔도 돼요."

주먹밥을 가져가는지 발소리가 들렸다. 수리는 발소리를 듣고도 돌아보지 않았다. 그가 나쁜 마음을 먹고 뒤에서 돌로 내리친다고 해도 어쩔 수 없는 일이었다. 주먹밥을 다 먹고 꼴망태를 들고 일어서며 봤더니 주먹밥이 없었다. 밀고자가 아녀서 다행이었다. 밀고할 생각이었으면 그대로 관아로 달려가면 되지 수리 따위를 쫓아다닐 턱이 없었다. 뛰어가서 누군지 확인해도 되지만 수리는 가만히 내버려 두었다. 그가 만약 아버지라 해도, 아무렇지 않게 만날 자신이 없었다. 누조할매와 묘령이 날마다 밥을 떠 놓고 돌아오기를 기다리지만 아직은 아녔다. 그냥 비단길에서 돌아온 것처럼 태연하게 행동했으면 못 이기는 척 받아 주었을까. 수리는 뒤를 돌아보며 말했다.

"어째서 내 뒤를 밟는지 모르지만, 밀고 같은 걸로 남을 해칠 생각은 꿈에도 하지 말아요. 우리 할머니와 어머니는 내가 없으면 살지 못해요."

나무 뒤의 그림자는 움직이지도 않고 대답도 없었다. 아무래도 아버지가 돌아온 것 같았다. 아들 앞에 선뜻 나설 자신이 없어서 저렇게 뒤를 따라다니는 거라고 생각하니 어쩐지 등 뒤가 든든해지는 느낌이었다. 수리는 그가 아버지가 틀림없다고 믿으며 말했다.

"아버지가 억울하게 당했고 운이 없었다는 걸 알지만, 그래도 아직은 만나고 싶지 않아요. 그냥 화가 나요."

나무 뒤에 숨은 그림자는 아무런 대답이 없었다. 그동안 가슴에 쌓아 두었던 원망과 미움, 그리움 같은 것이 비누거품같이 끓어올랐다. 참았던 감정이 터져 나오며 저도 모르게 목소리가 떨렸다. 아버지 때문에 온 가족이 얼마나 많이 괴로웠고 많이 보고 싶었는지 아느냐고 쏘아붙이려는데, 대뜸 눈물까지 비어져 나오며 엉뚱한 말이 튀어 나갔다.

"세례성사를 받으면 고백성사를 받을 수 있어요. 신부님에게 죄를 고백하면 그분이 하느님을 대신해서 잘못을 용서해 주신대요. 박학수라는 분…… 그분 어머님이 선산에 묻어 두었대요. 그분 아이가 두 명인데 아내가 노비가 되었어요. 이미 죽은 사람이긴 하지만 친구 분께 먼저 용서를 빌어야 하잖아요."

반드시 잘못을 빌고 돌아와야 한다고 일렀다. 꼭 그렇게 해야 한다고. 수리의 말을 듣고 있는지 어쩌는지 그는 움직이지 않았다. 어쩌면 울고 있는지도 모른다고 생각했다. 그

가 진심으로 잘못을 뉘우치고 깨끗한 사람이 되어서 돌아오
기를 빌었다. 정말 신이 있다면, 천주가 정말 사람의 아들이
고 사람을 사랑한다면, 당신 때문에 괴로움을 당한 아버지
의 잘못을 용서해 줄 거라고 믿었다. 아버지는 운이 나빠서
느닷없이 날벼락을 맞은 것뿐이었다, 그렇다고 해도 죽은 친
구에게 사과를 하는 게 옳다 이르고 수리는 산을 내려왔다.

나무 뒤에 숨어 있는 그가 아버지든 아니든 상관없었다.
속에 있는 말을 다 하고 나니 후련했다. 속이 후련하니 아
버지를 용서할 마음이 조금 생겼다. 그림자처럼 따라다니
는 그가 가엾어서 이제 돌아와도 좋다고 말하고 싶은데 그
게 마음대로 되지 않았다.

수리는 가슴에 품고 온 선암의 일기장을 비단에 싸서 느
티나무 아래 묻었다. 세상이 발칵 뒤집혀도 일기장만은 죽
은 듯이 자고 있어야 했다. 그것 때문에 돌이킬 수 없는 일
이 생긴다 해도 어쩔 수 없었다. 지금 수리가 바라는 것은
들통이 나서 고리짝을 내주더라도 일기장만은 어느 누구
도 몰라야 한다는 것이다. 대인이 소변을 보러 간 사이에
감추었기 때문에 그가 선암의 일기장에 대해서 털어놓을 일
은 없다고 자신했다. 자백은 자신이 알고 있는 것만 털어놓
게 되어 있으니.

헛간에 장작을 쌓고 있자니 옥단이 숨을 헐떡이며 뛰어
왔다. 얼굴이 하얗게 질려 있는 것으로 수리는 벌써 사태를

짐작해 버렸다. 무슨 일이냐고 물었더니 옥단이 큰일 났다며 울먹였다. 어떻게 된 일인지 자세히 말해 보라니까 대인이 포졸들에게 끌려갔다고 했다.

"대인이 잡혔대."

"어쩌다?"

"순찰 포졸에게 걸렸나 봐."

"어떡해요? 나리는 어디 계세요?"

"외출하시고 아직 안 돌아오셨어. 포졸들이 곧 들이닥칠 텐데, 이제 어떡하니?"

다리에 힘이 풀려 주저앉으려는 걸 억지로 참았다. 갑자기 눈앞이 흐려지고 귀가 먹먹해지는가 싶더니 사위가 조용해졌다. '뭘 해야 하지?' 그림자처럼 따라다니는 사람이 마음에 걸렸다. 만약 그가 밀고를 한 거라면? 그럴 리가 없다는 걸 알면서도 땅바닥에 내동댕이친 얼음처럼 산산이 부서진 믿음이 수리의 마음을 마구 찔러 댔다. 간신히 입을 뗀 수리는 대인이 어디로 가더냐고 물었다. 쇠사슬에 결박되어 옥으로 끌려가는 것을 본 사람이 전해 주더라고 했다. 장안에 소문이 퍼져 온통 술렁거린다고 했다.

"누가 밀고를 한 건 아닐까요?"

"그건 아닌가 보더라. 수레에 고기를 싣고 가는 줄 알고 뒤졌대."

"대인 아저씨 고생이 심해서 어떡해요?"

옥단이 한숨을 쉬며 말했다.

"길 나설 때 벌써 예감했던 것 같더라. 마지막일지도 모른다며 뒷일을 잘 부탁한다고 하더만."

"왜 마지막이에요. 배교만 하면 목숨은 건질 수 있는데."

"그런 주변머리가 없는 사람이니 하는 말이지."

"그럼 이대로 죽게 내버려 둬요?"

"어쩌겠냐. 그대로 가겠다는데. 그게 자기 길이라는데."

수리와 옥단은 할 말을 잊었다. 그들은 이미 알고 있었다. 어느 때고 이런 날이 오리란 걸. 그리고 이게 끝이 아니라 임대인을 시작으로 얼마나 큰 폭풍이 불어닥칠 것인지, 어떤 끝이 기다리는지. 그래서 그들은 더 말을 이을 수 없었다. 결말을 알고 있으면서도 걸음을 멈추지 못하는 사람의 가슴에 어떤 각오가 들어 있는지 알고 있기에. 옥단은 치맛자락으로 눈물을 닦고 있었다. 그녀의 흐느낌이 높아졌다.

"죽이면 차라리 편한데, 죽이지도 않고 오래 괴롭힐 모양이더라. 천주교 신자를 아는 대로 다 말하라고."

선암은 아직 돌아오지 않았다. 그가 아직 돌아오지 않았다는 말을 듣고 수리는 쏜살같이 밖으로 달려 나갔다. 고리짝을 빼앗겼다면 금방이라도 포졸들이 선암을 잡으러 들이닥칠 텐데, 유씨 부인이 얼마나 놀랄까. 하상과 정혜는? 수리는 눈썹이 휘날리게 달려 길목에서 기다렸다. 선암이 자주 왕래하는 길이었고, 아침마다 가마를 끄는 포졸들의 벽제소리가 우렁차게 울려 퍼지는 곳이었고, 포구로 가는 수레와 농군들이 지나다니는 길이었다. 수리는 초조하게 발을 구르며 길이 잘 보이는 언덕바지에 숨어서 선암을 기다렸다.

수리는 나뭇잎 밟는 소리에 놀라서 뒤를 돌아보았다. 마음이 급해서 눈치채지 못했는데 나무 뒤에 날마다 뒤따라다니는 이가 서 있었다. 그는 이제 얼굴만 감출 뿐 굳이 몸을 숨기지도 않았다. 그가 밀고를 했을지도 모른다는 생각이 들자 수리는 모른 척하고 있을 수가 없었다. 그에게 뛰어가려다 말고 물었다. 혹시 대인을 밀고했느냐는 물음에 대답이 없었다. 정말 그런 거라면 영원히 씻지 못할 죄를 지은 거라고 말했다. 그 밀고 때문에 몇 사람이 죽게 될지 모르는데, 정말 밀고를 한 거라면 영원히 집으로 돌아올 생각을 하지 말라고 일렀다. 그러자 나무 뒤에서 말소리가 들렸다.

"아무리 내가 하찮은 사람이라 해도 그렇지, 같은 죄를 두 번 짓겠냐?"

"맹세할 수 있어요?"

"그래, 내 목숨을 걸고 맹세해. 난 아니야."

"그러면 어째서 대인 아저씨가 하필이면 그때 잡혀요?"

"때가 안 좋았어. 대인이 수레를 끌고 갈 때 벌써 포졸들이 순찰을 돌고 있었어."

"아, 어쩌면 좋아. 스승님이 돌아가시게 생겼어. 고리짝에

든 편지다발 때문에 형제들은 물론이고 천주교 지도자들이 다 죽게 될 거야. 만약 이게 아버지 때문에 생긴 일이면 두 번 다시 나 만날 생각 말아요."

"그런 일 없다니까 그러네. 네가 나를 만나려고 하지 않으니까 할 수 없이 미행자처럼 뒤따라 다니는 것이지 나도 좋아서 이러고 다니는 거 아냐. 그나저나 네가 가져간 일기장, 그것 태워 버리는 게 어떠냐?"

"안 돼요, 그건 스승님의 마지막 흔적이에요. 나중에 아이들에게 돌려줘야 해요. 스승님이 어떤 마음으로 살았는지 알아야 하니까요. 대인 아저씨 모르게 빼냈으니까 아무도 일기장을 몰라요."

"난 너무 걱정이 돼. 네가 나쁜 일에 휘말릴까 봐."

"걱정 마세요. 아니라고 하면 그만이에요."

"그럴 수 있어?"

"난 배교하는 사람들 이해해요. 나중에는 어떨지 모르지만 지금은 우리 가족과 내 목숨이 더 중요해요. 천주교 때문에 죽을 생각도 없고요."

"고맙다, 수리야."

"그러지 마요. 난 아직 아버지 용서한 거 아니니까."

성 베드로가 닭이 울기 전까지 '나는 그 사람을 알지 못하오' 하고 세 번이나 예수를 부인한 것처럼 수리도 얼마든지 모른다고 말할 수 있었다. 세례성사를 받긴 했지만 아직

온 가슴으로 예수를 받아들이지 못했다. 수리에게는 아버지 일을 잊을 만한 시간이 필요했다. '왜?'라고 묻지 않고 사랑할 수 있는 시간, 천주와 가까워질 시간이 더 필요했다. 나중에 베드로처럼 예수와 똑같은 방법으로 죽기에는 너무 죄스럽다며 자신을 십자가에 거꾸로 매달아 죽여 달라고 부탁하게 될지 어떨지 알 수 없는 일이지만.

멀리 선암이 오고 있는 것이 보였다. 그는 빠르지도 느리지도 않은 걸음으로 산책하듯 걸어오고 있었다. 수리는 서둘러 산을 내려가 그에게로 달려갔다. 선암이 깜짝 놀라며 에서 뭘 하고 있느냐고 물었다. 수리는 빨리 피해야 한다고 말했다. 선암이 무슨 일이냐고 다그쳤다. 수리는 떨리는 목소리로 옥단에게 들은 말을 그대로 일러주었다. 고리짝을 빼앗겼다고.

"나리, 숨으셔야 합니다. 지금 포졸들이 나리를 잡으러 올 것입니다."

수리의 얼굴이 사색이 된 걸 보고 선암이 침울하게 가라앉은 목소리로 물었다.

"어쩌다 그렇게 되었다더냐?"

"도살하는 소를 숨긴 줄 알고 조사를 했대요."

"여러 사람이 괴로움을 당하겠구나."

"나리, 죄송합니다. 소인이 대인 아저씨에게 고리짝을 몰래 태워 버리자고 했습니다."

"그랬으면 다치는 사람은 없었겠지."

"미련곰탱이 같은 대인 아저씨가 하느님 뵙기 부끄러워서 못 그러겠대요."

"그랬구나. 내가 그런 사람을 죽게 하는구나. 이 일을 어쩔꼬."

선암은 고리짝 사건에 다른 사람을 끌어들인 걸 후회하고 있었다. '그냥 산에 갖고 가서 태워 버릴걸.' 수리는 그러지 못한 것이 못내 후회가 되었다. 나중에 들통이 나더라도 태워 버리거나 땅에 묻었어야 했다고 가슴을 치며 후회했다. 음! 신음을 뱉는 선암의 얼굴에 뜬 낙심을 보고 수리는 마침내 올 것이 왔다는 느낌이었다. 언젠가 한 번은 맞닥뜨리게 되리란 걸 알고 있었지만 선암은 그 시기가 너무 빠른 것에 절망한 얼굴이었다. 환란에 빠진 세상에서 아직 해야 할 일이 많았다. 아무것도 해 놓은 일 없이 나이만 먹었고, 이제 겨우 하늘의 계시에 눈을 떴는데 벌써 그만하라고 명하시다니. 선암은 처음으로 하늘을 원망스레 올려보았다. 『성교전서』만 완성했어도 아쉬움이 덜했을까. 피할 수 없는 일이면 받아들이는 수밖에……. 그러라고 이런 환란을 주셨겠지. 하늘에서 들려오는 소리에 귀를 기울이는 듯 선암은 먼산바라기를 하며 온몸에 힘을 빼고 서 있었다.

"나리, 피하셔야 합니다."

"수리야, 이제 내려놓을 때가 된 모양이다. 나 때문에 토마스가 곤란을 겪게 된 것이 미안하고 안타깝구나.”

“제가 봐 놓은 곳이 있습니다. 환란이 지나갈 동안만 피해 계시면 안 되겠는지요.”

“내가 여기서 달아나면 토마스는 물론이고 내 가족도 살아남지 못할 거야.”

“그러면 나리는 어쩌고요. 나리는 누가 구하냐구요.”

“난 괜찮아. 아무 잘못도 없는데 피할 이유가 없지 않느냐. 그들이 나와 생각이 달라서 나를 해치겠다고 해도 피하지 않으련다. 그게 내가 믿는 진리를 증명하는 길이니까 말이다.”

“살아 있어야 진리도 증명하지 않습니까. 돌아가시면 진리가 무슨 소용입니까.”

“그렇지 않다. 사람에게는 죽음으로 지켜야 할 것이 있는데, 지금 내 앞에 닥친 것이 바로 그런 것이다. 진리는 사람을 살게도 하고 죽게도 한단다. 두 눈 시퍼렇게 뜨고 있어도 자신을 속이고 진실을 속이면 그것은 살아 있어도 죽은 것이나 마찬가지란다. 진리를 위해 죽으면 몸은 죽어도 영혼은 언제까지나 살아 있게 되니 말이다. 사람의 삶에서 자신에게 떳떳한 것보다 더 값지고 귀한 것은 없느니라.”

“나리, 저는 그런 거 모릅니다. 저는 그저 나리가 오래 살아 계셨으면 합니다. 아이들이 아직 어리지 않습니까.”

“수리야, 들판에 파랗게 싹이 올라오는 보리를 생각해 보렴. 보리는 말이다, 가을에 파종을 하면 겨우내 얼어붙은 땅속에서 추위를 견디며 힘들게 뿌리를 내린단다. 보리를 겨울이 아니라 이른 봄에 씨를 뿌려서 싹 틔우면 추위에 얼지 않아도 되고 얼마나 수월하겠냐마는, 보리는 꽁꽁 얼어붙은 땅에서 저 홀로 얼었다 녹았다 하며 뿌리를 내리도록 처음부터 그렇게 생겨 먹었단다. 그렇게 해서 겨울을 씩씩하게 이겨 낸 보리가 다른 작물이 익을 동안 여름 내내 사람들의 주린 배를 채워 주고 겨울에 또 그렇게 얼어붙은 땅에서 잠이 드는 거야. 나를 한 톨의 보리라고 생각하려무나. 내 모습이 눈에 보이지 않아도 목소리가 들리지 않아도, 내가 언제까지나 곁에 있다고 믿으면, 나는 항상 너희들과 함께 있을 거야. 천주께서 항상 나와 함께하듯이 그렇게. 그러니 아무것도 두려워하지 말거라."

"지금 그 말씀은 듣지 않겠습니다. 나리를 사랑하는 사람들을 위해 잠시만 피해 있겠다는 말씀이 아니면 귀에 들리지도 않습니다."

"지키지 못할 약속을 하는 것은 나를 속이고, 그분을 속이는 거란다. 너는 내가 비겁한 사람이 되었으면 좋겠느냐?"

"어째서 비겁하다고 하십니까. 갈대가 바람에 몸을 눕히는 건 비겁해서 그런 것이 아니라 살기 위함이 아닙니까. 관리들이 나리와 생각이 다르면 시간을 두고 설득해서 이겨야지, 목숨을 던지기만 하면 그것이 진실이 되고, 뒤로 물러서면 거짓이 됩니까. 저는 그렇게 자신만 중요하게 여기는 진실은 싫습니다."

"수리야, 쌀이나 보리 한 톨이 얼마나 많은 열매를 맺더냐. 한 톨의 보리가 땅에 떨어져 썩는 건 자신을 포기하는 것이 아니라 더 많은 열매를 맺기 위함이란다. 오늘 내가 죽는 이유는 먼 훗날에 저절로 알게 될 거야. 내가 죽는 것으로 얼마나 많은 열매가 맺히는지 알게 될 테니."

"보리는 뭐고 열매는 무엇입니까, 나리가 돌아가시게 생겼는데."

수리는 허엉 울음을 터뜨리고 말았다. 물처럼 바람처럼 힘으로 막을 수 없는 게 있다는 선암의 말이 그를 더 잡지 못하게 했다. 선암이 울고 있는 수리를 일으켰다. 그의 손이 차가운 땀에 젖어 있었다. 선암은 엄한 목소리로 따라오지 말라고 이르곤 곧장 집으로 향했다. 그의 등에 단호한 결의가 서려 있었다. 수리는 더 이상 그를 말리지 못한다는 절망감에 풀썩 주저앉고 말았다. 수리는 무릎을 꿇은 채로 점차 멀어지는 선암을 바라보았다. 눈앞에 뿌옇게 안개가 서려 길이 보이지 않았다. 머릿속에는 끝도 없이 무서운 상상이 떠오르며 저절로 몸이 덜덜 떨렸다. 수리는 몇 번이나 헛발을 디디며 선암을 뒤따랐다.

금부도사가 기찰포교들을 이끌고 선암의 집으로 가고 있었다. 선암이 그들을 불러 세웠다. 금부도사가 걸음을 멈추고 선암을 물끄러미 바라보았다. 한낙유와 정약종. 곤혹스러운 앞날을 예고하듯 마주 보고 서 있는 두 사람 사이에 침묵이 흘렀다. 굳이 다른 말이 필요 없었다. 선암은 이미 모든 것을 각오한 사람이고, 그들은 선암을 의금부로 끌고 가야만 하니. 두 사람은 잠시 할 말을 잊고 서로를 바라보았다. 이런 일로 만나지 않았으면 농담을 주고받으며 한바탕 껄껄 웃어도 좋을 사이건만 지금 두 사람은 태연하게 웃지 못했다. 선암이 먼저 침묵을 깨뜨렸다.

"내가 정약종이오."

"무슨 일로 왔는지도 아시겠지요."

"잘 압니다. 잠시만 기다려 주시오. 가족들과 인사를 나눌 시간은 줘야 하지 않겠소."

"그러시오. 기다리고 있겠소이다."

금부도사 한낙유는 선암이 새 옷을 갈아입고 가족들과 마지막 인사를 나눌 동안 문밖에서 기다렸다. 안에서 놀라는 유씨 부인의 목소리가 들리고 곧이어 겁에 질려 울음을 터뜨리는 두 아이의 울음소리가 들렸다. 선암이 옷을 갈아입고 나와서는 마지막으로 찻물이 들어 있는 옹기에서 물을 한 바가지 떠서 마셨다. 수리가 스승을 위해 새벽 첫 닭 울기 전에 길어 온 물이었다. 무슨 영문인지 일찍 잠이 깨었다. 이상하게 갑자기 눈이 번쩍 떨어졌는데, 마구 가슴이 두근거리고 불안했다. 영문을 알 수 없는 불안을 재우기 위해 물지게를 지고 산을 올랐다. 불안을 재우는 데는 산보다 좋은 곳이 없었다. 아버지가 돌아오지 않는 수많은 나날을 수리는 그렇게 견뎠다. 산은 늘 그 자리에 있고, 언제라도 수리를 반겨 주었다. 빈 물지게를 지고 산을 돌아다녔다. 물지게를 지고 다니는 것 외에 무엇을 해야 할지 알 수 없었다. 시골 산이나 한양 산이나 크게 다르지 않은데, 어째서 약수터가 눈에 띄지 않는지. 약수터는 어디에 있는 걸까. 물지게를 지고도 산속에 있는 물줄기를 찾을 수 없으니, 이게 무슨 조화인지. 수리는 산을 오르락내리락하며 쉬지 않고 돌아다녔다. 집을 떠나는 선암의 마지막 모습을 차마 멀쩡한 정신으로 떠올리지 못했다. 자신이 지금 꿈을 꾸는 거라며, 꿈속을 걷듯이 휘적휘적 걸음을 옮겼다.

물을 마신 선암이 가족들을 바라보며 활짝 웃어 주고는 당당한 걸음으로 의금부까지 걸어갔다. 금부도사도 감히 그에게 오라를 내밀지 못했다. 그는 당당했고, 자신 앞에 닥친 일이 무엇인지 분명히 알고 있었다. 고리짝에서 나온 수많은 편지 때문에 가장 먼저 권철신과 정약종이 잡혀 왔고, 다음에 정약전을, 이기양을 잡아다가 의금부에 가두었다. 남인의 중요한 지도자들과 천주교 지도급 인물들인 이들의 국문은 경칩이 지나고 춘분이 가깝도록 지루하게 계속되었다. 죽이지 않고 살려서 그렇게 오래도록 고문으로 괴롭히는 건 천주교 신자를 한 명이라도 더 잡아내기 위한 수작이기도 했지만, 그보다는 주문모 신부를 잡으려는 부질없는 노력 때문이었다. 예상했던 대로 여섯 명 중에서 누구도 주문모 신부를 입에 올리지 않았다. 이들 가운데 정약종, 이승훈, 최필공, 최창현, 홍낙민 외에 아들과 함께 잡혀 온 홍교만이 서소문 밖에서 함께 참수되었다. 같은 날 충청도 공주에서 이존창, 이종국이 참수되었고, 이가환과 권철신은 옥사했다. 이기양은 함경도 단천으로 유배를 갔고, 약용과 약전은 춘분이 지난 어느 날, 장기현과 신지도로 유배를 갔다.

선암은 단근질과 가시나무 줄기로 혹독한 고문을 당했다. 누구에게 천주교를 배웠는지 그 이름을 대라며 살을 찢고 태우는 고문과 추궁에 선암은 침묵으로 대항했다. 정약용을 비롯해서 정씨 일가를 몽땅 제거하려고 벼르던 의금부는 선암에게서 아무것도 알아내지 못했다. 선암은 스승도 제자도 동료도 없이 혼자 천주교를 배우고 익혔다고 주장했고, 형제들이 한때 학문으로 천주학을 연구한 것은 사실이나 천주교 신자였던 적이 한 번도 없었다는 단호한 대답을 했다. 신자가 아닌 사람을 신자라고 말할 수 없다는 선암의 단호한 발언이 국청 위관들의 입을 다물게 했다.

"중형에게 사학을 배웠다는 것을 알고 있는데도 거짓말을 늘어놓는구나."

"잠시 배웠던 적이 있긴 하나 이후에 중형과 아우는 천주교를 버렸습니다. 감추는 것이 아니라 사실을 말하는데도 내 말을 믿지 않으니 저로서도 어쩔 도리가 없습니다. 처음에 누구에게 천주학을 들었건, 더 이상 하느님을 믿지도 않는 사람을 천주교 신자라고 고발한다면 그것이야말로 거짓이 되겠지요. 한때 학문으로 잠시 탐구한 적이 있다고 해도 배교를 한 이상 중형도 아우도 더 이상 천주교와 아무런 상관이 없는 사람입니다."

"형제들을 감싸려는 네 말을 믿을 것 같은가?"

"내 말을 믿건 안 믿건 그건 국청 위관들의 마음입니다. 편지를 잘 읽어 보면 알게 될 것이오."

"그대의 형제들이 사학으로 선량한 백성의 마음을 어지럽힌 죄를 모른다고 할 셈이오?"

"스스로 옳다고 믿는 것을 따랐을 뿐인데 이를 나라에서 금하는 것이 어이없소. 혹세무민은 천주교를 사학으로 매도하고 신자들을 잡아들이는 자들의 편협함을 두고 하는 말인 걸 어찌 모르시오. 천주교를 당신들의 정치놀음에 함부로 이용하지 마시오."

선암의 반박에 국문을 지휘하던 여러 대신 각료들이 선암은 사람이 아니라고 비난하며 당장 그의 목을 쳐야 한다고 목소리를 높여 외쳤다.

"과연 천주교의 수장다운 말이군. 당신이 아무리 형제를 감싸도 죽음을 면치 못할 것이오. 그러니 당신이라도 살고 싶으면 주문모 신부가 있는 곳을 대시오."

"모르오."

"신부를 숨겨 준 이가 있을 거 아니오. 누군지 대란 말이오."

"모르오."

"답답하구려. 천주만 버리면 목숨을 건질 수 있는데 왜 이렇게 고집을 부리는 거요."

"하느님을 버리고 목숨을 이어 가느니 예서 죽겠습니다."

선암은 그들을 쳐다보며 한 점 흐트러짐 없는 목소리로 말했다.

"형벌로 백 번 죽음을 당한다 해도 진리를 따르는 내 마음은 변함이 없소이다. 하느님을 모르고 산다는 건 살아 있어도 죽은 것과 같고, 천주교 신자들을 박해하는 당신들의 그릇된 욕망은 먼 후일에 반드시 죽음으로 심판을 받을 것이오."

국문에 참여한 여러 대신들이 정약종을 당장 죽여야 한다고 주청을 올렸지만 대왕대비 김씨는 그를 신문해서 더 많은 천주교도를 잡아들여야 한다며 그들의 청을 받아들이지 않았다. 대왕대비 김씨에게는 천주교의 박해가 시파에 대한 탄압은 물론이고 벽파의 부흥과 궤를 같이하는 것이어서 그 추적이 더 악착스럽고 지독했다.

약전과 약용을 살린 것은 선암이 쓴 편지였다. 권철신에게 쓴 편지에 선암은 둘째 형 약전과 막내인 약용이 천주교를 배우려 하지 않는다고 썼다. 두 사람은 그 편지 때문에 목숨을 부지할 수 있었다. 두 사람은 신지도와 장기로 유배를 떠나게 되었지만 그렇게라도 목숨을 부지하고 훗날을 기약할 수 있었다. 국청 위관들은 선암을 쉽게 죽이지도 않고 놓아 주지도 않았다. 단근질과 회유, 협박과 고문으로 끝없이 괴롭혔지만 선암은 마지막까지 침묵으로 일관하며 그 죽음 같은 고통의 시간을 견뎠다.

"주문모 신부가 있는 곳을 말하면 목숨만은 살려 주겠다."

"모른다고 하지 않았소."

"괜한 고집 부리면 네놈의 목이 잘리고 재산을 몰수당한 뒤 가족들이 비참한 생활을 하게 될 것이야."

"백성을 보살펴야 할 놈들이 이런 금수만도 못한 짓을 벌이느냐. 밀고는 내가 할 일이 아니니 집어치워라."

형조판서의 얼굴이 붉으락푸르락해지더니 분노로 일그러졌다. 굴비처럼 한 두름에 엮어서 천주교 신자들의 씨를 말려 버리려는 김관주의 증오 어린 노력을 선암이 무산시켰다. 증오에 눈이 먼 대왕대비 김씨는 천주교 신자를 제아무리 잡아들여도 주문모 신부를 잡아들이지 못하면 아무것도 하지 못한 것과 같다며 어떻게 해서든 입을 열게 하라고 엄명을 내렸다. 선암과 함께 잡혀 온 이들이 가혹한 문초를 당했다. 그들은 하나같이 흔들림 없이 이승에서의 마지막 시간을 받아들였고, 자신들이 믿고 의지해 온 진리를 끝까지 지켰다. 선암과 함께 잡혀 온 다섯 명이 도무지 입을 열지 않자 형리들이 선암의 큰아들 철상을 잡아와 고문하기 시작했다.

"주문모 신부가 있는 곳을 대면 네 아버지를 살려 주마."

철상의 얼굴에 고뇌가 어른거렸다. '정말 저들이 아버지를 살려 줄까?' 저들이 어떤 자들인가. 사람의 목숨을 놓고 권력 다툼을 벌이는 자들이 아닌가. 아버지가 저들의 옷자락이라도 하나 다치게 했는가. 저들은 아버지를 사람이 아니라고 하지만 사실은 저들이야말로 지옥불에서 온 요괴들이었다. 철상은 아버지를 살려 주겠다는 그들의 말을 믿지 않기로 했다.

"저도 천주교 신자입니다."

"이놈도 제 아비와 같은 놈이로군."

"구차하게 목숨을 구걸하지 않겠습니다."

"지독한 것들. 어미와 딸년은 관비로 팔려 가고, 집과 재산을 빼앗고, 네놈들은 목이 잘려 바다에 던져져 고기밥이 될 것이야. 살려 달라고 애원해도 시원치 않을 판국에 목숨을 구걸하지 않겠다고?"

"지금은 고통스럽지만 머잖아 우리는 즐거운 얼굴로 만나게 될 것입니다."

"여봐라, 이놈의 목을 베어 주둥아리를 닥치게 하라."

철상의 재판을 지켜보던 의금부 형리들이 경악과 두려움에 고개를 설레설레 저었다. 형리들이 선암과 최창현, 이승훈을 비롯한 네 명을 먼저 죽이고, 뒤이어 끌려온 철상을 서

소문 밖으로 끌고 가서 처형했다.

꽃샘추위가 매서웠다. 찬바람이 일며 검은 구름이 몰려오고 사방이 어둑해졌다. 갑자기 날이 어두워지자 사람들이 추위와 공포에 떨며 하늘을 올려 보았다. 판관이 심상치 않은 날씨를 올려 보며 투덜거렸다.

"날씨 한번 더럽게 춥구먼. 역적놈들 때문에 우리까지 생고생이네."

그 말을 듣고 있던 최창현이 큰소리로 그를 나무랐다.

"역적이란 말은 삼가시오. 천주교를 믿는 것이 무슨 잘못이란 말이오."

"임금님 말씀을 거역했는데 어째서 역적이 아니냐. 이제 목이 날아갈 터인데, 너희들이 믿는 천주에게 목숨만 살려 달라고 빌어 보지그래."

"하느님의 영광을 앞두고 더러운 벌레 같은 너희들에게 목숨을 구걸하지 않겠다. 어서 죽여라."

처형을 지켜보겠다고 온 무리가 순교를 앞둔 이들을 조롱했다. 굳게 입을 다물고 있던 선암이 조롱하는 구경꾼들을 둘러보며 말했다. 천주는 천지의 임금이고 아버지여서 천주를 섬기는 도리를 알지 못하면 이는 천지의 죄인이며, 살아 있어도 죽은 것과 같다고 했다. 누구나 다 죽게 되어 있다며, 마지막 날에 후회하게 될 거라며 더 이상 죄 없는 사람을 죽이는 죄를 짓지 말라고 일갈했다. 그 말을 듣고 사형장에 모인 형리들이 키들거리며 웃었다. 그러자 선암이 음성을 높여 말했다.

"천주교 신자로 살다 하느님을 위해 죽는 것은 당연한 것이오. 지금 당신들의 그 웃음은 그대들의 죗값으로 마지막 날에 통곡으로 변할 것이오."

"저런, 쳐 죽일 놈. 끝까지 대항이로군. 빨리 저놈의 목을 치지 않고 뭘 하느냐."

형장을 지켜보던 위관들이 분노에 차서 소리쳤다. 대사관의 명령에 망나니가 칼을 휘두르며 죽음의 춤사위를 시작했다. 선암은 그들의 명령에 기죽지 않고 위관들을 노려보며 할 말을 다 했다.

"한 사람의 선비로서 나는, 선왕께서 이루어 놓으신 모든 업적을 저버린 그대들의 그릇된 행실이 부끄러울 따름이오. 지금도 우리는 임금님에 대한 충성심이 변함없고, 부모님에 대한 공경도 게을리한 적이 없으니 불충과 불효를 핑계로 삼는 그대들의 말은 틀렸소이다. 무엇이 옳고 그른지도 모르는 건 우리가 아니라 바로 그대들이오."

선암은 살인마가 되어 버린 벽파 위관들을 딱한 듯이 바라보았다. 이놈도 죽여야 하고 저놈도 죽여야 한다며, 한 명이라도 더 죽이지 못해서 거품을 무는 것이 사람의 모습을 한 악마와 다름없었다. 허연 이빨을 드러내고 바늘처럼 굵고 투박한 털을 곧추세운 채 어금니를 사려문 입으로 허연 침을 줄줄 흘리는 미친 야수들. 무엇이 저들을 이다지도 피에 굶주리게 했는지. 잠깐 한세상 살다 갈 것을 저리도 증오와 원한에 차서 빨리 죽이라고 외치는 사람이 되리라고, 저들이 자신의 추한 모습을 상상이나 했을지. 선암은 그들을 보며 실소를 머금었다. 어느 때고 저들도 가련한 모습으로 오늘 일을 후회할 날이 올 것을 예감했다.

오후 내내 검은 구름이 덮여 하늘이 어두웠다. 선암이 형장으로 끌려갈 때 하늘은 더욱 어두워졌다. 구경꾼들도 형리들도 불안한 눈으로 서로를 바라보았다. 선암은 형장으로 가던 중에 골고다 언덕을 오르는 예수를 생각했다. 대사제와 율법학자들과 구경꾼들이 십자가를 지고 가는 예수를 비웃었다. 자기 목숨 하나 구하지 못하는 예수에게 엘리야가 와서 구해 주면 믿겠다고 조롱했다. 무거운 십자가를 지고 피땀 흘리는 예수를 떠올리자 선암은 갑자기 목이 말랐다. 그는 형리들에게 아들 철상을 만나게 해 달라고 했다. 포졸들이 곧 죽은 놈이 아들은 왜 찾느냐고 힐난했다. 밥을 달라고 하면 곧 죽을 놈이라고 굶기고, 춥다고 해도 곧 죽을 놈이라고 얼어 죽게 내버려 두고, 그들은 사람이 뭔지 모르는 이들이었다. 아비가 아무 죄도 없이 끌려온 아들을 한 번 보고 죽겠다는데 그런 부탁도 못 들어주느냐고 일갈했다. 금부도사가 철상을 끌고 오라고 명령했다. 형리 두 명이 양쪽에서 철상을 부축하고 왔다. '어린것이⋯⋯.' 청년이라고 하나 아비의 눈에는 여전히 어리기만 한 철상이 고문으로 만신창이가 된 몸으로 끌려왔다. 철상은 겨우 얼굴을 들어 아비를 올려 보았다. 그 순간 선암은 눈에서 피가 흐르는 느낌을 받았다. 아들을 말없이 바라보던 선암이 말했다.

"괴로움은 금방 지나갈 것이야. 어떤 일이 있어도 굴복하면 안 된다. 알겠느냐."

철상이 젖은 얼굴로 아버지를 올려 보았다.

"아비는 너를 믿는다."

"저도 아버지를 믿어요."

"잠시 후에 만나자꾸나."

두 사람은 서로를 바라보며 웃었다. 위관들이 분노에 차서 떠들었다. 두 놈을 모두 죽이라고.

철상이 다시 감옥으로 끌려가는 것을 보며 선암은 이젠 되었다고 말했다. 물을 한 그릇 마셨으면 좋겠지만 그런 건 아무래도 상관없다고. 금부도사가 냉정하게 말했다. 사정이 달라졌다고 해서 세상을 떠날 사람에게 물 한 잔을 아낄 정도로 인색하지 않다고. 사령이 떠 온 물을 금부도사가 직접 선암에게 가져다주었다.

"고집도 어지간하구려. 잘 가라는 수인사는 않겠소."

"물 한 잔이면 족하오."

선암은 대접 가득히 담아 온 물을 들이켜고 형틀에 머리를 대며 말했다.

"이제 주님을 맞을 준비가 되었습니다. 저를 거두어 주십시오."

선암은 하늘을 보며 누웠다. 형리가 두 눈 부릅뜨고 하늘을 우러러보는 그의 목을 쳤다. 형리의 떨리는 손이 헛나가서 그의 목을 반밖에 자르지 못했다. 선암은 벌떡 일어나 성호를 긋고 마지막 칼을 받았다. 끊어진 목에서 피가 분수처럼 치솟았다. 그의 목에 걸려 있던 십자가가 반짝거렸다. 매화 꽃잎이 눈물처럼 흩날리는 날이었다. 사형장의 스산한 기운을 몰아내듯 둔덕에 도도한 모습으로 서 있는 매화나무에 검은 독수리 한 마리가 두 눈을 부릅뜨고 내려다보았다. 성성하게 일어선 독수리의 머리깃털 위로 매화 꽃잎이 한 점 날렸다. 빗물처럼 한 점 두 점…… 곡선을 그리며 떨어졌다. 수리는 선암의 마지막 모습을 차마 똑바로 보지 못하고 바람에 날리는 매화 꽃잎만 하염없이 바라보았다.

선암을 비롯한 여러 명의 목이 차례대로 날아갔다. 모두 이 나라의 실학을 집대성하는 일에 앞장선 학자들이었다. 정조대왕이 그들의 총명한 두뇌를 아꼈고 그들은 개혁을 위해 온 마음을 다하는 열정 어린 왕을 위해 먼 나라로 달려가서 새로운 문물과 학문을 배워 오기를 게을리하지 않았다. 오늘 목이 날아간 그들의 죄목은 밤낮을 모르고 학문에 정진한 것뿐이었다. 그들이 천주교를 처음 알았을 때 그것은 하나의 학문이었고, 새로운 문물과 바른 것을 일깨

위 주는 삶의 지침이었다. 그들이 죽어야 했던 것은 벽파 위 관들과 생각하는 것이 다르고, 읽은 책이 달랐기 때문이었 다. 정학으로 알고 탐구한 학문을 사학으로 매도하고, 천 하에 둘도 없는 역적으로 다스린다고 하니, 그들로서도 어 쩔 수 없는 일이었다.

금방이라도 비가 쏟아질 듯 캄캄하던 하늘에서 한 줄기 빛이 내렸다. 흰 빛의 무리가 순교자들의 몸 위에 내려앉아 그들을 어루만졌다. 빛이 점점 강하게 빛나는가 싶더니 마 침내 커다란 광채가 되어 여섯 명을 감쌌다. 여섯 명의 혼백 이 빛 속으로 사라지고 순식간에 하늘의 문이 닫혔다. 사 람들은 빛이 사라진 하늘을 보며 탄성을 질렀다. 그들 중에 는 두 손을 모으고 기도하는 사람이 있는가 하면 흐느끼는 사람, 성가를 부르는 사람도 있었다. 소식을 듣고 부랴부 랴 달려온 유씨 부인과 하상, 정혜, 수리와 누조할매, 묘령 이 두 손을 모으고 그 빛이 스러질 동안 눈을 떼지 않고 지 켜보았다. 구경꾼들 사이에서 흐느낌이 새 나왔다. 하늘은 무슨 일이 있었느냐는 듯 태연했고, 한두 방울씩 빗방울이 떨어졌다. 빗방울은 금세 굵은 빗줄기로 변하더니 폭우가 되어 쏟아졌다. 앞이 보이지 않을 정도로 거세게 내린 빗줄 기가 여섯 사람의 피를 씻어 내렸다. 성스러운 순교자들의 피가 빗물을 따라 냇물이 되고, 강물이 되어 바다로 흘러갔 다. 사람들은 비를 맞으면서도 그 자리를 떠나지 못했다.

바람에 흩날린 매화 꽃잎이 빗물에 실려 한없이 떠내려갔다.

여섯 명에게 목을 치라고 명령을 내리던 국청 위관들이 두려움에 질려 서로 먼저 가려고 다투어 자리를 떴다. 꽁지가 빠지게 달아나는 그들을 보며 사람들이 야유를 보냈다. 밤이 되기를 기다려 수리가 유조이를 도와서 수레를 끌고 서소문 밖으로 갔다. 선암의 시신을 거두고 이틀 뒤에 큰아들 철상의 시신을 거두었다. 이승훈, 최필공, 최창현, 홍낙민의 가족과 신자들이 야심한 밤을 타서 시신을 거두어 어둠 속으로 사라졌다.

부평초 홀로이
꼭지가 없어

　　　　　　　한바탕 순교의 피바람이 지나갔는데도
세상은 아무 일이 없었던 듯 조용했다. 겉으로는 조용한 듯
보여도 벽파의 척사론자들은 피 냄새를 맡은 야수처럼 천주
교 신자를 찾아서 굶주린 눈을 끝없이 두리번거렸다. 아직
주문모 신부가 잡히지 않았고, 그가 잡히지 않은 이상 곳곳
에서 천주교 신자가 개미누에처럼 깨어나고 있다는 사실이
그들을 광란에 몸부림치게 했다. 선암이 떠나고, 유씨 부인
은 관아의 노비가 되었다. 천주교 신자를 역률로 다스리라
는 대왕대비 김씨의 불호령 때문이었다. 게다가 선암은 천주
교의 핵심 지도자였고 선봉에 선 지휘자여서 그 직계가족에
대한 보복이 더 가혹했다. 아직 어린 하상과 정혜는 큰집으
로 가도 되지만 아버지를 닮아서 올곧은 두 아이는 어머니

와 함께 있겠다고 했다.

그들이 떠나고 수리는 다시 집으로 돌아왔다. 집으로 돌아오고도 뭘 해야 할지 몰라서 멍하니 얼이 빠져 있었다. 달이 언덕 높이 치솟았다. 수리는 밤을 타고 강완숙이 떡 소쿠리를 들고 오는 것을 보았다. 훤히 떠오른 달이 소쿠리를 안고 오는 강완숙의 모습을 비추었다. 초연해 보이는 모습이 허공에 둥둥 떠서 걸어오는 듯 보였다. 어느 땐가는 선암처럼 떠나게 될 여인. 그들의 죽음은 예약된 것이었다. 수리는 반가운 마음에 얼른 다가가 떡 소쿠리를 받았다. 소나무 향이 솔솔 피어오르는 송편이었다. 수리는 떡을 하나 집어 먹고 강완숙의 입에도 넣어 주었다.

"밤늦게 다니는 거 무섭지 않아요?"

"사람 잡아먹는 백정이 수두룩해서 겁나야 하는데, 이상하게 평온하다."

"그래도 조심하세요. 볼일이 있으면 낮에 다니시구요."

"난 저들이 조금도 무섭지 않아. 저 사람들 반드시 하늘의 심판을 받을 거야."

사람인데 죽는 게 무섭지 않을 턱이 있을까마는 강완숙은 그런 것쯤 아무것도 아니라는 듯 담담하게 말했다. 그게 어떤 마음인지 알 것 같았다. 천주교 때문에 죽지는 않을 거라고 장담하는 수리 자신도 선암의 죽음을 본 후로 뭔지 모르게 겁날 것이 없다는 기분이 들었다. 하물며 강완숙 같은 골수 깊이 신자인 사람이야 오죽하랴. 죽기 전까지 전교를 하고, 천주교 신자로 살다 죽겠다는 의지의 여인이니 더 말해 무엇하랴. 시끄러울 때는 잠시 안 믿는 척하다 세상이 조용해지면 다시 믿으면 되지 않느냐는 묘령의 말에 강완숙이 목숨은 버려도 그것은 버리지 못한다며 조용히 웃었다. 소중한 사람들이 하나둘 떠나는 것은 괴로운 일이지만 나중에 천국에서 만나게 될 테니까 그때까지 즐거운 마음으로 살면 된다고 했다. 선암을 포함한 여섯 명이 처형을 당한 후 부쩍 박해가 심해져 순교자들의 피가 강을 이룰 지경이었다. 소공동체 모임에서 모여서 기도를 하다 잡히면 한꺼번에 대여섯 명은 예사였다. 주문모 신부를 고발하면 살려 주겠다고 해도 아무도 말하지 않자 화가 난 위관들이 더욱 그악스럽게 굴었다.

'잡아서 입을 열지 않으면 찢어 죽여!'

궁지에 몰린 것처럼 악에 받쳐서 날뛰지만 주문모 신부가 영 나타나지 않자 조선을 떠난 것 같다는 소문이 나돌았다. 국경의 경비가 삼엄해서 개미새끼 한 마리 빠져나가지 못한다며, 의금부 관리들은 주문모 신부가 아직 조선에 숨어 있다고 확신했다. 밀고와 습격으로 신자들이 곳곳에서 무더기로 잡혔다. 죽이고, 죽이고, 또 죽이고. 박해는 끝날 줄 몰랐다. 강완숙이 떡 소쿠리를 내려놓고 일어섰다. 인경이 울릴 시각이 가까웠다.

"이틀 후에 비단 찾으러 오면 되죠?"

누조할매가 소쿠리를 비워 주며 말했다.

"비단이 다 되면 수리를 보내겠니더. 밤에 이래 댕기지 마소."

"제 걱정은 마요. 전 괜찮아요."

강완숙은 너무 무리하지 말라며 누조할매의 굽은 등을 안아 주고 갔다. 수리는 그녀를 집까지 바래 주려고 따라 나섰다. 검은 그림자가 뒤따른다는 말을 들어서인지 강완숙도 수리가 배웅 나가는 것을 만류하지 않았다. 두 사람은 밭둑의 사잇길을 걸었다. 수리는 비단에 그림을 그릴 사람이 화가냐고 물었다. 대답을 망설이던 강완숙이 배론에서 황사영이 부탁한 거라고 귓속말을 했다. 비단이라면 배론에도 많을 텐데 굳이 먼 곳에서 일부러 가져가느냐는 수리의 물음에 강완숙은 귀하게 쓸 비단이어서 꼭 누조할매가 짠 것이어야 한다고 대답했다. 그 말에 수리는 혹시 배론까지 비단을 갖고 갈 사람이 필요하면 자신을 부르라며 손바닥으로 가슴을 통통 쳤다.

누에나 기르는 천한 놈이라 관심을 갖는 사람이 없어서 움직이기 편하다고 했다. 그러자 강완숙이 걸음을 멈추고는 위험이 따르는 일이라며, 누조할매와 묘령이 걱정하는 거 원하지 않는다 했다. 수리는 제 나이가 몇 살인데 아직도 그런 걸 말하고 다니겠느냐며, 비단 장수가 비단을 배달하는 건 당연하다고 큰소리쳤다. 뽕잎을 딴다고 험한 산을 타고 다니며 다진 몸이라서, 추적을 당한다거나 위험에 빠지지 않을 자신이 있다고 큰소리를 쳤다. 정말 어려운 부탁을 해도 되겠느냐는 강완숙의 물음에 수리는 도움이 되고 싶다며 믿어 달라고 했다.

그렇게라도 선암에게 받은 사랑을 보답하고 싶었다. 누구도 관심을 가져 주지 않는 수리에게 아버지처럼 관심을 가져 주었고, 글을 가르쳐 주었고, 사람으로 사는 바른 길을 열어 주었다. 수리의 각오에 감화를 받았는지, 강완숙이 배론의 김귀동을 찾아가면 된다고 조곤조곤 일러주었다. 김귀동에게 비단을 전해 주고 오면 된다고. 누조할매가 짠 비단을 대갓집으로 옮기는 일을 해 왔기 때문에 수리는 누구보다 길눈이 밝고 사잇길, 지름길을 훤히 꿰뚫고 있었다. 더구나 그는 아버지의 일로 인해서 거꾸로 가는 세상에서 살아남는 법을 누구보다 일찍 깨우쳤다. 강완숙을 배웅하고 돌아오자 묘령이 걱정스러운 듯 말했다.

"어머니, 애기씨가 걱정돼요."

누조할매는 강완숙이 들고 온 한과를 먹으며 태연하게 말을 받았다.

"걱정 마라. 허투루 살 사람이 아니니까."

"아비도 누명을 쓰고 당했잖아요."

"그냥 비단인 기라. 다른 생각 마라."

누조할매가 묘령의 입을 막았다. 양반가의 아녀자가 비단을 짜 가는 것이 무어 그리 별스런 일인가, 하는 말투였다. 묘령이 뭘 걱정하는지 알면서도 모른 체하는 것도 은연중 강완숙의 운명을 짐작한 때문인지도 모른다. 선암의 죽음이 여러 가지 불안을 재워 주었다. 마음이 원하는 대로 살면 되지, 하는 체념이었다. 의지대로 되는 게 아무것도 없으니 그냥 주어지는 대로 살자고. 천한 목숨들이 그것 말고 달리 살아갈 방법이 있느냐고 물으면 대답할 말이 없었다. 이번뿐만이 아니라 강완숙은 수시로 비단을 짜 갔다. 여느 여인네처럼 강완숙도 고운 옷을 해 입고, 수건을 만들어서 목에 감고 다니는가 하면 귀한 사람에게 선물로 가져가기도 했다. 양제궁 송씨의 생일 선물로 비단 옷을 만들어 간 적도 있지 않은가.

세례성사를 받던 날 묘령은 주문모 신부의 제의를 보고, 그게 누조할매가 짠 비단인 것을 단번에 알아보았다. 눈부시게 흰 제의에 녹색 띠를 두른 모습. 숭고하고 장엄해서 신비롭다는 생각이 절로 드는 제의였다. 누조할매는 자신이 짠 비단이 그렇게 귀하게 쓰인 것에 감동받았는지 신부님의 제의를 슬쩍 만져 보기도 했다.

누조할매는 하루에 베를 세 필씩 짜 내던 예전의 솜씨만 믿고 비단을 짜 주마고 약속했다. 강완숙이 바쁜 걸음으로 가고 난 뒤, 묘령은 일이 산더미처럼 밀렸는데 또 일을 맡았다고 누조할매를 나무랐다.

"베틀에 앉아서 돌아가시겠어요."

"급하다잖아. 한과까지 갖고 와서 사정을 하는데."

"어머니는 과자 한 상자면 없는 베도 만들어 내시죠."

"귀하게 쓸 비단이라니까 기분 좋게 짤란다. 신부님이 입으신 제의 봤제?"

말리지 마라는 언질이었다. 당신이 짠 비단이 제단을 장식하고, 신부님의 제의가 되었다는 게 어지간히 자랑스러웠던가 보다. 묘령은 어처구니없다는 듯 풀풀 웃었다. 강완숙이 다녀간 후 누조할매는 다른 주문을 밀쳐 두고 그 일을 먼저 했다. 강완숙이 일을 독촉한 것도 아닌데 누조할매는 그녀의 일을 가장 중요하게 여겼다. 수리는 누조할매의 안색으로 유달리 공을 들여서 짜고 있다는 걸 알았다. 그렇게 공들여서 짠 비단으로 옷을 지으면 만 가지 복이 다 굴러들어 오겠다며 수리가 장난삼아서 비단을 만지려니까 누조할매가 얼른 손을 때렸다.

"함부로 만질 물건이 아녀."

그것도 잠시, 누조할매는 베를 짜며 졸았다. 눈을 감아도 누조할매의 손은 자동장치가 달린 것처럼 착오 없이 움직여 베를 짰다. 사흘째 그러고 있으면 쓰러질 만한데도 칠순을 앞둔 노인은 앉을개에 엉덩이가 붙은 듯 베틀에서 내려오지 않았다. 묘령이 베틀에 앉아서 죽을 거냐며 시어머니를 꾸짖었다. 그러거나 말거나 누조할매는 묘령의 말을 귓등으로 들어 넘기며 베틀 옆에 요강이나 갖다 놓으라고 했다. 비단을 다 짜기 전에는 아예 베틀에서 내려오지 않겠다는 말이었다. 묘령은 '엔간히 하소'라며 짜증을 내지르면서도 요강을 베틀 옆에 놓아 주었다. 끼니까지 거르는 누조할매를 보다 못해 묘령이 양재기에 밥까지 비벼 주니 베틀에서 더욱 내려올 일이 없었다. 누조할매의 굽은 허리는 더욱 굽었다.

수리는 배론으로 가는 특별한 여행을 위해 감즙을 들인 옷을 입었다. 갈옷은 후덥지근한 날씨에 가시덤불을 헤치고 다니기 딱 좋고, 흰옷이나 검은 옷처럼 쉽게 눈에 띄는 옷이 아녀서 먼 길 다니기에 적당했다. 묘령이 만들어 준 주먹밥 몇 개 들고 날이 밝기 전에 집을 나섰다. 묘령이 걱정스러운 얼굴로 바라보았지만 수리는 그녀를 안아 주는 것으로 안심시켜 주었다. 뽕잎을 딴다고 들개처럼 산속을 헤집고 다니는 동안 빠른 걸음과 몸놀림으로 자신을 지킬 정도의 무술을 익혔고, 새총도 열 번 쏘면 여덟 번은 목표물을 적중시킬 정도가 되었다. 아무도 가르쳐 주지 않았지만 아버지 여문휘처럼 어이없이 당하고 싶지 않아서 자신을 갈무리하는 법을 혼자 익혔다. 선암이 수리의 영혼을 키워서 사람으로 만들어 주었다면, 쌀독에 거미줄을 칠 것 같은 살림살이는 그를 훌륭한 들개로 만들어 주었다. 갈옷을 입은 수리의 모습은 한 조각 노을 같고 그늘 같아서 흡사 산의 일부분 같기도 했다. 산벚이 화사하게 꽃을 피웠다. 그 늘진 숲에 등불을 켠 듯 환하게 밝았다. 누가 오고 가건 개 의치 않고 숲은 제 스스로 꽃을 피우고 가지를 뻗으며 잘도 살아 낸다. 누군가는 죽고 누군가는 태어나 빈자리를 채워 가는 세상사처럼.

걸으며 주먹밥을 먹고 흐르는 물을 마시고, 쉬며 걸으 며 가는 동안 그럭저럭 해질녘에 배론에 도착했다. 뉘엿뉘 엿 해가 지고 있었다. 수리는 배론의 오일장에서 국밥을 사 먹으며 어둠이 깔리기를 기다렸다. 어두워지고 장터에 모여 있던 사람들이 흩어질 때쯤 김귀동을 찾아갔다. 강완숙이 보냈다고 하자 김귀동이 놀라움을 감추지 못하고 수리의 두 손을 잡았다. 주위를 두리번거리며 살피던 김귀동이 토 굴을 두드렸다. 허리 높이로 자란 사초들과 다북쑥이 숲 을 이루어 토굴이 작은 언덕으로 보였다. 황사영이 토굴에 서 나왔다. 수리를 보고 깜짝 놀란 그가 두 손을 잡고 흔 들었다. 황사영이 수리의 손을 잡고 그날 일을 지켜보았느 냐고 물었다. 수리는 고개를 끄덕였다. 황사영이 그날 일을 들려 달라고 했다.

나뭇잎 사각거리는 소리가 들렸다. 발소리에 잠깐 긴장 했으나 흠, 하는 기침 소리를 듣고 모두 마음을 놓았다. 술 병을 들고 온 이는 김한빈이었다. 달빛이 좋아서 진사 어른 과 술이나 마실까 해서 올라왔다고.

"못 보던 손님이 와 있네."

의아한 눈으로 쳐다보는 김한빈에게 수리가 공손하게 인사를 했다. 수리를 살피는 김한빈에게 귀동이 목소리를 낮추어 말했다.

"선암을 모시던 청년이라네."

"선암을? 정말 그러한가?"

김한빈이 금세 울먹이며 그날 있었던 일을 좀 들어 보자며 방으로 들어갔다. 김한빈과 김귀동이 먼저 방으로 들어가고, 황사영은 잠깐만 밤공기를 마시고 들어가겠다고 했다. 토굴에 갇혀 있는 동안 얼마나 답답했을까. 황사영은 두 팔을 벌리고 가슴 가득 밤공기를 들이마셨다. 그의 뇌리에 나비잠을 자는 어린 경한의 모습이 잠깐 떠올랐다. 가슴이 아렸다. 아비 노릇을 잘하고 싶었는데, 여기 토굴에서 이러고 있다는 것이 그를 회한에 젖게 했다. 아내 난주에게도 못할 짓을 하고 있는 걸 알지만 그녀만은 그의 마음을 알아줄 것 같았다. 사랑하는 이들 사이에는 굳이 말로 표현하지 않아도 저절로 알아지는 것이 있으니. 그녀는 아무것도 염려하지 말라고 했다. 그것이 우리의 길이면 받아들이자며. 사영은 집을 떠나기 전 아내의 두 손 안에 입술을 댔다. 아내가 말했다. 무사하기를 빌겠다고.

차오르는 달이 팽나무 가지에 걸려 있었고, 달빛이 산길을 훤히 비추었다. 황사영은 땅바닥에 등을 대고 누웠다.

수리는 그가 왜 그러고 있는지 충분히 짐작하고 남았다. 선암의 마지막 얘기를 들으려니 그에게도 마음의 준비가 필요한 것 같았다. 달과 별은 어둠이 짙을수록 잘 보이고 그 빛 또한 더욱 휘황하게 밝았다. 김한빈이 술병을 흔들었다. 황사영을 따라서 수리도 방으로 들어갔다. 수리는 그들이 가장 듣고 싶어 하는 얘기를 들려주었다. 선암이 마지막에 얼마나 당당했는지 그 과정을 하나도 빠뜨리지 않았다. 선암의 서슬에 기가 질린 망나니가 헛손질로 목을 단번에 자르지 못하고 두 번 잘라야 했고, 그 참혹한 순간에도 선암은 두 번째 칼을 당당하게 받는 것으로 위관들을 놀라게 했다고 전했다. 여섯 명이 순교를 하는 순간 하늘에서 쏟아지던 빛과 그 빛 사이로 열리던 하늘의 길에 대해서 들려주자 황사영과 김귀동, 김한빈이 슬픔과 감동으로 흐느낌을 참지 못했다. 여섯 명의 시신을 신자들과 가족들이 야심한 밤을 틈타 고이 묻어 주었다고 말했다. 전국에 시신도 찾지 못한 수많은 순교자들이 모두 바다에 던져졌다며, 네 사람은 아무도 이름을 기억해 주지 않는 이들을 위해 잠시 침묵의 기도를 했다.

눈물과 한탄의 순간이 지나고 난 후에야 술을 한 잔씩 마시게 되었는데, 수리는 곱게 싸서 가져온 비단을 내놓았다. 황사영이 비단을 받아서 조심스레 펼쳤다. 천잠사로 짠 비단이 등잔 불빛에 서늘하게 빛났다. 비단을 살피던 황사영이 곱다며 탄식을 거듭했다. 그 말에 기운을 얻은 수리가 조선 일대에서 가장 비단을 잘 짜는 비단의 신이 짠 것이라며, 누조할매가 특별히 공을 들여 짠 비단이라고 자랑을 늘어놓았다. 귀하게 쓸 거라는 강완숙의 말에 누조할매가 특별히 아껴 두었던 야생 산누에의 실 천잠사로 짠 비단이라니까 황사영이 고맙다며 고개를 끄덕였다. 네 번의 잠을 자고 네 번의 허물을 벗은 뒤 고치를 짓고 뱉어 낸 실. 천잠사는 천하의 명검으로도 끊을 수 없다는 실이었다. 누조할매는 그 귀한 실을 얻기 위해 참나무 숲을 헤집고 다니며 산누에나방을 잡아서 직접 길러서 실을 뽑았다. 누조할매는 어디 쓸 거냐고 묻지도 않고 귀한 일에 쓴다는 말만 듣고 아껴 두었던 천잠사를 꺼냈다.

누조할매에게 강완숙은 손녀나 마찬가지인 사람이라는 얘기를 들려주자 황사영이 너 때문에 오랜만에 웃어 본다며 즐거워했다. 그는 비단을 가져온 수리에게 먼 길 오느라 수고했다며 등을 두드려 주었다. 수리는 일전에 선암의 집에서 견진성사를 받던 날 잠시 만났던 황사영을 새삼스러운 눈으로 바라보았다. 어떤 힘이 소년 진사에 급제한 천재를 이 지경으로 몰아넣었는지 얼른 이해하기 어려웠다. 토굴에 갇혀 있는 동안 살이 빠져 핼쑥했지만 수리를 살피는 황사영의 두 눈에 서린 정기가 심장을 꿰뚫을 지경이었다. 지금 수리의 나이인 열여섯 살에 그는 사마시司馬試에 급제해 진사가 되었다고 했다. 황사영의 재능을 알아본 정조대왕이, 스무 살이 되면 찾아오라고 했다던가. 정조대왕이 그에게 일을 시키고 싶어 했다고 강완숙이 들려주었다. 그렇게 재능이 뛰어난 사람을 눈앞에 두고 본다는 사실이 기쁜 나머지 수리는 조금도 피곤하지 않다고 말했다. 수리가 위험을 무릅쓰고 만나러 가는 사람이 어떤 이인지 알고나 있으라며 강완숙이 들려준 얘기였다.

"자네도 술을 받게나."

황사영이 수리에게 술을 따라 주었다. 수리는 황사영이 따라 주는 술을 마다하지 않고 마셨다. 김귀동이 술은 어른 앞에서 배우는 거라며 또 한 잔을 따라 주었다. 솔향이 퍼지며 뱃속 깊은 곳이 따끈해졌다. 황사영은 내일을 기약할 수 없는 세월이지만 어떠한 고난이 닥쳐도 희망을 잃어도 안 되고 믿음을 저버려도 안 된다며 세 사람을 위로했다. 그들은 술잔을 놓고 기도를 드렸고, 황사영이 그들에게 교리의 한 부분을 들려주었다. 얼떨결에 이루어진 만남은 달이 기울도록 이어져 새벽녘에야 끝이 났다. 김한빈과 김귀동이 먼저 잠자리에 들었고, 황사영은 토굴에 들어가기 전에 개울로 가서 목욕을 했다.

아무것도 기약할 수 없는 시간이 흐르고 있었다. 몸이 맑아지고 정신도 명료해졌는지 황사영은 수리에게 조심해서 잘 가라고 인사를 했다. 황사영이 비단을 안고 토굴에 들어가자 김한빈이 옹기와 섶을 본래대로 덮어 다른 사람이 눈치채지 못하게 해 두었다. 수리는 더 머물지 않고 돌아서서 길을 나섰다. 비단을 무사히 전달했다는 뿌듯함에 발걸음이 가벼웠다. 나무는 하루가 다르게 잎이 무성해져 숲을 자욱하게 메웠다.

*

폐궁으로 알려진 양제궁 궁녀 강경복이 기다리고 있었다. 강완숙과 주문모 신부는 어둠을 타서 양제궁 안으로 들어갔다. 그들은 감시가 심한 정문을 피해서 교우 홍 안토니오의 집 담벼락에 뚫어 놓은 구멍으로 폐궁을 드나들곤 했다. 양제궁 뜰의 연못에 연꽃이 피었다. 미리 기별을 받은 은언군의 부인 송씨가 한 송이 연꽃인 듯 연못가에 서 있었다. 송씨가 그들을 반갑게 맞았다. 송씨가 만면에 미소를 가득 담고 말했다.

"잘 오셨습니다. 내내 신부님 오시기만 기다렸습니다."

"사정이 여의치 못해서 더 일찍 오지 못한 게 송구스럽습니다."

"급박한 사정을 알고말고요. 세상이 이렇게 시끄러운데 어찌 이보다 나은 날을 기대하겠습니까."

그들은 궁녀들과 함께 미사를 올렸다. 미사를 마친 후 주

문모 신부는 은언군의 부인 송씨와 은언군의 아들인 상계
군의 부인 신씨에게 성체를 주었다. 두 부인의 세례명이 똑
같이 마리아였다. 주문모 신부는 교리 공부를 열심히 한 궁
녀에게 세례를 주었다. 세례식이 끝나고 궁녀가 차를 끓여
왔다. 방 안 가득 녹차 향이 그윽했지만 아무도 선뜻 입을
열지 못했다. 그들은 수일 전에 서소문 밖에서 벌어진 일을
잊지 못했다. 송씨가 어렵게 입을 뗐다.

"평신도 회장님이 참형을 당했다지요."

"지도자 여러 명이 주님 곁으로 갔습니다."

"천주교의 씨를 말려 버릴 셈인가 봅니다."

"모두 그분의 뜻이지요. 더 많은 열매를 맺으라고."

"나라가 어찌 되려고 이러는지."

송씨와 신씨의 안색이 어두워졌다. 바람 앞의 등불 같기
는 그들의 운명 역시 마찬가지여서 이승훈, 이가환, 정약종,
최철환 등의 참형은 송씨를 괴로움의 나락에 떨어지게 했다.
비록 폐궁에 갇혀 있긴 하나 그녀는 비참한 현실을 예사로
이 봐 넘길 수 없는 왕족이었다.

"이 나라는 스스로 희망을 저버렸습니다. 아무것도 보려
하지 않고 아무 말도 들으려 하지 않는 위정자들이 문고리
를 단단히 거머쥐고 있는 동안에는 이 땅에 어떤 무엇도 들
어올 수 없으니, 무엇을 바라보며 기다려야 할까요. 백성들
은 살기 위해서 어떤 희망을 가져야 할까요?"

송씨는 참았던 오열을 터뜨렸다.

정조의 배려로 은언군이 간신히 횡포를 피할 수 있었는데 이제 그 바람막이가 사라지고 나자 그들의 운명은 언제 어떻게 될지 한 치 앞도 예측하기 어려운 지경이 되었다. 찻물이 식을 동안 아무도 입을 열지 못했다. 언제 어느 시에 날아들지 모를 칼날을 예감하는 그들을 견디게 해 준 것은 사람의 아들 예수였다. 예수는 기도와 단식으로 40일을 견뎠고, 적들의 학대를 받으며 십자가에 못 박혔다. 예수는 죽음을 눈앞에 둔 순간의 적막과 허탈과 공허함을 온몸으로 견디며 '나의 하느님, 나의 하느님, 어찌하여 나를 버리셨나이까?' 하고 외쳤다. 그 순간만은 예수도 사람이었다. 예수는 무덤에서 부활하는 것으로 새 생명에 대한 약속을 보여 주었다.

송씨와 신씨는 주문모 신부에게 교리를 배우며 마음의 평화를 얻었다. 양제궁에 감금된 운명을 바꾸지는 못하더라도 애착이나 두려움 같은 것들을 내려놓을 정도는 되었다. 마음의 자유를 얻었으니 그것으로 되었다고 생각했다. 벽파의 무리들은 은언군과 양제궁의 그녀들이 죽을 때까지 놓아 주지 않을 테지만, 송씨와 신씨는 이미 마음에서 그들을 지워 버렸다. 그들의 횡포 따위 조금도 마음을 괴롭히지 못했고, 그들의 어떤 금압도 그녀들에게는 더 이상 방해가 되지 않았다. 강완숙이 그녀들과 작별의 정을 나누었다.

"언제 또 양제궁을 찾을 수 있을지."

기약하기 어려운 시간. 그들은 마지막일지 모른다고 짐작했다. 설령 그렇다 해도 그것이 더는 그들을 괴롭히지 못했다. 그 이별은 새로운 만남의 약속이었으니.

"나중에 다시 만나요. 행복한 얼굴로."

강완숙은 송씨와 신씨의 가녀린 손을 살며시 놓고 돌아섰다. 그들은 두 번 다시 폐궁을 찾지 못했다. 과연 오가작통법의 위력은 대단했다. 밀고에 밀고가 이어져 친척이 친척을 밀고하고, 친구가 친구를 밀고하고, 이웃이 이웃을 밀고하며 죽이고 죽고, 달아나고, 목이 달아나는 지옥 같은 나날이 끝없이 이어졌다. 하루 앞날이 불안하지만 아무도 마지막이라는 말을 입에 담지 않았다.

여섯 명의 죽음을 시작으로 정산필과 배관겸, 지황, 이도기가 죽고, 윤운혜와 정복혜, 정인혁, 심아기, 윤유오, 원시보가 죽고, 김종환, 김윤덕, 김시우가 죽고, 원시장, 최인길, 방 프란치스코와 박취득이 죽었고, 예산에서 김광옥이, 대흥에서 김정득이, 김제에서 한정흠이, 무장에서 최여겸이, 유황검의 하인 김천애가 숲정이에서 참수를 당했다. 포졸들은 이들을 사람들이 많이 모이는 곳으로 끌고 다니며 모욕을 주었다. 얼굴에 회칠까지 해 가며 갖은 방법으로 회유를 하고 괴롭혀도 끝내 배교를 하지 않는 이들을 사형장으로 끌고 갔다. 사형장에 울려 퍼지는 북소리에 사람들이 빼곡하게 모여들었다. 포졸들은 목을 친 시신을 도도히 흐르는 아리수에 던졌다. 가족들과 신자들이 강을 따라가 시신을 건져 아무도 모르는 곳에 묻었다. 포졸들이 죽은 시신까지 파내어 형벌을 가하는 파렴치한 행동을 서슴지 않았기 때문이다. 그들의 시신은 죽어서도 괴로움을 당했다.

지방 관아마다 머리 떨어진 시체가 숫자를 헤아리기 어려워 그냥 뒷산 구덩이에 마구 묻어 버렸다. 누가 누군지 가족들도 시신을 찾지 못했고, 시신은 몸 따로 머리 따로, 누울 곳도 모르고 한구덩이에 던져졌다. 바다에 던져진 시신은 고기밥이 되었고, 사람들이 파리처럼 무더기로 죽어 버렸기 때문에 도성 사람이 절반이나 줄었다.

송씨와 신씨는 주먹으로 무너진 가슴을 두드렸다. 서소문 밖에는 하루가 멀다 하고 참형이 이어지고, 하늘 높이 시체 냄새를 맡고 달려드는 까마귀 떼의 울음이 그악스러웠다. 선왕께서 아꼈던 사람들을 천주교도라는 명분으로 내치는 것도 모자라서 온 산천을 그들의 피로 물들이고, 선왕이 이루었던 실학의 토대를 한순간에 무너뜨렸다. 정약용 정약전 형제가 유배지로 떠났다. 그나마 그들이 목숨을 건질 수 있었던 것도, 그들은 천주교도였던 적이 한 번도 없다는 선암 정약종의 진실한 고백 때문이었다. 천주교 신자가 아닌 사람을 천주교 신자로 죽게 하는 것은 옳지 못하다는 게 선암의 의지였다. 교리책 몇 권 읽은 것으로 천주교를 알지 못하며, 온 마음으로 천주를 받아들이지 못하면 천주교를 믿은 것이 아니라는 게 선암의 강경한 지론이었다.

양제궁의 궁녀이던 서경의의 밀고로 은언군이 사약을 받았고, 그의 부인 송씨와 며느리 신씨를 포함해서 폐궁의 나인 강경복을 포함한 여덟 명이 사형 판결을 받았다. 송씨와 신씨는 그들에게 다가올 죽음을 초연하게 받아들였다. 그들이 신자들을 고문하며 묻는 말은 한결 같았다. '주문모 신부가 있는 곳이 어디냐?' 송씨와 신씨는 주문모 신부를 본 적이 없다고 잡아뗐다. 3월 17일 송씨는 신씨와 함께 사약을 받고 순교하였다. 강화에 유배 중이던 은언군도 사약을 받았다. 책을 휙휙 넘기듯 모든 것이 너무도 빨리 진행되었다. 그들이 궁녀의 밀고로 참형을 당했다는 소식을 듣고 주문모 신부가 가슴을 쳤다.

"제 탓입니다. 신부란 자가 이렇게 숨어 있으니 여러 사람이 생목숨을 잃고 있습니다."

주문모 신부의 자책으로 신자들이 눈물을 흘렸다. 명도회의 소중한 인물들을 잃고도 차마 내색하지 못했던 슬픔이 봇물 터지듯 흘러 나왔다. 강완숙이 주문모 신부를 위로했다.

"신자들이 죽음을 당하는 건 이 나라의 슬픈 운명 때문이지 신부님 탓이 아닙니다."

주문모 신부가 조선에 들어온 것이 1794년 12월이었다. 주문모 신부는 지황, 윤유일 등과 최인길의 집에 머물며 조선말을 익히고, 조선 최초의 부활절 미사를 거행한 것이 윤

2월이었다. 밀고자의 신고로 집주인 최인길이 체포되기 전까지 그의 집은 조선의 유일한 본당이 되었다. 최인길과 윤유일, 지황도 체포되어 포도청으로 압송되었다. 포도대장은 주문모 신부의 거처를 알아내려고 잡혀 온 신자들에게 무서운 고문을 가했지만 아무 대답도 얻어 내지 못했다. 그에 격분한 포도대장이 세 사람을 죽을 때까지 고문을 가했다. 최인길과 윤유일, 지황은 고문의 잔인함을 침묵과 인내로 견디다 죽고 말았다. 그 일이 있고 난 후, 주문모 신부는 감시의 눈을 피해 강완숙의 집 헛간에 숨어 지냈다. 꽁꽁 얼어붙은 강을 엉금엉금 기어서 건너온 것이 6년 전이었다. 밤을 타서 신자를 찾아다니며 미사를 올리고 교리를 가르쳤지만 이제 떠날 때가 되었다. 조선이 그를 내치려 한다는 사실이 괴로웠다. 그로 인해서 죄 없는 신자들이 죽음을 당하고 있으니.

밤이 오기를 기다려 주문모 신부는 조용히 떠나기로 했다. 자신만 떠나면 조선의 신자들이 조금이나마 편해질 것 같았다. 그는 서둘러 길을 나섰다. 슬픔이 그의 걸음을 비틀거리게 했다. 아직 할 일이 많은데 조선은 그를 원하지 않았다. 수양버들 가지는 바람에 힘없이 흐느적대고, 밤새도 조용히 잠들었다. 훈훈한 바람에 설핏하니 꽃향기가 담겨 있었다. 배가 없으면 헤엄을 쳐서라도 강을 건너야 했다. 강을 건너면 거기 어둠 속에 고향 마을이 있었다. 강을 따라 걷던 주문모 신부는 부지런히 걸어온 길을 돌아보았다. 다시 돌아가지 않을 길이어서 그 애틋함이 더했다.

나루터에 흰옷을 입은 노인이 서 있었다. 주문모 신부는 흰옷을 입은 노인에게 배를 기다리냐고 물었다. 그렇다고 대답했다. 모른 척하고 그와 함께 배를 타고 건널 셈으로 배를 기다렸다. 밤바람이 칼끝처럼 날카로웠다. 금방이라도 배가 올 것처럼 강을 바라보는 노인은 허리가 꼬부라지고 늙은 데다 해소가 심한지 연신 쿨룩거렸다. 가슴 병이 심한 듯 보였다. 이러다 배가 오기 전에 국경을 지키는 군졸에게 들키겠다 싶어서 멀리 뚝 떨어져 갈대숲에 숨어 있으려니 노인이 등을 두드려 달라며 불렀다. 주문모 신부는 배가 올 때까지 숨어 있자며 노인을 갈대숲으로 이끌었다. 세상이 시끄러워서 군졸에게 잡히면 무슨 욕을 볼지 모른다니까 노인이 가래가 그렁거리는 목소리로 물었다.

"어딜 가려 하시우?"

"강 건너에 집이 있습니다."

"거기 누가 살고 있소?"

"가족들, 친구들, 마을 사람들, 그리고……."

"강 건너에만 사람이 있고 여긴 아무도 없소?"

그 순간, 주문모 신부는 대답할 말을 잃고 그를 바라보았다. '여기?' 오로지 떠날 생각만 했지 여기 남아 있는 사람 생각을 못했다. 그들을 잠시 잊고 있었다. 노인이 고개를 떨구고 있는 그를 물끄러미 바라보았다. 방금 전까지 해소기침을 쿨룩거리며 쓰러질 것 같던 노인이 형형한 눈빛으로 그를 바라보았다. 어둠 속에서도 빛을 뿜는 그 눈빛은 먼 곳에서 달려온 별빛 같았고 누더기를 걸친 몸에서는 휘황하게 광채가 뿜어져 나왔다. 노인이 근엄한 목소리로 다시 물었다.

"신부에게도 집이 있느냐?"

주문모 신부는 놀라움에 그만 털썩 무릎을 꿇고 말았다.

"주님!"

발목까지 내려오는 흰옷을 입고, 손에 묵주를 든 사람. 묵주를 굴리는 그의 손등에 깊은 못 자국이 나 있었다. 주문모 신부는 손을 뻗어 못 자국을 만지고 또 만졌다.

"주님, 당신이십니까? 십자가에 못 박혀 피를 흘리던 바로 그분이십니까?"

"그래, 바로 그 손이다. 너는 나를 만져 보고서야 믿느냐?"

"믿지 않았으면 얼음판을 기어서 이 땅에 들어오지도 않았습니다."

"그런데 어째서 도망을 가려느냐."

"사람들이 저를 원하지 않습니다."

주문모 신부는 손에 꼭 쥐고 있던 묵주를 떨어뜨렸다. 묵주를 주우려고 엎드렸다. 갈대밭이 어두워서 묵주가 보이지 않았다. 더듬거리며 묵주를 찾는데 묵주가 자꾸만 손가락 사이로 빠져나갔다. 줍고 또 줍고, 허공에 헛손질을 하고 있으려니 흰옷을 입은 이가 그를 보며 말했다.

"그만둬라, 야고보야. 묵주를 잡고 싶은 건 마음이고, 땅에 떨어진 것은 허상이니."

마음은 산을 건너고 강을 바쁘게 건너는데 몸이 움직이지 않았다. 주문모 신부는 묵주를 주우려던 손을 멈추고 그이를 올려 보았다.

"신부 한 사람 때문에…… 신자들이 떼죽음을 당하고 있습니다."

"지금 가면 영영 돌아올 수 없거니와 그 길은 너의 길이 아니다."

"제 생각이 짧았습니다."

주문모 신부는 무릎을 꿇고 주저앉았다. 신자들이 신앙을 위해 초개같이 목숨을 던지는데 신부가 두려워서 달아나려 했던 것이 부끄러웠다. 영영 돌아오지 못한다는 말이 무섭게 들렸다. 그는 눈을 감고 바람 냄새를 맡았다. 고향이 가까워서 그런지 강을 넘어오는 바람 냄새도 달랐다. 마음에 익숙한 냄새였다. 다시 그 사람의 말소리가 들렸다.

"죽음이 두려우냐?"

그 말에 주문모 신부는 무릎을 꿇은 채로 대답했다.

"무서웠습니다. 너무 무서워서 달아나려 했습니다, 주님."

"내 아들아, 내가 너를 지켜보고 있지 않느냐. 그들은 네 영혼을 다치게 하지도 못하고 죽이지도 못한다."

'내가 너를 지켜보고 있다.' 그 말이 위로가 되었다. 신자들이 피를 뿌릴 때마다 빨리 중국으로 돌아가야 한다고 생각했다. 자신이 가고 나면 얼마나 많은 신자들이 문초를 당하게 될지 모르는데도 강을 건너야 한다는 생각으로 달려왔다. 신부를 내놓으라는 물음에 시달리다 죽어 가는 신자들. 그들을 버리고 강을 건너려 했던 자신이 부끄러웠다. 주문모 신부는 그 길로 강완숙의 집으로 되돌아갔다. 주문모 신부는 예수님을 보았다고 말했다.

'아들아, 너를 믿는다. 나를 믿어 주었듯이 그렇게.'

주문모 신부는 자신이 들은 말을 전했다. 몸의 죽음은 죽음이 아니며, 악의 무리들은 신자들의 영혼 한 자락도 건드리지 못한다는 그분의 말을 그대로 전했다. 강완숙과 그녀의 시어머니, 아들 필립이 기쁜 마음으로 서로의 손을 맞잡았다.

"신부님, 그 말씀이면 충분합니다. 아무것도 두렵지 않아요."

강완숙의 말에 주문모 신부가 결의에 찬 목소리로 대답했다.

"포도청으로 가겠습니다. 나 때문에 고통받는 신자들을 구하겠습니다."

마침내 목적지에 닿았다는 생각이 주문모 신부를 편하게 해 주었다. 선암을 비롯한 핵심인물들이 참형을 당했다는 소문을 듣고, 말할 수 없는 괴로움에 시달렸다. 그것은 시작에 불과했다. 그 후에 잇따른 수많은 죽음들. 얼마나 더 많은 희생을 치러야 끝이 날지 앞이 보이지 않지만 이제 모든 걸 그분께 맡기기로 했다. 순교도 전교라면 그렇게 하겠다고 마음먹었다. 강완숙과 마지막 인사를 나눈 주문모 신부는 제 발로 포도청까지 걸어갔다. 주문모 신부가 나타나자 의금부가 발칵 뒤집혔다.

"내가 당신들이 찾고 있는 주문모 신부요."

금부도사가 이죽거리며 말했다.

"왜 도망가지 않았소? 신부도 사람이니 목숨이 아까울 것 아니오."

"내게 죄가 있다면 하느님께 달게 받겠소."

"소원대로 해 주지."

"내 목숨을 빼앗는다고 그대들이 나를 이겼다고 생각하면 큰 오산이오. 신자들이 죽음으로 그대들에게 맞서는 것도 불의에 굴복하지 않기 위한 것이었소. 권력에 눈이 멀어서 옳고 그른 것을 판단하지 못하는 당신들의 죄는 마지막 날에 하느님께서 엄히 다스릴 것이오."

"당장 저놈의 입을 다물게 하라."

"밀려오는 파도를 손바닥으로 막아 보려는 그대들의 어리석음이 안타깝소. 하루 빨리 회개하고 지금까지 저지른 잘못을 고해하면 그대들의 초라한 영혼도 구제받을 수 있소. 너무 늦기 전에 하느님의 참사랑을 깨닫고 더 이상 죄를 짓지 마시오."

"더 들어 볼 것도 없다. 저놈의 목을 쳐서 온 장안의 사람들이 볼 수 있게 높이 걸어라."

주문모 신부는 4월 19일 새남터에서 군문효수형으로 순교했다.

살아서도 이별하고
죽어서도 이별하고

토굴 안 가득히 먹향이 번졌다. 황사영
은 가슴에 가득 찬 말을 어디서부터 풀어놓아야 할지 궁리
하며 천천히 먹을 갈았다. 틈틈이 시작詩作으로 소일하던 참
이어서 웬만큼은 글의 흐름을 꿰고 있었다. 조선을 휩쓸고
있는 박해의 전말을 구베아 주교가 이해하기 쉽도록 자세히
쓸 생각이었다. 글의 전체 줄거리는 박해에 시달리는 신자들
의 노력과 자유를 위한 투쟁, 조선교회의 건립에 대한 건의,
박해를 멈추게 하는 데 교황이 앞장 서 주기를 바라는 청원
등이었다. 천주교를 권력남용에 이용하는 벽파 척사론자와
대항할 방법은 권력을 권력으로 부숴 버리는 것뿐이었다. 설
령 그 방법이 옳지 않다 해도 더 이상의 희생을 막을 수 있다
면 그렇게라도 해 달라고 요청할 생각이었다.

천주교가 나라와 백성에게 조금도 해를 끼치지 않는다고 입이 아프게 말해 봐야 소용없었다. 애초에 그들의 목적은 시파의 탄압이었지 천주교는 다만 구실에 불과했다. 시간이 흐르며 구실이 목적이 되어 버려 그들은 더 이상 자신들이 무엇을 하는지도 모르게 되고 말았다. 그들이 어디까지 달리려는지 알 수 없으나 더 많은 희생자가 생기기 전에 막아야 했다. 신자들의 활동을 빠짐없이 기록하는 것이 그들의 희생을 헛되지 않게 하는 것이어서, 편지가 길어지더라도 되도록 세밀하게 쓸 생각이었다.

황사영이 박해의 원인과 나라 안팎의 사정, 신자들의 전교 활동을 비단에 써서 북경으로 보내겠다고 마음먹은 건 천주교 지도자들이 차례대로 참형을 당하고, 주문모 신부까지 자수를 해 버려 사실상 천주교의 존립이 불가할 지경이 되어 버린 비참한 사정을 더 두고 볼 수 없어서였다. 외국의 힘을 빌려서라도 천주교 신자들을 마구 죽이는 박해의 기세를 멈추게 하고 싶었다.

편지를 어떻게 써나갈지 머릿속에 밑그림을 대략 그려 놓았다. 머릿속에 정리해 둔 편지의 초안을 이른 새벽의 명료한 정신으로 한 자 한 자 정성을 들여 비단에 옮기자니 할 말이 태산 같아서 고치에서 실이 풀려 나오듯 할 말이 술술 흘러나왔다. 교우들 중에서 학식이 있고 식견이 높은 사람이 죄다 처형되어 교단을 이끌어 갈 지도자가 없는 사실을 세밀하게 기록했다. 무엇보다 급한 것이 교리를 이끌어 줄 신부였다. 구베아 주교에게 한시바삐 신부를 보내 달라고 썼다. 주문모 신부가 참형을 당했기 때문에 정신적 지도자가 없어서 조선의 교단이 풍랑을 만난 조각배처럼 망망대해를 떠다니는 현실을 그대로 옮겼다. 박해로 처형되거나 감옥에서 죽어간 사람이 300명에 이르고 지방 사람은 미처 그 수를 헤아리기 어려울 지경이었다. 황사영은 박해의 전말을 아뢰는 글을 가는 모필로 써 내려갔다.

'저희들은 마치 양 떼가 달아나 흩어진 것처럼 산골짜기로 도망쳐 숨고, 혹은 몸 둘 곳이 없어서 헤매면서 소리도 내지 못하고 웁니다. ……성교가 이미 천하에 널리 퍼져 모든 나라 사람들이 성덕을 노래하고 신의 교화를 고무치 않는 이가 없습니다. 우리나라는 지방이 멀고 궁벽하여 가장 늦게 성교를 들었는데 ……금년의 박해는 더욱 꿈에도 생각할 수 없는 일이었습니다. 참으로 가엾습니다. 인간이 어찌 이처럼 극단에 이를 수 있겠습니까?'

새하얀 비단이 검은 글씨로 가득 찼다. 먹을 말리려고 풀어놓은 백서가 어두운 동굴에서 희게 빛났다. 토굴에 갇혀 사는 동안 여름이 갔다. 오자와 실수로 떨어뜨린 먹물 때문에 잘려 나간 비단 조각이 보자기처럼 깔려 있었다. '나 하나로 인해서 수많은 신자들이 죽음을 당하고 있어요.' 주문모 신부는 신자들을 구하려고 자수를 하고 말았지만 강완숙의 집에 숨어 사는 동안 세례성사와 미사, 고백성사까지 신부로서의 사목활동을 한시도 게을리하지 않았다. 이제 주문모 신부까지 죽음을 당하고 말았으니, 황사영은 천주교의 존립을 위해 자신의 마지막 힘을 다 기울여야 할 때가 온 것을 알았다.

백서에 담아야 할 글자 수가 적어도 만 자 이상이었다. 가늘고 섬세한 모필로 깨알 같은 글을 써내려 가려니 손이 저절로 떨렸다. 실수로 잘못 쓴 글자 때문에 비단을 잘라 낼 때마다 저도 모르게 탄식이 새 나왔다. 시간이 어떻게 흘러가는지도 몰랐다. 한낮의 해가 아무리 밝아도 그의 시간에 스며들지 못하고, 달이 제아무리 찬란해도 비단의 흰빛을 따르지 못했다. 황사영의 두 눈은 비단의 흰빛에 부셔 머릿속으로 빨려들듯 아득해졌다.

황사영은 석 달인지 넉 달인지 모를 시간을 비단에 글만 쓰고 살았다. 작은 글씨로 곱게 쓰려니 시간이 많이 걸렸다. 아무 생각도 하지 않았다. 몸은 떨어져 있지만 마음은 늘 천주와 함께 걸어가고 있었다. 어느 날 반드시 도달하게 될 그곳을 향해 걸어가기를 한시도 주저하지 않았고, 후회한 적도 없었다. 천주교를 모르는 채로 벼슬길에 올랐으면 어땠을까, 하고 가끔 생각해 보긴 했다. '스무 살이 되면 나를 찾아오너라.' 정조대왕의 말대로 황사영이 스무 살에 찾아갔으면 벼슬에 오르긴 했을 것이다. 그렇다고 해도 달라지는 건 아무것도 없었다. 선왕의 죽음은 피할 수 없는 것이고, 대왕대비 김씨의 수렴청정 역시 피할 수 없는 것이면, 시파를 향한 벽파의 증오 또한 해가 뜨고 달이 지는 것처럼 분명한 것이었다. 운명처럼 예정되었던 벽파 무리들의 광기를 가라앉힐 수 없으니.

그 악의 무리들이 원한 것은 시파 중신들의 목숨이었다. 그들에게는 시파를 몰아낼 빌미가 필요했고, 때맞춰 천주교인들이 걸려들었다. 내친김에 설거지를 한다고, 그들의 칼은 순교자들을 찾아서 미친 듯이 춤을 추었다. 신자들은 언제 끝날지 모르는 박해를 피해서 산속 깊은 곳에 숨었다. 어떻게든 살아남아서 후일을 도모하려는 기약으로 하루하루를 버티던 신자들이 선암과 이승훈을 비롯한 여섯 명의 죽음에 이어 주문모 신부의 죽음까지, 줄줄이 이어지는 비보에 뿔뿔이 흩어졌다. 황사영은 세상에 홀로 남은 것 같은 외로움으로 글을 이어 나갔다. 그는 누에가 제 몸에서 뽑아낸 실로 고치를 짓듯이 가슴에 쌓인 수많은 말을 풀어 비단을 채웠다. 이가환과 정약용에 대해서 말할 차례였다. 그들을 빼놓고는 실학을 토대로 한 서학과 학문을 말할 수 없으니. 황사영은 조선의 수많은 순교자들이 백서에서 아름답게 살아나는 것을 흥분 어린 시선으로 바라보았다. 붓은 지칠 줄 모르고 백서 위를 달렸다. '이가환은 문장이 출중하였고, 정약용은 재주와 기지가 뛰어났으므로 을묘년, 주문모 신부의 입국과 활동 사실이 발각되기 이전에는 선왕이 그들을 총애하고 신임하였으나 주문모 신부의 입국과 활동이 밝혀진 이후로는 차차 소외당해 버림을 받았습니다. 그럼에도 불구하고 벽파의 여러 사람들은 여전히 두 사람을 사당으로 지목하고 배척하여 온갖 참소와 공박을 다하였지마는, 선왕이 매번 그들을 감싸 주었으므로, 벽파가 마음대로 해치지는 못하였습니다. 그런데 선왕이 돌아가시자 대를 이은 임금은 아직 나이가 어려서 대왕대비 김씨가 수렴청정을 하였습니다. 대왕대비는…… 선왕의 장례가 끝나자마자 시파 사람들을 모조리 몰아내어, 조정을 절반이나 비게 하였습니다.'

조선조 역사에 유례없던 참혹한 사실을 기록하려니 황사영은 가슴이 미어지는 듯 아파서 잠시 붓을 멈추어야 했다. 불과 몇 달 전만 해도 하루가 멀다하고 얼굴을 맞댄 사람들이 아닌가. 한때 동료였던 사람들을 고문하고 목을 치고 식솔들을 노비로 보내고도 광란을 멈추지 못하는 증오의 뿌리가 어디에 닿아 있는지 짐작하기 어려웠다. 황사영은 숨을 고르기 위해 붓을 놓아야 했다. 참고 눌러 두었던 말들이 넘쳐서 가슴이 터져 버릴 것 같았다. 그는 비단의 흰 결을 쓰다듬으며 베틀에 앉아 있는 한 노파의 굽은 등을 생각했다. 눈은 어두워서 사람을 알아보지 못해도 수천 가닥의 비단실은 한 올도 놓치는 법이 없다던가. 그것은 명장이 마음의 눈으로 실을 보기 때문이며, 영혼의 기운으로 베를 짜기 때문에 가능한 일이라고 황사영은 수리의 말을 듣고 짐작했다. 수리의 말대로 귀한 비단을 귀한 곳에 쓸 수 있게 된 것이 고마워서 황사영은 한 번도 얼굴을 보지 못한 누조 할매에게 두 손 모아 감사하다는 인사를 전했다. 과연 그 비단은 어둑한 토굴 속에 귀기 서린 빛을 뿜으며 도도히 빛났다. 그 아름다운 결을 쓰다듬고 있자니 손이 떨리고 숨이 멎을 지경이었다.

수리가 곁에 있다면 선암이 그랬듯이 그 아이에게 말을 건네 보고 싶었다. '애야, 먹을 갈아 주련?' 그러면 수리는 '예, 나리' 하며 공손하게 먹을 갈아 줄 것 같았다. 토굴 생활이 사무치게 외로웠다. 사람의 목소리가 그립고, 얼굴을 마주 보며 얘기를 나누고 싶고, 예전처럼 좋은 벗들을 가까이 두고 학문에 대한 담론을 나누고 싶었다. 어쩌자고 세상은 좋은 사람을, 아름다운 것을, 보고 싶은 사람을 맘껏 바라보게 하지 않는가. 어쩌자고 세상은 이렇게 미친 말처럼 내리막길로 치닫기만 하는가. 이대로 멈추지 않고 절벽에서 뛰어내리고 말려는지. 황사영은 분노로 펄떡거리며 뛰는 가슴을 누르고 다시 붓을 잡았다.

'명도회의 회장 정 아우구스티노 약종은 세속 이야기에는 서툴렀으나 교리를 강론하기를 좋아하여 병들어 괴롭고 양식이 없어 굶주릴 때에도 괴로움을 모르는 사람 같았습니다. 그는 일찍이 무식한 교우들을 위하여 이 나라의 한글로 『주교요지』 두 권을 저술하였는데 성교의 여러 책을 인용하고 자신의 의견을 보태서 아주 쉽고 명백하게 썼으므로 어리석은 부녀자와 어린 아이들까지도 책을 펴 보기만 하면 환히 알 수 있고 의심나거나 모호한 데가 없었습니다. 이 책이 이 나라에서 목초나 땔나무보다도 더 중요하다 하여 신부는 간행을 인준하였습니다……. 사람들이 별별 교리를 물어보아도 주머니 안에서 물건을 꺼내는 것과 같이 술술 풀려나와 끊이지 않았으며, 되풀이하여 어려운 문제를 하나하나 구분하여 설명함으로써 조금도 막히지 않았습니다. 그는 또 천주의 모든 덕과 여러 가지 도리가 광범하고 방대하여 여러 가지 책에 흩어져 총론이 없으므로 독자들이 납득하기가 어렵다 하여, 여러 책에서 가려 뽑아 부분별로 구별한 것을 한데 모아 책으로 만들어 제명을 『성교전서』라 하여 후배들에게 남겨 주려고 하였으나 그 책의 초를 절반도 담지 못하고 체포되었습니다. 최 토마스와 처형될 때 그의 나이는 42세였습니다.'

황사영은 무너지는 가슴을 다독이며 구베아 주교에게 보내는 글을 써 내려갔다. 단정하게 써 내려간 글은 조선 땅에서 행해지는 박해의 실정과 교인들의 죽음, 주문모 신부의 처형을 담고 있었으며, 천주교를 지켜 나갈 방법에 대한 견해와 청원을 담고 있었다.

거센 물살이 지나간 듯 교회는 무너지고 신자들은 흔적 없이 사라졌으니 겨우 살아남아서 목숨을 잇고 있는 사람이나마 진리를 지켜 나갈 수 있게 도움을 달라는 청원을 담았다.

황사영은 견진성사를 받던 날 마지막으로 보았던 선암을 떠올렸다. 그는 정갈하게 묶은 여러 권의 필사본을 내놓으며 수리가 베낀 책이라고 자랑을 했다. 스승이 글을 쓰고 제자가 곁에서 먹물도 채 마르지 않은 원본을 베끼는 모습이 눈에 훤히 떠올랐다. 평화로운 시절이면 성균관을 드나들며 촉망되는 젊은이 두엇 가르치며 살고 싶었다. 시도 가사도 소설도 필사본으로 돌려보는 시절이었다. 오죽하면 책 읽어 주는 강독사가 생기고, 시조에 곡을 붙여 부르는 전문가객이 생겼겠는가. 실제로 황사영도 교리서를 낭독한 적이 있었다. 강학을 하던 시절에 어렵게 구한 책 한 권으로 여러 명이 공부를 하려니 필사가 일이고 머리를 맞대면 낭독으로 함께 읽곤 했다. 낭독은 집중하게 만드는 힘이 있어서 강학에서 자주 쓰던 방법이었다. 그리운 그 시절, 학문을 사랑했고 그것을 논하며 밤을 지새우던 동무들과 그 열정 어린 날이 눈물겹게 그리웠다.

"아아, 그 아름다웠던 친구들이 모두 어디로 가 버렸는가?"

살아 있으면서도 아무것도 하지 못하고 있는 것이 너무 안타까워 황사영은 깨알 같은 글씨로 비단을 가득 채우고도 미처 못다한 말 때문에 붓을 얼른 내려놓지 못했다.

'이제 교회가 무너져 아무것도 남은 것이 없는데…… 죽은 사람은 이미 목숨을 버려 성교를 증명하였거니와, 살아 있는 사람은 마땅히 죽음으로써 진리를 지켜야 할 것입니다. 그러나 재주가 미약하고 힘이 부족하여 어찌할 바를 모르겠습니다……'

수유꽃 피거든
만나자고

　　　　　　　배론에서 돌아오던 중 수리는 모혜의 부
모들이 살았던 산속 움막이 있던 곳으로 갔다. 그들이 떠난
후 움막이 있던 곳에 숲이 자욱하게 우거지고, 다시 그 숲에
가을이 깃들도록 산도라지는 풀 더미에 덮여 저 홀로 피고
졌다. 오래전 그날 모혜가 부르던 노래가 아직도 귀에 아련
하게 남아 있는데 그녀는 너무나 멀리 떨어져 있었다. 수리
는 움막이 있던 곳에 피어 있는 보라색 산도라지 꽃을 뿌리
째로 뽑아냈다. 실뿌리가 성성한 산도라지를 집으로 가져왔
다. 집으로 온 수리는 담 밑에 산도라지를 심었다. 도라지꽃
은 달빛을 보며 초연히 서 있었다.

　　인기척을 듣고 밖으로 나온 묘령이 수리의 등을 쾅쾅 내
리쳤다. 하루가 멀다 하고 사람이 죽어 나가는 세상인데 어

쩌자고 그렇게 돌아다니느냐며 묘령이 참았던 노여움을 터뜨렸다. 밤잠을 설쳐 가며 대문 앞을 서성거렸을 묘령의 모습이 눈에 선했다. 수리는 할 말이 없어서 그냥 등을 내주고 가만히 있었다. 눈에 보이지 않으면 또 어디서 무슨 일을 당한 건 아닐까 걱정이 되는데 어딜 가면 간다고 말해 걱정을 덜어 주는 것도 못하느냐며 불효도 이런 불효가 없다고 원망을 늘어놓았다.

"미워, 자식이래도 너무 미워서 원망스러워."

묘령의 그 마음을 알고도 남았다. 생전 어디서 뭘 하는지 말해 주지 않으니 아들이 천주교 신자로 몰려서 죽음을 당하지나 않을까 염려가 되고말고. 묘령은 아들까지 잃고 싶지 않다며 눈물지었다. 수리는 걱정 마라며 이젠 그럴 일이 없다고 했다. 실컷 화풀이를 하고 난 묘령이 밭에서 키운 콩으로 두부를 만들었다고 했다. 따끈하게 김이 오르는 두부에 김치를 얹어 먹으며, 길에 두고 온 사람을 생각했다. 모른 척하고 그냥 잤다. 다음 날 또 나갔다. 어딘지 모르면서도 육로를 끝없이 따라갔다. 빈 마음이 어디로든 가자고 한없이 재촉했다. 열 걸음 떨어진 거리에서 여문휘도 아들을 따라 걸었다.

백서는 옥천희가 동지사 일행에 끼여 북경의 구베아 주교에게 전달하기로 계획을 세워 두었다. 그런데 북경에서 돌아오던 옥천희가 의주에서 체포되었다. 그 일로 황심이 체포되고, 뒤이어 황사영이 체포되었다. 벽파 위관들은 황심의 입을 열게 하기 위해 열흘 동안 고문을 가했다. 황심이 그 모진 고문을 견디면서도 황사영을 보호하려고 한 노력은 열흘 만에 무너지고 말았다. 백서는 끝내 주교에게 전달되지 못했다. 몇 번이나 다시 쓰고 하느라 비단 한 필을 다 허비하고 나서야 마침내 완성된 백서였다. 황심의 품에서 찾아낸 백서로 조정이 발칵 뒤집혔다. 북경교구의 주교에게 보내는 백서에, 주문모 신부의 처형에 관한 보고가 들어 있을 뿐 아니라, 혹독하게 박해를 받는 조선 교회의 속사정이 세밀하게 적혀 있는 것을 보고 조정 중신들이 놀라움을 감추지 못했다.

'이 나라 사람들이 성교를 혹독하게 해치는 것은 그 인간성이 잔악해서가 아니라 실은 두 가지 이유가 있어서입니다. 하나는 당파끼리의 논쟁이 몹시 심하여 이런 것을 빙자하여 남을 배척하고 모함하기 위함이요. 다른 하나는 견문이 넓지 못해 안다는 것이 오직 송나라 학문뿐이므로 자기와 조금만 다른 행위가 있으면 그것을 천지간의 큰 괴변으로 보기 때문입니다. 이를 비유하면 궁벽한 시골의 어린아이가 방 안에서만 자라 바깥사람을 못 보다가 우연히 낯선 손님을 만나면 반드시 깜짝 놀라 우는 것과 같습니다.'

황사영의 백서를 읽은 대왕대비 김씨는 황사영을 능지처참하라는 엄명을 내렸다. 처형장으로 끌려가기 전, 황사영은 그의 왼팔에 붉은 비단을 감았다. 포졸들이 그의 팔을 잡으며 마구 끌고 가려 할 때 냅다 호통을 쳤다.

"감히 어디에 함부로 손을 대느냐. 선왕께서 잡아 주셨던 손이니라."

황사영의 호통을 듣고 포졸들이 화들짝 놀라서 물러났다. 그는 제 발로 당당하게 처형장으로 걸어갔다. 황사영이 진사과거에 급제했을 때 불과 열여섯 살이었다. 황사영의 재능에 놀란 정조가 소년 진사의 손을 덥석 잡았다. 스무 살이 되어 찾아오면 큰 벼슬을 내리겠다고 약속하며. 그날 누조할매는 소년 진사 황사영을 위해 비단을 짰다. 천잠사로 정성 들여 짠 비단을 해의 속살처럼 곱고 붉은빛에 일곱 번이나 물을 들였다. 그날부터 소년 진사 황사영은 임금님이 잡아 준 손에 비단을 감고 다녔다. 박해를 피해서 도피생활을 하던 고된 나날 중에도 그는 비단을 한시도 곁에서 떼어 놓지 않았다. '스무 살이 되거든 나를 찾아오너라. 내 너를 요긴하게 쓸 것이야.' 정조대왕의 목소리가 귀에 쟁쟁했다. 비록 벼슬 대신에 천주교를 택하긴 했지만 황사영은 손까지 잡아 주며, 그의 재능을 높이 치하해 주던 정조대왕의 약속을 죽는 순간까지 잊지 못했다. 사영의 집안은 물론이고 마을 전체의 경사를 기억하게 해 주던 비단 수건이었다. 황사영은 처형장으로 끌려가는 순간에도 정조의 어수가 닿았던 손에 비단을 두르고 포졸에게 비단이 감긴 손을 함부로 만지지 말라고 명령했다.

　11월 5일 황사영은 서소문 밖에서 능지처참을 당했다. 시체를 온통 찢어발겨 놓아서 형체를 알아보기도 어려웠다. 배고픈 독수리와 까마귀가 피 냄새를 맡고 몰려와 악다구니를 쳤다. 아금받게 달려드는 새 떼를 쫓으며 형리들이 서둘러 돌아갔다. 황사영이 처형을 당할 때 돌개바람이 무섭게 몰아쳐 눈을 뜨기 어려웠다. 바람이 채찍을 든 포졸을 들어 올려 땅에 떨어뜨렸고, 마차를 들어 올려 멀리 던져 버렸다. 사람들은 하늘이 노여워하고 있다며 서둘러 그 자리를 떠났다. 황사영의 처형 이후 그의 가산과 노비를 몰수했다. 그의 처 정난주는 제주도로 유배를 갔고, 그의 아들 황경한은 추자도 예초리의 한 어부가 맡아서 키웠다. 황사영의 집은 불타고, 그 자리에 물이 고여 커다란 웅덩이가 생겼다.

　선암을 비롯해서 주문모 신부가 죽고, 강완숙이 죽고, 수많은 천주교 지도자들이 형장의 이슬로 사라졌는데도 벽파들은 더 죽이지 못해서 안달을 했고, 순교자들은 반항도 못하고 조용히 칼을 받았다. 주문모 신부를 숨겨 주었던 강완숙은 문영인, 강경복, 윤점혜, 김연이, 한신애와 함께 서소문 밖 네거리에서 참수를 당했다. 정순매와 이중배, 윤요한, 임희영, 최창주, 정종호가, 성상을 잘 그렸던 화공 이희영과 김건순, 김백순 등, 지방의 알려지지 않은 수백 명의 순교자들이 참수되었다. 신유년이 다 가도록 피바람이 그칠 줄 모르자 백성들은 넌더리를 치며 문밖 출입을 삼갔고, 아이들도 뛰어놀지 않는 골목 어귀에는 죽음의 그림자가 스산하게 떠돌았다. 서소문 밖, 새남터, 동구 밖, 그 밖의 사형장에는 하루가 멀다 하고 목이 잘린 시신이 널브러지고, 피 냄새를 맡고 달려드는 까마귀 떼의 울음소리가 그칠 날이 없고, 굶주린 짐승들의 울부짖음과 검은 독수리 떼의 악다구니, 파리와 모기, 구더기, 날벌레가 밤낮을 모르고 들끓었다.

벽파의 무리들은 황사영의 죽음에 약전과 약용 두 형제를 함께 끌어넣으려 했지만 백서와 관련된 어떤 단서도 찾아내지 못했다. 게다가 약용은 곡산부사를 지낼 때 백성들을 위하는 마음이 자애롭기로 널리 알려져 있었다. 벽파 내에서도 이미 귀양 가 있는 약전과 약용 형제를 다시 불러서 해치는 건 민심을 그르칠 만한 일이라는 반대의 목소리가 높았다. 벽파 중에서도 약용을 질시하는 사람이 많은 만큼 그의 학문과 덕을 아끼는 사람도 많았던 것이다. 벽파의 위관들은 끝내 그들 두 형제를 죽이지 못했고, 분분한 내부의 갈등을 재우기 위해 약전과 약용 형제를 장기와 신지도보다 훨씬 먼 곳으로 유배를 보내는 데 합의했다. 수백 명의 천주교 신자를 다 죽여도 정약용을 살려 두면 다 헛것이라며 죽여야 한다고 게거품을 물던 이들도 빌미가 합당하지 않은 죽음을 주장할 수 없어 그쯤에서 멈추어야 했다.

약전이 유배를 가는 곳은 서해 건너의 흑산도였고, 아우인 약용이 가는 곳은 땅끝에 가까운 강진이란 곳이었다. 두 사람은 바다를 사이에 두고 서로 이백 리나 떨어진 곳에 유배되었다. 충청도와 경상도, 전라도를 거쳐 흑산도까지 가는 데만 한 달이 걸리고, 강진까지는 천 리 길이어서 가는데만 보름이 걸린다던가. 그렇게 먼 길을 가면 돌아오기는 또 얼마나 어려울지. 살아서 돌아오기나 하려는지. 가족들이 눈물로 길을 적시며 배웅하지만 약전도 약용도 뒤를 돌아보지 말자고 약속이나 한 것처럼 허리를 꼿꼿이 세우고 유배지로 떠났다.

수리는 선암의 형제들이 머나먼 유배의 길로 떠나는 걸 눈바래기로 지켜보았다. 갖은 고초 끝에 간신히 살아남아서 유배지로 떠나는 그들 두 형제의 모습에서 수리는 선암을 보았다. 형제인 선암과 매형인 이승훈의 시신을 거두지도 못했고, 선암의 큰아들 철상까지 잡혀 와 처형을 당했기 때문에 유배지로 떠나는 두 사람은 물론이고 그들을 배웅하는 가족들도 제정신을 가누기가 어려웠다. 아는 사람도 없는 곳에서 외롭게 살아가는 것, 유배는 가난과 외로움을 견디는 것이기도 했다. 가족들이 두 사람을 배웅하기 위해 함께 길을 나섰다. 다시 만날 날을 기약할 수 없는 여행을 앞두고 두 형제는 서로 할 말을 잊었다. 가족들이 눈물로 이별을 한 곳은 석우촌이었다. 그들이 탄 말이 에움길을 돌아 동쪽과 남쪽으로 각자의 길을 갔다. 언제 다시 만나게 될지 모르는 길을 떠나며 아이들을 한 번이라도 더 안아 보고 싶은 마음이 간절했지만 그들은 어쩔 수 없이 그리움을 가슴에 묻고 떨어지지 않는 걸음을 떼어 놓아야 했다. 두 사람이 먼 길을 떠나고 나자 큰물이 지나간 듯 사위가 어수선하고 황량한 바람이 불었다. 마을 사람들은 무엇을 위해 살아야 할지 모르겠다는 듯 넋을 잃고 주저앉았다. 사람들의 얼굴에 무수한 질문이 떠올랐다.

'누가 무엇을 그렇게 잘못한 거지?'

아무도 그 질문에 대답하지 못했다. 선암이 세상을 떠나고 난 후, 너무도 많은 일이 있었다. 선암 주변의 사람들이 모두 순교로 세상을 떠나 버렸다. 선암의 형제들, 주문모 신부, 대인, 황사영, 선암을 통해서 얼굴을 익힌 사람들이 모두 떠나 버려 수리는 텅 빈 세상에서 혼자 뭘 하고 살아야 할지를 몰랐다. 수리는 더 이상 누에도 키우지 않고, 책도 읽지 않고, 산에만 오르내렸다.

'수리야, 뽕나무처럼 유익한 사람이 되고 싶다고 했느냐?'

어디선가 선암의 목소리가 들리는 듯했다. 선암은 뽕나무가 버릴 게 하나도 없는 나무라고 했다. '상백피'라고 산뽕나무 뿌리를 말려서 약으로 쓰고, 잎으로 차도 끓이고, 누에도 기르는가 하면 열매는 달고 맛있어서 사람 몸을 도와주니 어느 것 하나 버릴 게 없는 나무라고 했다.

'뽕잎으로 누에를 기르면 가난한 살림에 도움을 주고, 남

에게 얻어먹으려는 비굴함에서 너를 지켜 줄 거야.'

"나리, 누에고 뽕잎이고 다 싫습니다. 이렇게 재미없이 살아서 뭐합니까?"

희망이 다 사라져 버렸다고 말하려다 말고 수리는 무릎에 얼굴을 묻었다. 너무 외로워서 눈물이 났다. 제 마음이 이런데 어린 하상과 정혜는 어쩌고 있을까 생각을 하니 너무 기가 막혀 손가락 끝에 힘 한 자락 생기지 않았다. 무엇을 마음의 심지로 삼아야 할지 이렇게 막막해 보기는 처음이었다. 뭔가를 해야 한다는 건 알지만 몸을 움직이고 마음을 움직이는 게 태산을 옮기는 듯 힘이 들었다. 수리의 마음이 강진으로 달려갔다. 거기 또 한 사람, 보이지 않는 앞날에 대한 기대를 접고 한없이 세월을 견뎌야 하는 사람이 있으니. 수리는 나라의 명을 받고 유배를 당한 약용이나 아무런 구속이 없는데도 움직이지 못하는 자신이나, 유배를 당하기는 마찬가지라고 생각했다. 그렇게 깐죽거리며 밀고를 일삼던 김여삼조차 감옥에 끌려가서 뒈져 버렸다던가. 사방이 확 트여 있는데도 아무 곳으로도 가지 못하는 괴로움이 이렇게 삭막하고 쓸쓸한 것인 줄 몰랐다. 무시당하는 게 싫어서 서당 근처에 얼씬도 하지 않는 수리에게 선암은 사람으로 사는 길을 가르쳐 주었다.

'큰 상인이 되고 싶다고 했느냐? 글을 모르고 어찌 좋은 상인이 되겠노.'

선암의 가르침이 수리의 귀에 쟁쟁하게 들렸다. 세상일에 잘 관여하지 않으면서도 병들고 가난한 이를 찾아서 교리의 가르침을 들려주고, 비단길에서 돌아오지 않는 여문휘를 대신해서 수리에게 아버지가 되어 주고, 글을 가르쳐 주고, 사람이 되는 지혜를 가르침을 준 스승이었다. 글자를 모르면 계산을 못하고, 장부를 기록하지 못하고, 무엇보다 다른 사람이 숫자로 너를 속여도 그것을 모르지 않겠느냐며, 남을 속이고 빼앗는 것만 나쁜 것이 아니고 속이고 싶게 만드는 것도 죄를 짓는 것이라고 말해 준 사람이었다.

'네가 똑똑해지면 아무도 너를 함부로 대하지 못할 것이야. 그러니 글을 배워서 힘을 길러야 한단다.'

수리의 영혼을 길러 주던 그 아버지가 서소문 밖에서 참형을 당했다. 그의 마지막을 곁에서 똑똑히 지켜보았고, 한 칼에 잘리지 않고 덜렁거리던 목에서 치솟던 피, 그 지독한 고통을 견디며 똑바로 누워서 하늘을 보며 두 번째 칼을 받던 선암의 당당함을 두 눈 부릅뜨고 지켜보았다. 그 순간 수리는 뼈아프게 깨달았다. 사랑은, 누군가를 사모한다는 것은 상대방이 겪는 고통까지 함께 감당하는 것임을. 아버지를 따라서 같은 길을 간 철상이 얼마나 부러웠던지. 아버지를 믿고 따르는 철상의 당당한 확신이 미치도록 부러웠다. 철상이 그렇듯 스승 역시 확신하듯 말했다. '내 아들은 나를 따를 것이야.' 어째서 나는 그러지 못하는가?

그들을 묻고 난 후, 호흡이 멎고 영혼이 빠져나가는 공허감에 세상이 죽음처럼 고요해지던 것을 너무도 생생하게 느꼈다. 가슴이 고통으로 찢어지는 것 같고, 숨도 편하게 쉬어지지 않았다. 사모하는 이와 함께하지 못하는 것이 그렇게도 고통스럽고 외로운 것인 줄 수리는 그때 처음 알았다. 떨어져 있어도 모여 있는 듯 가깝던 여섯 사람의 마지막을 두 눈으로 똑똑히 지켜보았는데도 수리는 그들이 이제 세상에 없다는 사실이 믿어지지 않고 꿈을 꾸는 듯 몽롱했다. 선암이 떠난 충격이 채 가시지도 않았는데 그의 형제들조차 너무도 먼 곳으로 유배를 떠났다. 형제와 조카의 시신도 거두지 못하고 약종과 약용 두 형제는 먼 유배의 길을 떠났다. 수리는 자신도 모르게 그들을 뒤따라갔다.

　수리는 길을 걸으며 참을 수 없는 마음으로 노래를 불렀다. '얄리얄리 얄라셩 얄라리 얄라' 그 순간 왜 노래를 부르고 싶었는지 몰랐다. 그것도 모혜가 가르쳐 준 노래를. '아버지! 아버지!' 육신의 아버지 여문휘를 부르는지, 아니면 진리를 위해 목숨을 바친 마음의 아버지를 부르는지도 모르면서, 수리는 입으로는 노래를 부르고 마음으로는 아버지를 불렀다. 수리는 자기 곁에 말 붙일 사람조차 없다는 사실을 이해하기 어려웠다. 뭐가 잘못되었는지. 어떻게 이리도 참혹한 세상이 있는지.

　'아버지, 나 어떡해!'

포구에는 돛배들이 빈틈없이 열을 지어 있고, 갯가로 생선 비린내를 맡은 새의 무리가 끼룩거리며 날아다녔다. 서소문과 새남터를 지향 없이 떠돌던 발길을 돌려 강을 건넜다. 사방팔방으로 흩어진 마음을 겨우 추슬러 집으로 갔다. 갈아입을 옷가지와 짚신 두어 켤레, 물과 주먹밥으로 간단한 봇짐을 꾸렸다. 땔감을 팔아서 모은 엽전을 주머니에 담아서 허리끈에 단단히 매었다. 봇짐을 지고 나서자 누조할매가 눈을 둥그렇게 뜨고 물었다.

"어디 가니?"

"좀 나갔다 오려구요. 오래 걸릴 거예요."

"어딜 가냐니까?"

"그냥 아무 곳이나 돌아다니려구요. 숨이 막혀 죽을 것 같아요."

"수리야, 왜 이러니. 너까지 가 버리면 우리는 어쩌고."

"아버지 곧 돌아오실 거예요. 줄곧 내 뒤만 따라다녔어요."

"정말?"

"그러니까 나 좀 보내 줘요. 바람 쐬고 와서 상단에 들어갈 테니까."

"아버지 돌아오시는 거 보고 가면 안 될까?"

"내가 가는 거 보면 알아서 들어오실 거예요."

상단에 들어가더라도 집에 먼저 오겠다고 누조할매와 묘령을 안심시켰다. 그들 형제가 가는 곳이 강진과 흑산이라고 했다. 흑산까지는 못 가더라도 강진까지 약용을 배웅하고 돌아오면 마음이 좀 편해질 것 같았다. 실은 배웅은 핑계였다. 수리에게는 숨 막히는 현실을 벗어날 구실이 필요했다. 가까운 사람이 모두 떠나 버린 기막힌 현실로 따지면 약용만큼 끔찍하고 괴로운 이가 또 있을까. 형제의 시신도 거두지 못하고 먼 길을 떠나는 심정을 충분히 알고도 남았다. 약용이 그 모든 것을 뒤로하고 유배지를 향해 걸어야 하듯 수리도 사모하는 스승이 세상을 떠난 공허감을 채워 줄 버팀목을 찾아서 어디로든 걸어야 했다. 강진에 닿아 보면 답이 나올 거라고 믿었다. 멀리서 약용이 거기 있다는 것만 확인해도 지금처럼 등이 허전하지는 않을 것 같았다.

그들이 강으로 갔으니 수리는 산천을 둘러보며 육지로 걸어가면 된다. 시간이야 많이 걸리겠지만 기약 없는 길을 떠나는 사람도 있는데 이쯤이야 하는 생각이 수리를 대범하게 했다. 세상 곳곳을 제 발로 밟으며 걸어 보고 싶었다. 앞으로 모든 일을 혼자 결정하고 혼자 해내야 한다면, 우선 강진을 다녀오는 것부터 해 보고 싶었다. 주막에서 아궁이에 불을 때 주고 심부름이라도 하면 먹고 자는 것은 해결되지 않을까. 경상도까지 다녀온 경험이 있어서 길을 나서는 게 조금도 두렵지 않았다. 길을 따라 걷는 동안에 숨이 멎을 것처럼 답답하던 가슴이 좀 트이는 것 같았다. 먼 길 다녀올 동안만 스승님을 맘껏 그리워하고는 그분에 대한 기억을 가슴 깊은 곳에 간직하기로 했다. 집에 도착할 때까지 다른 것은 생각하지 않기로 했다.

혼자 있고 싶지 않아서 나선 길이었다. 그렇게라도 하지 않으면 당장 무엇을 해야 할지 몰랐다. 지금까지 수리는 세상에서 가장 무서운 게 배가 고픈 것인 줄 알았다. 그런데 선암이 순교를 하고 나서야 배고픈 것보다 더 무서운 게 외로움인 것을 알았다. 높은 산에 혼자 사는 독수리가 된 기분이었다. 독수리는 세상을 내려다보며 가없는 하늘을 맴돈다. 하늘을 맴돌다 지치면 다시 산등성이 높은 바위에 내려앉아 고독한 눈으로 먼 곳을 바라본다. 누구보다 강하고 날카로운 부리를 가졌지만 독수리는 세상에서 가장 외로운 동물이었다. 독수리 같은 외로움이 수리를 한없이 걷게 했다.

그림자가 수리의 뒤를 밟고 있었다. 그는 발소리도 내지 않고 수리를 뒤따라왔다. 돌아보면 자취를 감추고 모른 척하고 있으면 또 따라오곤 했다. 그 전이었으면 밀고자가 아닐까 의심을 했겠지만 이젠 그런 의미조차 사라져 버렸다. 가까운 사람들이 잡혀갈까 봐 노심초사하던 것과 달리 이젠 될 대로 되라고 포기해 버렸다. 죽음도 두렵지 않았다. 수리는 걸음을 멈추고 뒤를 돌아보며 물었다.

"언제까지 그렇게 따라다닐 셈이에요?"

"내 아들이 그만 집으로 가자고 할 때까지."

아버지와 말없이 걸었다. 갈 곳을 모르는 사람처럼 두 팔을 늘어뜨리고 걷는 동안 한나절이 훌쩍 지났다. 걷다 지치면 나무 그늘에 앉아서 쉬었다. 수리가 걸음을 멈추고 쉬면 열 걸음 떨어진 곳에서 따라오던 아버지도 나무에 등을 기대고 쉬었다. 과수원에서 사과도 따 먹고, 밤도 까먹고, 더덕을 캐 먹고, 산딸기도 따 먹으며 온종일 걸었다. 두 사람 모두 걷는 것 말고 뭘 해야 할지 몰랐다. 다래 두 알을 따면 아비와 아들이 하나씩 나누어 먹었고, 산 사과 두 알을 따면 둘이 등을 맞대고 앉아서 먹었다. 말은 한 마디도 나누지 않았지만 두 사람 모두 개의치 않았다. 미행이라기보다 동행이란 느낌. 그 말없는 동행은, 내가 여기서 너를 지켜보고 있으니까 안심하라는 것 같았다. 그가 밀고자가 아니라 아버지로 돌아왔다는 확신 때문인지, 세상이 온통 비어버린 것처럼 삭막하고 허전하던 주위가 조금 채워지는 느낌이 들었다. 수리는 나무에 등을 기대고 있는 그에게 말했다.

"그만 집에 들어가세요. 곧 오실 거라고 말해 뒀어요."

"넌 지금 어디 가는데?"

"그냥 답답해서 한 바퀴 돌고 오려고요. 좋은 장사꾼이 되려면 길도 알아야 하고 세상 물정도 알아야 하잖아요. 제 걱정은 마세요."

"그럼 나 집에 들어가도 되겠냐?"

"그러세요. 할머니가 문 앞에서 기다릴 거예요."

"조심해서 다녀와. 네가 어떻게 되면 우리 셋 다 죽은 목숨이다. 알겠지?"

"알고 있어요."

여문휘는 집을 나간 지 일 년 만에 돌아왔다. 그가 집에 와서 처음 한 일은 수리가 심어 놓은 뽕나무 묘목에 물을 준 것이었다. 세 사람은 약속이나 한 것처럼 그동안 무슨 일이 있었는지 아무도 묻지 않았다. 할 얘기가 많은 것 같기도 하고, 없는 것 같기도 했다. 세 사람은 말없이 서로의 손만 쓰다듬었다. 말하지 않아도 말하는 것 이상으로 많은 말이 오갔다는 걸 세 사람은 그렇게 실감나게 경험했다. 여문휘는 예전과 다름없이 바닥에 등을 붙이자마자 코를 골았다.

수리는 예전에 선암이 살던 집을 지나 배론을 향해 걸었다. 앵자봉에서 천덕봉, 소당산 넉고개를 지나서, 해룡산으로 성황당 고개를 넘어 앵자지맥을 걷다가 독조봉 갈림길에서 곱든고개를 넘어 문수봉으로 걸을 작정이었다. 선암의 형제들은 이미 수리의 눈길이 닿지 않는 곳 어딘가를 가고 있겠지만 수리는 강과 산길, 저녁연기가 피어오르는 마을 곳곳을 둘러보며 천천히 걷기로 했다. 곳곳의 주막마다 들러서 일을 도와주고 밥을 얻어먹었고, 어디 가느냐고 묻는 사람들에게는 아버지를 찾아간다고 둘러댔다. 무엇이든 해야 할 때였다.

배론의 가마골이 있던 복산 자락 아래에 누가 갖다 놓았는지 샛노란 들국화다발이 놓여 있었다. 수리는 들국화가 놓여 있는 곳에 묻어 둔 항아리를 생각했다. 신심이 두터운 신자들이 갈가리 찢어진 황사영의 시신을 수습해서 거기 묻어 주고, 항아리를 함께 묻어 주었다. 그가 늘 가까이 두었던 석제 십자가와 교리서, 붉은 비단 수건을 챙겨서 항아리에 넣어 준 것은 수리였다. 그 수건은 누조할매가 특별히 마음을 써서 짜고 홍화 빛으로 곱게 물들인 붉은 비단이었다.

선암의 묘소에는 들르지 않았다. 마음이 무너질 것 같아서 차마 갈 수가 없었다. 강진을 먼저 다녀온 다음 약용이 어디에 머무는지 안부를 전해 주고, 황사영을 양지바른 곳에 묻어 준 신자들의 정성 어린 손길에 대해서 자세히 들려줄 참이었다. 황사영의 죽음은 결코 헛되지 않았다고. 신유년에 죽은 이들의 순교는 함부로 잊혀지는 그런 것이 아니라고. 신유년에 홀쩍 사라진 그들이 어딘지 모를 곳에서 다시 학문을 탐구하며 밤을 지새운다고 생각하면, 수리는 까닭 없이 사는 게 쓸쓸하고 허전했다. 수리는 길을 따라 걷고 또 걸었다. 그에게 길은 삶이고, 동시에 그가 사랑했던 이들에게 다가가는 미궁이었다. 길 끝에 한때 그의 곁에 머물던 사람들이 걸어가고 있다고 생각하면, 길을 걷는 것이 슬프고 또 행복했다. 저녁노을이 지고 있었다. 수리는 그 애잔하도록 아름다운 빛이 너무도 빨리 스러지는 것을 안타깝게 바라보았다.

글쓴이의 말

어떤 소설을 구상할 때마다 불쑥 떠오르는 것이 바로 길이다. 불현듯 집을 나서지만 자주 길을 잃는다. 차를 몰고 나가면 엉뚱한 길로 둘러 다니고, 버스를 타면 한 코스 덜 가거나 더 가서 내리기 일쑤다. 길은 무시로 나를 허둥거리게 만든다. 아직 길처럼 나를 들뜨게 한 것이 없고, 길처럼 두렵게 한 것이 없다. 늘 애틋한 갈망을 갖고 있으면서도 아직 그 것을 맘껏 포옹해 보지 못했다.

뭔가를 쉬지 않고 썼는데 남은 게 하나도 없는 이상한 공허감이 나를 거리로 내몰았다. 성탄절이 다가오는 12월의 어느 날이었다. 습관처럼 길 끝에서 끝까지 걸었다. 실컷 걷다 보니 예전에 살던 동네까지 갔고, 눈에 익은 성당으로 들어갔다. 별로 친한 곳도 아닌데, 언젠가부터 거기 아무 생각 없이 앉아 있는 습관이 들었다. 성전은 어둡고, 서늘하고, 고요했다. 그 서늘한 곳에 정이 들기까지 얼마나 오랜 시간이 걸렸는지.

무심코 들어간 성당에서 눈이 번쩍 뜨이는 것을 보았다. 그 커다란 성전 사방 벽을 돌아가며 흰 벽보가 붙어 있었다. 신자들이 일일이 손으로 기록하고 사진을 붙이고 그림을 그린 벽보. 그것은 바로 신유박해로 희생된 순교자들에 관한 기록이었다. 벽을 따라가며 차례차례 읽어 보았다. 한 번도 관심을 가져 보지 않았던 분야였다. 역사는 그저 지나간 일에 불과했고, 텔레비전에서 하루도 빠짐없이 방송되는 드라마 소재에 지나지 않았다.

역사라는 개념도 없이 눈이 빠지게 벽보를 읽고는, 다소 멍한 상태로 성전을 나왔다. 이틀 동안 아무것도 못하고 빈둥거렸다. 작은 전등과 노트를 들고 성당에 다시 갔더니 하얗게 붙어 있던 벽보가 흔적 없이 사라져 버렸다. 깜짝 놀라서 사무실에 가 보니 평일이어서 문이 잠겨 있었다. 어쩌나 기운이 빠지던지. 컴퓨터로 성당 카페에 들어가서 혹시나 하고 뒤져 보았다. 고맙게도 누군가 수고롭게, 벽보의 내용을 일일이 사진에 담고 정리를 해서 하나의 방에 차곡차곡 올려 두었다. 벽보의 내용이 비록 빙산의 일각에 불과하지만, 신자들이 전지에 정성 들여 한 자 한 자 기록한 벽보가 내게 글을 쓰고 싶게 만들었다. 저걸 써 볼까, 하고 시작한 글이 너무도 빠른 시간에 소설이 되어 내 앞에 놓여 있다. 참 경이로운 일이다. 선암 정약종을 그리는 일이 조금도 어렵지 않았다. 이상하게 꽤 친하게 지냈던 사람을 회상하듯 머릿속에 훤히 떠올랐다. 아마도 내가 갈망했던 것이 바로 수리가 그렇게도 갖고 싶어 했던 생애의 큰 스승이었던가 보다.

종교가 내게는 수십 년 동안 풀지 못한 매듭 같은 것이었는데, 갑자기 이렇게 많은 사랑을 받아도 되는 것인지. 이보다 더 잘 쓰지 못한 것이 부끄럽지만 내가 할 수 있는 최선의 노력을 했다는 걸 성전에 계시는 그분도 아실 것이다. 소설 속 인물이 살았던 시간과 공간을 허구에 기대어 재구성했다. 나는 이 시대에 성인으로 되살아난 그들이 피로 물든 그 시간에서 자유로워지기를 바란다.

2014년 봄밤, 이천동에서